DEBBIE MACOMBER
Cambio de estación

Editado por Harlequin Ibérica.
Una división de HarperCollins Ibérica, S.A.
Núñez de Balboa, 56
28001 Madrid

© 2009 Debbie Macomber. Todos los derechos reservados.
CAMBIO DE ESTACIÓN, N° 111 - 1.3.11
Título original: 92 Pacific Boulevard
Publicada originalmente por Mira Books, Ontario, Canadá.
Traducido por Victoria Horrillo Ledesma

Todos los derechos están reservados incluidos los de reproducción, total o parcial. Esta edición ha sido publicada con permiso de Harlequin Enterprises II BV.
Todos los personajes de este libro son ficticios. Cualquier parecido con alguna persona, viva o muerta, es pura coincidencia.
™ TOP NOVEL es marca registrada por Harlequin Enterprises Ltd.

® y ™ son marcas registradas por Harlequin Enterprises Limited y sus filiales, utilizadas con licencia. Las marcas que lleven ® están registradas en la Oficina Española de Patentes y Marcas y en otros países.

I.S.B.N.: 978-84-671-9689-4
Depósito legal: B-3428-2011

Para Jerry Childs y Cindy Lucarelli, por hacer realidad el sueño de las Jornadas de Cedar Cove. Y a la junta de socios, que tanto trabajó para hacerlas posibles: Gil y Kathy Michael, Dana Harmon y John Phillips, Gerry Harmon, Mary y Gary Johnson, Shannon Childs y Ron Johnson.

LISTA DE PERSONAJES

Algunos habitantes de Cedar Cove (Washington):

Olivia Lockhart Griffin: juez de familia de Cedar Cove. Madre de Justine y James. Casada con Jack Griffin, director del *Cedar Cove Chronicle*. Viven en el número 16 de Lighthouse Road.

Charlotte Jefferson Rhodes: madre de Olivia y Will Jefferson. Ahora casada con el antes viudo Ben Rhodes, que tiene dos hijos, David y Steven, ninguno de los cuales vive en Cedar Cove.

Justine (Lockhart) Gunderson: hija de Olivia. Madre de Leif. Casada con Seth Gunderson. Los Gunderson eran los dueños del restaurante The Lighthouse, destruido en un incendio. Justine ha abierto recientemente el Salón de Té Victoriano. Viven en el número 6 de Rainier Drive.

James Lockhart: hijo de Olivia y hermano menor de Justine. Vive en San Diego con su familia.

Will Jefferson: hermano de Olivia, hijo de Charlotte. Antes instalado en Atlanta. Divorciado, tras jubilarse retornó a Cedar Cove, donde ha comprado la galería de arte de la localidad.

Grace Sherman Harding: la mejor amiga de Olivia. Viuda de Dan Sherman. Madre de Maryellen Bowman y Kelly Jordan. Casada con Cliff Harding, un ingeniero jubilado que ahora se dedica a la cría de caballos en Olalla, cerca de Cedar Cove. Grace vivía antes en el 204 de Rosewood Lane (ahora en alquiler).

Maryellen Bowman: hija mayor de Grace y Dan Sherman. Madre de Katie y Drake. Casada con Jon Bowman, fotógrafo.

Zachary Cox: contable, casado con Rosie. Padre de Allison y Eddie Cox. La familia reside en el 311 de Pelican Court. Allison va a la universidad en Seattle y su novio, Anson Butler, se ha alistado en el ejército.

Rachel Pendergast: trabaja en una peluquería del pueblo. Recién casada con el viudo Bruce Peyton, que tiene una hija, Jolene.

Bob y Peggy Beldon: jubilados. Regentan la pensión Thyme & Tide, en el 44 de Cranberry Point.

Roy McAfee: detective privado, retirado de la policía de Seattle. Tiene dos hijos mayores: Mack y Linnette. Casado con Corrie. Viven en el número 50 de Harbor Street.

Linnette McAfee: hija de Roy y Corrie. Residía en Cedar Cove y trabajaba como auxiliar médico en la clínica nueva. Ahora vive en Dakota del Norte.

Mack McAfee: bombero y enfermero, ahora afincado en Cedar Cove.

Gloria Ashton: ayudante del sheriff de Cedar Cove. Hija biológica de Roy y Corrie McAfee.

Troy Davis: sheriff de Cedar Cove. Viudo. Padre de Megan.

Faith Beckwith: fue novia de Troy Davis en el instituto. Tras enviudar, se mudó a Cedar Cove, donde alquiló el 204 de Rosewood Lane.

Bobby Polgar y Teri Miller Polgar: él es un jugador de ajedrez de renombre internacional; ella, una de las empleadas del salón de belleza Ponte guapa. Viven en el número 74 de Seaside Avenue.

Christie Levitt: hermana de Teri Polgar, residente en Cedar Cove.

James Wilbur: amigo y chófer de Bobby Polgar.

Dave Flemming: pastor metodista de la localidad. Casado con Emily.

Shirley Bliss: viuda y artista, madre de Tannith (Tanni) Bliss.

Shaw Wilson: amigo de Anson Butler, Allison Cox y Tanni Bliss.

Mary Jo Wyse: joven que tuvo a su bebé en Cedar Cove las Navidades del año anterior, atendida por Mack McAfee.

Linc Wyse: hermano de Mary Jo, antes residente en Seattle. Ha abierto un taller mecánico en Cedar Cove.

Lori Bellamy: pertenece a una familia adinerada de la comarca. Rompió recientemente su compromiso matrimonial.

Louie Benson: alcalde de Cedar Cove.

CAPÍTULO 1

Troy Davis llevaba casi toda la vida trabajando en el departamento del sheriff de Cedar Cove. Conocía aquel pueblo y conocía a sus gentes; era uno de ellos. Le habían elegido ya cuatro veces para ocupar el puesto de sheriff por mayoría abrumadora.

Aquel sombrío día de enero, Troy dejó vagar a su mente mientras bebía café rancio sentado a su mesa. El café de la oficina nunca había sido bueno, aunque estuviera recién hecho. Allí sentado, Troy pensaba en Sandy, su esposa durante más de treinta años. Había muerto el año anterior, por complicaciones derivadas de su esclerosis múltiple. Su muerte había dejado un profundo vacío en la vida de Troy. A menudo discutía los casos con ella, y había llegado a valorar enormemente su criterio. Sandy solía tener opiniones muy meditadas sobre qué era lo que llevaba a la gente a cometer los delitos de los que se ocupaba su esposo.

A Troy le habría gustado saber qué opinaba de uno de los casos que tenía entre manos: un par de adolescentes del pueblo se había tropezado con un esqueleto en una cueva, no muy lejos de la carretera que llevaba a Cedar Cove. Los resultados parciales de la autopsia habían llegado por fin, pero, lejos de ofrecer respuestas, planteaban nuevas dudas. Iban a hacerse nuevos exámenes que tal vez les brindaran más información. Ojalá. Por más que costara creerlo, el cadáver había pasado mucho tiempo en la cueva sin ser descubierto, y nadie parecía saber quién era.

A pesar de aquel caso desconcertante (y viejísimo) y a pesar, naturalmente, de la muerte de su esposa, Troy tenía motivos para sentirse afortunado. Llevaba una vida cómoda, tenía buenos amigos y su única hija, Megan, estaba casada con un buen chico. Troy, de hecho, no podría haber encontrado mejor marido para su hija aunque él mismo hubiera escogido a Craig. En unos meses, Megan daría a luz a su primer nieto. En lo tocante a su situación económica, Troy no tenía queja: su casa estaba pagada, y también su coche. Disfrutaba de su trabajo y estaba fuertemente arraigado en Cedar Cove.

Y pese a todo se sentía infeliz.

Su infelicidad podía atribuirse a una única causa: Faith Beckwith.

Troy había vuelto a contactar con su novia del instituto, y casi sin darse cuenta de lo que pasaba se había enamorado otra vez. Ninguno de los dos era impulsivo. Eran personas adultas: sabían lo que querían y lo que hacían. Después, su relación, que parecía tan prometedora, se había acabado abruptamente debido a la reacción de su hija y a ciertos innegables errores de apreciación por parte del propio Troy.

Al enterarse de que su padre estaba saliendo con una mujer estando aún tan reciente la muerte de su madre, Megan se había llevado un tremendo disgusto. Troy entendía sus sentimientos. Hacía pocos meses que habían enterrado a Sandy, pero Sandy llevaba años enferma, y en ciertos aspectos hacía mucho tiempo que se habían dicho adiós. El hecho de que Troy le hubiera ocultado a su hija su relación con Faith había contribuido de manera importante a aquel embrollo.

La primera vez que Troy fue a visitar a Faith a su casa de Seattle, la primera vez que la besó, Megan estaba en el hospital. Había tenido un aborto. Y mientras estaban en el hospital, ni Craig ni ella habían podido ponerse en contacto con él, porque Troy había apagado su móvil. Porque no quería que nadie interrumpiera las horas que iba a pasar con Faith.

Después, había sentido unos remordimientos aplastantes. Megan y Craig estaban muy ilusionados con el bebé, sobre todo haciendo tan poco tiempo de la muerte de Sandy.

Al echar la vista atrás, Troy se daba cuenta de que había manejado pésimamente la situación. Justo después del aborto de Megan, había roto su relación con Faith. Lo había hecho por mala conciencia, pero no había tenido en cuenta los sentimientos de Faith. Su tristeza y su desconcierto lo atormentaban aún.

Desde entonces, Troy se había consagrado a su hija. Ello no significaba que hubiera dejado de pensar en Faith: nada de eso. Pensaba en ella constantemente.

Para complicar más aún las cosas, Faith había vendido su casa de Seattle y se había trasladado a Cedar Cove para estar más cerca de su hijo Scott... y de Troy. Ahora, verla por el pueblo era un calvario. Faith le había dejado bien claro que no quería saber nada de él. Y Troy no se lo reprochaba.

—Tengo el expediente de desaparecidos que me pidió, sheriff —Cody Woodchase entró en su despacho y dejó la carpeta sobre su bandeja.

—Gracias —murmuró Troy—. ¿Has comprobado las fechas?

Cody asintió con la cabeza.

—Y no he sacado nada en claro. El único caso importante que recuerdo es el de Daniel Sherman, hace unos años.

Troy recordaba bien el resultado de aquel caso. Su antiguo amigo del instituto había abandonado a su familia sin motivo aparente. Sencillamente, se había esfumado. Su desaparición había traído de cabeza a Troy durante más de un año. Al final, resultó que Dan se había suicidado: su cadáver fue encontrado en el bosque.

—Ése se resolvió —dijo Troy.

—Sí, me acuerdo —contestó Cody—. De todos modos, he reunido todas las denuncias de personas desaparecidas que puedan encajar con el caso y se las he imprimido.

—Gracias —Troy recogió la carpeta en cuanto Cody salió del despacho.

Por suerte, Cedar Cove tenía una tasa de delincuencia muy baja. Había algún que otro disturbio público, alguna que otra riña doméstica, algún robo con allanamiento, algún conductor borracho: los delitos corrientes en cualquier localidad pequeña. Y también había un misterio de vez en cuando.

El mayor que se le ocurría era el de aquel hombre que apareció un buen día en el Thyme & Tide, la pensión de los Beldon. Aquel forastero tuvo la desgracia de morirse esa misma noche. Pero aquel caso, que resultó ser un asesinato, también se había resuelto.

Y ahora aquellos restos humanos, encontrados justo antes de Navidad...

Según la autopsia, los restos pertenecían a un hombre joven. Un adolescente de entre catorce y dieciocho años. El examen de los huesos no había arrojado una causa de muerte evidente. No había, por ejemplo, ningún traumatismo causado por un objeto contundente. El chico llevaba muerto entre veinticinco y treinta años.

¡Entre veinticinco y treinta años!

Troy ya trabajaba en la oficina del sheriff en aquel tiempo. Por entonces era un muchacho sin experiencia, deseoso de demostrar su valía. Sandy estaba embarazada, después de abortar dos veces, y confiaba en que esa vez todo saliera bien.

Troy estaba seguro de que, si se hubiera denunciado la desaparición de un adolescente a fines de los años setenta o principios de los ochenta, se acordaría. Los expedientes que le había impreso Cody indicaban que tenía razón. No había ni un solo caso pendiente en el que estuviera implicado un adolescente desaparecido, chico o chica.

Para asegurarse, Troy echó un vistazo a las denuncias de cinco años antes y cinco años después. En ese tiempo se denunció la desaparición de doce chicos, casi todos ellos huidos de sus casas. Todos fueron encontrados: o volvieron por voluntad propia, o fueron localizados por amigos, parientes o fuerzas del orden público.

Seguramente aquel chico tenía familia, unos padres que habrían vivido angustiados por la incertidumbre. Troy cerró los ojos y trató de recordar a los chicos que había conocido en aquella época. Por su cabeza desfilaron nombre y caras descabalados.

Recordaba que, en torno a 1985, el instituto de Cedar Cove ganó el campeonato estatal de béisbol. Se acordaba claramente del primer base, Robbie no sé qué, y de Weaver, el lanzador estrella del equipo, que ahora era ayudante suyo. Troy había asistido a todos los partidos de la eliminatoria. Sandy iba con él y, aunque no le gustaba mucho el béisbol, había dado palmas y se había desgañitado animando al equipo. ¡Ay, cuánto la echaba de menos...!

Había visitado un par de veces su tumba esas fiestas. Incluso al final, cuando el cuerpo ya no le respondía y la enfermedad le había robado su dignidad, seguía siendo alegre. Troy echaba de menos lo mucho que valoraba Sandy las sencillas alegrías de la vida cotidiana.

Al menos, Megan y él ya habían superado las primeras veces: el primer día de Acción de Gracias sin Sandy, la primera Navidad, el primer cumpleaños, el primer aniversario de bodas y el primer Día de la Madre. Era entonces cuando su muerte se dejaba sentir como un peso que no aflojaba. Cuando tanto su hija como él reconocían que nada volvería a ser igual.

Troy salió de su ensimismamiento al llamarle alguien.

—¿Interrumpo algo importante? —preguntó Louie Benson desde la puerta del despacho.

—Louie —Troy se levantó. No todos los días recibía la visita del alcalde de Cedar Cove—. Pasa. Me alegro de verte —le indicó la silla que había delante de su mesa.

—Feliz Año Nuevo —le dijo Louie al tomar asiento. Apoyó un tobillo sobre la rodilla de la pierna contraria. Parecía relajado.

—Igualmente —contestó Troy, y volvió a sentarse—. ¿Qué puedo hacer por ti?

El alcalde era un hombre muy ocupado y no perdía el tiempo en visitas innecesarias. Lo cierto era que Troy no recordaba la última vez que había ido a verlo a su despacho. Coincidían bastante a menudo: era inevitable, teniendo en cuenta que trabajaban en el mismo complejo de oficinas. Fuera de allí, eran simples conocidos y se veían en alguna que otra fiesta o celebración cívica.

Louie se puso serio y se inclinó hacia delante.

–Hay un par de cosas de las que quería hablarte.
–Claro.

Louie miró el suelo.

–Primero, quiero recordarte que en noviembre de este año me presento a la reelección. Confiaba en contar con tu apoyo.

–Cuenta con él –a Troy le sorprendió que sintiera la necesidad de sacar a relucir aquel asunto a principios de año. Además, siempre había apoyado a Louie en campañas anteriores. Que él supiera, no había otros candidatos a la alcaldía.

–Valoro mucho tu apoyo –dijo Louise–. Y, naturalmente, tú puedes contar con el mío –fijó la mirada en la mesa–. Hablando de otra cosa... ¿Qué puedes decirme sobre esos restos que se descubrieron hace poco?

–Recibí el informe de la autopsia hace unos días –contestó Troy–. Jack Griffin sacó un artículo en el *Chronicle* este fin de semana. Quizás alguien pueda ofrecernos alguna información después de leerlo. La dentadura no sirve de nada sin un nombre y muestras con las que podamos cotejarla. Hasta la fecha, no tengo nada.

Louie se reclinó en su silla y miró la carpeta abierta que había sobre la mesa.

–Entonces... ¿no tienes ni idea de quién podía ser ese pobre diablo?

–No, ninguna.

Aquello pareció molestar al alcalde.

–Si te pregunto es porque he recibido una llamada de un periódico de Seattle. Al parecer, el artículo de Jack ha despertado cierto interés allí. Quieren hacer un reportaje sobre esos restos sin identificar –el alcalde arrugó más aún el ceño–. Intenté disuadir a la periodista, pero parecía empeñada en averiguar todo lo que pueda. Le di tus datos de contacto, así que supongo que te llamará.

–Deben de andar escasos de noticias –Troy agradecía que le hubiera avisado–. Gracias por la advertencia –a lo largo de los años había tratado muchas veces con la prensa y estaba acostumbrado a vérselas con reporteros. No tenía nada contra ellos, siempre y cuando no se metieran donde no debían ni publicaran información errónea.

—Lo que temo —continuó Louie— es que un reportaje negativo dañe la reputación de Cedar Cove. Queremos atraer turistas, no ahuyentarlos con... con historias siniestras sobre nuestra ciudad.

—Ahora mismo no hay nada de lo que informar —le aseguró Troy.

—¿No habéis averiguado nada? —inquirió Louie.

—No, nada —Troy alzó los hombros—. Estaba todo en ese artículo que escribió Jack. Los restos pertenecen a un varón de entre catorce y dieciocho años. Lleva muerto desde 1980, aproximadamente. Y no hay evidencias de cómo murió.

A Louie no parecían interesarle los detalles.

—El caso es que Cedar Cove no necesita mala prensa. Este año nos hemos propuesto atraer a más turistas a la zona. Odio pensar que Cedar Cove se convierta en el centro de una historia macabra sobre cadáveres sin identificar y misterios sin resolver.

Troy asintió con la cabeza.

—Sí, te entiendo.

—Bien —Louie se levantó—. Haz lo que puedas por resolverlo lo antes posible.

Troy se puso en pie y abrió la boca para asegurarle que estaba haciendo todo lo que estaba en su mano, pero el alcalde no le dio ocasión.

—Y no me refiero a que eches tierra sobre el asunto, ¿entiendes? —dijo.

—Claro que no.

—Bien —Louie le tendió la mano y Troy se la estrechó—. Asegúrate de que no se publica ningún dato sensacionalista o erróneo, ¿de acuerdo? Como te decía, quiero que Cedar Cove se convierta en un destino turístico, no en un circo.

—¿Te acuerdas del nombre de esa periodista? —preguntó Troy.

—No creo que pudiera olvidarlo. Se llama Kathleen Sadler.

—Kathleen Sadler —repitió Troy—. Descuide, le pondré las cosas claras.

—Gracias —Louie sonrió, aliviado—. Sabía que podía contar contigo.

Cuando el alcalde se marchó, Troy volvió a concentrarse en el papeleo que tenía sobre la mesa. Esa tarde el teléfono sonó con frecuencia, pero la periodista no llamó. Troy confiaba en que no se hubiera propuesto inspeccionar ella misma el lugar donde se había encontrado el cuerpo. La cueva seguía acordonada, pero la cinta policial no siempre disuadía a los reporteros.

Troy había evitado que el nombre de los dos chicos que descubrieron el cuerpo apareciera en el *Chronicle*. Eso, sin embargo, no significaba que Sadler no pudiera encontrarlos. Después del hallazgo del cuerpo, Troy había hablado con ellos dos veces. Confiaba en que Philip «Shaw» Wilson y Tannith Bliss le hubieran dicho todo lo que sabían, que no era mucho. La conversación había sido muy franca. Aunque Tannith (Tanni) había procurado quitarle importancia al incidente, Troy había notado que estaba muy impresionada. Se había alegrado de poder dejarla en manos de su madre a la chica de dieciséis años.

Lo último que necesitaba Tanni era que la prensa de Seattle la interrogara. Shaw era un poco más mayor y Troy tenía la impresión de que podía bregar a la perfección con una andanada de preguntas. Quizá conviniera advertirles a ambos, de todos modos.

Sonó el teléfono y Troy lo levantó listo para hablar con la esquiva Kathleen Sadler.

—Sheriff Davis.

—Eh, confío en no molestarle innecesariamente —era Cody Woodchase.

Troy percibió su tono vacilante.

—No. ¿Qué ocurre?

—He recibido una llamada del servicio de emergencias. Por lo visto, ha habido un allanamiento en el 204 de Rosewood Lane.

—¿En casa de Faith? —Troy se levantó de un salto. Ésa era la dirección de la casa de alquiler a la que se había mudado Faith. Llevaba allí poco más de dos meses.

—Tengo entendido que es... amiga suya.
—Sí —dijo Troy, cortante, con los músculos de la garganta tensos.
—He pensado que querría saberlo.
—Sí, Cody, gracias.
Unos segundos después, Troy se había puesto la chaqueta y el sombrero. Salió de la oficina a toda prisa. Sólo pensaba en Faith. Tenía que asegurarse de que no le había pasado nada. De que estaba a salvo.

CAPÍTULO 2

Faith Beckwith se dio cuenta de que algo iba mal en cuanto se acercó a su casa. Un mal presentimiento la asaltó antes de abrir siquiera la puerta de la cocina. Se estremeció, pero no por el frío de principios de enero, aunque llevaba todavía el día lloviendo intermitentemente y el viento atravesaba su chaqueta invernal. Su indecisión no duró mucho: se la sacudió de encima, giró la llave y entró en el... caos.

El suelo de la cocina estaba cubierto de basura. Alguien había volcado el cubo de la basura sobre el linóleo. Los posos de café, las cáscaras de huevo y las botellas de zumo de naranja vacías habían dejado un rastro de desperdicios. Las huellas conducían al cuarto de estar.

Sin pensárselo dos veces, Faith echó mano del teléfono. Logró refrenarse para no llamar a Troy Davis. Se detuvo un momento para no marcar su número, que había memorizado hacía mucho tiempo, y marcó el de su hijo, confiando en que hubiera vuelto del trabajo. Al oír la voz de Scott sintió tal alivio que le flaquearon las rodillas.

—Scottie, han entrado en casa.

—¿Mamá? ¿Qué dices?

—Alguien ha entrado en mi casa —repitió ella, y le sorprendió que no le temblara la voz.

—¿Estás segura?

—¡El suelo de la cocina está lleno de basura!

—Mamá —dijo Scottie con calma—, cuelga y marca el 911. Luego vuelve a llamarme.

—Ah, claro —debería habérsele ocurrido. Normalmente era una mujer sensata. Pero entrar en casa y encontrar aquel desbarajuste la había trastornado.

—Llámame enseguida.

—De acuerdo —le prometió a su hijo, y pulsó el botón de desconexión. Respiró hondo, marcó el número de servicio de emergencias y esperó a oír la voz del operador.

—Ha llamado al 911. ¿En qué puedo ayudarlo?

—Han allanado mi casa —balbució Faith—. Sólo he entrado en la cocina. Han armado un lío espantoso.

—¿Está segura de que el intruso no sigue en la casa?

A Faith no se le había ocurrido. Ay, Dios...

—No... —el escalofrío que había experimentado un rato antes volvió a apoderarse de ella. Le parecía que tenía los pies helados y pegados al suelo. Podía haber alguien en la habitación de al lado.

—¿Llama desde un teléfono móvil? —preguntó el operador, deshaciendo así las horribles escenas que desfilaban por su cabeza.

—Sí.

—Salga y no cuelgue —prosiguió el operador.

Faith se obligó a acercarse a la puerta haciendo el menor ruido posible, lo cual era absurdo teniendo en cuenta que hasta ese momento había hablado en un tono normal. Si la persona que había entrado en su casa seguía allí, ya la habría oído.

—Estoy fuera —susurró.

—Bien —le dijo el operador en tono tranquilizador—. Un coche patrulla va de camino.

—Gracias.

—El ayudante Weaver llegará dentro de unos tres minutos.

—Soy amiga del sheriff Troy Davis —dijo ella, y enseguida se arrepintió. Troy ya no formaba parte de su vida. Y sin embargo había sentido el impulso de llamarlo al darse cuenta de que alguien había allanado su casa—. Éramos amigos —se corrigió.

El teléfono emitió un pitido: tenía otra llamada.

—Creo que es mi hijo —le dijo al operador—. Quería que lo llamara en cuanto hubiera informado del... incidente —no sabía muy bien cómo referirse a lo sucedido.

—Enseguida podrá llamarlo —le dijo el operador—. El ayudante Weaver llegará dentro de un momento.

Faith respiró aliviada al ver que el coche patrulla doblaba la esquina.

—Ya está aquí.

El teléfono pitó de nuevo.

—Tengo que contestar. Si no, Scottie empezará a preocuparse —dio las gracias al operador y colgó. Luego esperó a que su hijo se pusiera al teléfono.

—Mamá, ¿va todo bien?

—Ha llegado un ayudante del sheriff —le aseguró Faith.

—Está bien. Voy para allá —por desgracia, la casa de Scott estaba a cierta distancia de Rosewood Lane: tardaría al menos quince minutos en llegar. Aun así, al saber que Scott iba de camino, Faith pensó que iba a derrumbarse. Como si no tuviera fuerzas para mantenerse en pie.

El ayudante del sheriff aparcó su coche junto a la acera y, tras hablar un momento con Faith, entró en la casa con el arma en la mano. Faith se quedó en el camino que llevaba al garaje, agarrando con fuerza su bolso. El ayudante Weaver tardó apenas un momento en salir, pero a ella le pareció mucho más.

—Todo despejado —le dijo.

Faith asintió con la cabeza y echó a andar hacia la casa, pero el ayudante Weaver la sujetó del brazo.

—¿Tiene familia por esta zona? —preguntó.

Faith asintió de nuevo.

—Mi hijo Scott viene para acá.

—Entonces le recomiendo que lo espere para entrar —dijo el ayudante.

Ella no le entendía.

—Pero ¿por qué? Ha dicho que no hay nadie dentro.

Weaver se quedó callado un momento.

—No creo que convenga que entre sola —dijo—. Puedo entrar con usted, si quiere...

A Faith le costaba asimilar lo que le estaba diciendo.
—¿Quiere decir que... que los daños son graves?
—Eso tendrá que juzgarlo usted misma.
—Ah —Faith no supo qué responder.
—¿Conoce a alguna persona que tenga algo contra usted? —preguntó Weaver.
—No —contestó ella, sorprendida por la pregunta—. Sólo hace un par de meses que vivo aquí. La casa es de alquiler. No quería... estorbar a mi hijo y a su familia mientras buscaba una casa que comprar.

El ayudante Weaver asintió, pensativo.
—¿Por qué? —preguntó ella, angustiada.
Él la miró con pesar.
—Lamento decírselo, pero parece algo personal.
—¿Personal? Dios mío, no puede ser. Viví en Cedar Cove hace muchos años, pero ahora no conozco a mucha gente por aquí. Trabajo en la clínica y en fin... —se interrumpió al ver llegar el coche de Troy Davis.

Troy aparcó detrás del ayudante Weaver y salió del coche. Faith tuvo que refrenarse para no correr hacia él.

Troy buscó enseguida su mirada. A pesar de sus esfuerzos, a Faith se le saltaron las lágrimas. No lo veía desde Navidad, y durante ese tiempo había luchado por olvidarse de él. Había tenido un éxito limitado. Pasaban días enteros sin que apenas pensara en él, lo cual era un avance. Y sin embargo, al hallarse en aquella crisis, enseguida había sentido el impulso de recurrir a Troy.

El ayudante Weaver se adelantó. Troy y él hablaron un segundo. Luego el ayudante se acercó a la casa de al lado y Troy echó a andar hacia ella.

—¿Estás bien? —preguntó, echándole un rápido vistazo.
Ella bajó los ojos para ocultar lo mucho que se alegraba de verlo.
—Aún... aún no lo sé —logró esbozar una débil sonrisa que seguramente no engañó a Troy.
—¿Lo sabe Scott?
—Lo llamé enseguida. Fue él quien me dijo que llamara a emergencias. Dijo que salía enseguida de la oficina.

–Bien.

–Pero tardará todavía diez minutos en llegar.

–¿Prefieres esperarlo o quieres que entre contigo?

–¿Lo harías? –susurró ella.

Troy la agarró del codo y se dirigieron juntos hacia la puerta de la cocina.

–Imagino que habrá un desorden espantoso –eso daba a entender la reacción del ayudante Weaver.

Como si tocarla le recordara dolorosamente que habían acabado, Troy apartó la mano. Faith intentó disimular la sensación de desamparo que se apoderó de ella, abrió la puerta del estrecho armario que había junto al cuarto de la lavadora y sacó un cepillo.

–Sugiero que echemos un vistazo antes de que empieces a limpiar.

–Ah, sí, claro.

Troy entró en el cuarto de estar. Al seguirlo, Faith sofocó un grito. Era como si hubiera pasado un ciclón. Los muebles estaban volcados y el piano y la librería estaban manchados de pintura amarilla. Pero lo más perturbador de todo era lo que habían hecho con las fotos de familia colocadas sobre la repisa de la chimenea. Faith se tapó la boca con las manos, impresionada.

–Esto tiene que ser personal –masculló Troy. Tomó la fotografía de Scott con su mujer y sus hijos. Todos ellos tenían la cara tachada con una equis dibujada en tinta roja. La foto de la hija de Faith, Jay Lynn, y su familia, había recibido el mismo trato. Pero la que se hallaba en peor estado era la de su difunto marido, Carl. Estaba completamente tachada.

–¿Quién ha podido hacer algo así? –sollozó Faith.

–¿Has discutido con alguien últimamente? –preguntó Troy.

Era básicamente la misma pregunta que le había hecho el ayudante Weaver, y la respuesta no había cambiado.

–No.

–Piensa, Faith –insistió Troy–. Quien ha hecho esto intenta hacerte daño. Y puede que se trate de más de una persona.

–En ese caso –repuso ella–, lo han conseguido.

—Lo siento muchísimo —dijo Troy con suavidad, amablemente. Por un momento pareció que deseaba tomarla en sus brazos.

Débil y vulnerable como se sentía en ese momento, Faith habría aceptado de buen grado su abrazo. Habría aceptado el consuelo que le ofrecía, la certeza reconfortante de que en sus brazos estaba segura y a salvo.

Por suerte, Troy recordó que ya no eran pareja y que no convenía que la tocara. Bajó el brazo y dio un pequeño paso atrás.

—¿Y el dormitorio? —preguntó Faith, intentando ocultar su flaqueza.

—¿Estás segura que quieres verlo? —preguntó Troy.

—Tendré que... afrontarlo tarde o temprano.

—Tienes razón —Troy la precedió de nuevo.

Tuvieron que saltar por encima de los cajones tirados por el pasillo, y por encima de cojines, libros y lámparas, y de toda la ropa de Faith, o eso parecía. Daba la impresión de que habían vaciado en el pasillo todo lo que contenía su casa. Al ver el caos que reinaba en su dormitorio, se le llenaron los ojos de lágrimas y no pudo soportar seguir mirando. Se volvió con un sollozo y salió precipitadamente de la habitación.

La ira se apoderó de ella. No podía imaginar quién había hecho aquello. Fuera quien fuese, deseaba turbar la paz y la serenidad que tanto le había costado conseguir desde su traslado a Cedar Cove.

—¿Puedes decirme si se han llevado algo? —preguntó Troy.

Ella sospechaba que intenta distraerla.

Entró en el cuarto de estar y respiró hondo varias veces.

—No, aún no —la idea de que aquello podía ser algo más que una gamberrada volvió a asustarla. Posiblemente, la persona que había entrado en la casa se habría llevado todos los objetos de valor que había encontrado.

¿Por qué le había pasado a ella? Sólo tenía unas pocas joyas caras, y algunas las llevaba puestas. Las otras (su alianza de boda y las perlas que habían sido de su madre) estaban guardadas en una caja de seguridad, en el banco.

–¿Echas algo en falta? –continuó Troy. Faith negó con la cabeza–. Lo primero que quiero que hagas es cambiar la cerradura –dijo Troy mientras inspeccionaba la puerta principal–. Que te instalen una con cerrojo. Y piensa en instalar también un sistema de alarma.

–Sí, voy a pensármelo –su sugerencia evitó que se detuviera a pensar en lo ocurrido, pero no por mucho tiempo–. Mi familia... –susurró. Miró las fotografías de sus hijos y nietos–. ¿Están a salvo?

Troy se encogió de hombros, incómodo.

–Yo diría que sólo intentan asustarte.

–Pero ¿por qué?

La cara de Troy se contrajo, ceñuda.

–Eso no lo sé. Ojalá pudiera decírtelo, pero no puedo.

–Quiero saber por qué...

–Yo también –dijo él–, y te prometo que haré todo lo que esté en mi mano para encontrar al culpable.

Eso estaba bien, pero Faith seguía pensando en su familia.

–¿Por qué les han tachado la cara? No podré dormir por las noches, si hay alguna posibilidad de que mis nietos estén en peligro... Y todo por mi culpa –se apresuró a decir–. ¿Qué he hecho para merecer esto?

Troy la asió de los hombros. Gracias a ello, Faith no se derrumbó.

–Escúchame, Faith –dijo él enérgicamente–, no va a pasar nada. Ordenaré que los coches patrulla hagan rondas por aquí y por casa de Scott. No quiero que te preocupes, ¿entendido?

A ella le costó un enorme esfuerzo asentir con la cabeza.

–¡Mamá! –oyó la voz de Scott, procedente del porche.

Al ver que ella no contestaba inmediatamente, Troy gritó:

–¡Estamos dentro! –la soltó, se acercó a la puerta y la abrió.

Scott entró precipitadamente y miró a su alrededor. Se quedó sin habla, con los ojos dilatados por el asombro. Cuando logró recuperarse, se volvió hacia Troy buscando respuestas, como había hecho Faith momentos antes.

Faith le tendió las manos. Estaba muy unida a sus hijos y a sus nietos, pero se negaba a ser una carga. Para ella, la independencia era esencial, y estaba decidida a conservarla. Tras la muerte de Carl se había acostumbrado a ser viuda y a vagar sola por su enorme casa de Seattle. Ahora había vuelto a Cedar Cove, pero procuraba, dentro de lo posible, valerse sola sin pedir ayuda a sus hijos.

De modo que se las había arreglado bien, pero aquel... aquel salvaje que había invadido su casa no sólo había volcado los muebles: había puesto patas arriba su vida entera y destruido su paz de espíritu.

—El ayudante Weaver está hablando con los vecinos —dijo Troy—. Voy a ver si ha averiguado algo.

—¿Han entrado por la puerta principal? —preguntó Scott, incrédulo. Pasó un brazo por los hombros de Faith. Ella agradeció su apoyo.

—Eso parece —contestó Troy.

—¿A plena luz del día? ¿Es que no había ningún vecino en casa?

Faith levantó los ojos.

—Los Vessey están pasando el invierno en Arizona y... y... —tartamudeó un poco— todos los demás están trabajando o en clase.

—¿Seguro que estás bien? —preguntó Troy. Su mirada evidenciaba que se resistía a marcharse. Pero ahora que había llegado Scott, no había razón para que se quedara. Había cumplido con su deber. No: lo había sobrepasado.

Haciendo acopio de fuerzas, Faith le tranquilizó con una sonrisa.

—Sí, estoy bien, gracias, Troy. Te agradezco mucho que hayas venido en persona.

Él se tocó el ala del sombrero, saludó a Scott con una inclinación de cabeza, dio media vuelta y salió.

CAPÍTULO 3

Olivia Griffin tomó la última cucharada de sopa y dejó el cuenco vacío en el fregadero de la cocina. La sopa de tomate y albahaca era uno de sus platos preferidos, y su madre se aseguraba de que todas las semanas la tuviera en abundancia. A Jack le alegraría que se lo hubiera comido todo. La semana anterior, Olivia había recibido su primer tratamiento de quimioterapia, y había ido mejor de lo que esperaba.

Pero no se hacía ilusiones.

Unos meses antes, cuando le diagnosticaron el cáncer de mama, había temido que su vida estuviera a punto de acabarse. La noticia la había dejado atónita, como poco. Ella siempre había comido bien, hacía ejercicio regularmente y tomaba todas las vitaminas que se recomendaban.

Si algo le había enseñado el cáncer era que la enfermedad no era justa; ni la vida tampoco. A su edad, ya debía saberlo. Y lo sabía. Había perdido a un hijo a los trece años, su primer matrimonio había acabado en desastre... Y sin embargo, absurdamente, se había convencido de que podía controlar su cuerpo y su salud, si hacía todo lo correcto. Perder el control así resultaba difícil de aceptar, y pese a todo no tenía elección.

Era una mujer que controlaba férreamente su entorno. En su casa no había sitio para el desorden. Era consciente de que aquel rasgo de su carácter se había agudizado tras la muerte de Jordan.

Había pedido una excedencia en su puesto como juez de familia y se estaba preparando física y anímicamente para afrontar los tres meses de tratamiento que tenía por delante. Sabía que algunas personas seguían trabajando mientras pasaban por la quimioterapia, pero todo el mundo le había aconsejado que no lo hiciera.

–Date un descanso –le había dicho Jack, y eso había hecho.

El ruido de la puerta de un coche al cerrarse la avisó de que tenía compañía. Al asomarse al ventanal de la cocina vio que era su madre, lo cual no era de extrañar. Pero Olivia frunció el ceño al ver que Charlotte iba sola. Desde que se había casado con Ben, varios años antes, casi siempre estaban juntos. Habían vuelto de un crucero por el Caribe el día de Navidad, y su madre iba a verla todos los días desde entonces.

Consciente de que a Charlotte le gustaba aparcar a un lado de la casa y usar la entrada de atrás, Olivia le abrió la puerta de la cocina. Su madre sonrió al entrar.

–Confiaba en pillarte antes de que te echaras la siesta –dijo. Puso la cesta sobre la mesa, se desembarazó rápidamente del bolso y el abrigo y los colgó en el perchero que había junto a la puerta.

Charlotte rara vez se pasaba por allí sin llevar alguna golosina, normalmente hecha en casa.

–Mamá, dejé de echarme la siesta cuando tenía cuatro años, ¿recuerdas? –bromeó Olivia.

–Lo sé, cariño –dijo Charlotte sin ofenderse–, pero necesitas descansar. Sobre todo, ahora.

–Esta mañana me he levantado tarde –normalmente se levantaba a las seis y estaba en el juzgado a los ocho y media. El lujo de no tener que poner el despertador cada noche podía convertirse en costumbre, se dijo para sus adentros.

–¿A qué hora? –preguntó su madre mientras desdoblaba el paño de cuadros rojos de la cesta y sacaba una lata de galletas y un pastel de naranja, uno de los preferidos de Jack.

–Casi a las ocho.

Charlotte la miró por encima del hombro y se fingió asombrada.

—A las ocho, ¡qué barbaridad!
Olivia se rió.
—Bueno, para mí lo es. Y ha sido una delicia.
—¿Jack no te ha despertado al irse a trabajar?
Lo cierto era que su marido la había despertado, pero de la manera más romántica posible: le había llevado una taza de café recién hecho y la había besado repetidamente antes de marcharse a la redacción. Al recordar cómo la habían despertado sus besos de un profundo sopor, el cálido fulgor de la felicidad la colmó por entero.
—¿Te apetece un té, mamá? —preguntó. Tenía por costumbre tomar café sólo por la mañana, y después sólo té.
—Ya lo hago yo —dijo Charlotte.
—No estoy inválida —protestó Olivia, aunque sabía que era absurdo discutir. Sin esperar respuesta, apartó una silla, se sentó y observó cómo se atareaba su madre por la cocina.
Últimamente, dejaba que Jack y su madre la mimaran. Podían hacer tan poco por ella... Y aquellos pequeños placeres (el café en la cama, algunas chucherías hechas en casa) hacían que se sintiera mejor.
—¿Dónde está Ben? —preguntó mientras su madre ponía agua a hervir y metía unas bolsitas de té en la tetera.
—En casa, en su tumbona —contestó Charlotte—. Está un poco resfriado.
—¿Le has hecho sopa de pollo y fideos? —aquél era el remedio infalible de su madre para cualquier achaque de sus seres queridos.
Charlotte asintió.
—Ahora mismo está hirviendo en la olla —mientras hablaba, sacó del armario dos tazas y dos platillos—. Ben está cansado por el crucero y, además, bueno, se ha llevado un buen disgusto con ese asunto de David y el bebé.
El día de Nochebuena, una joven embarazada llamada Mary Jo Wyse se había presentado en Cedar Cove buscando a David Rodees, el hijo menor de Ben. David era el padre de su hijo, y había contado a la chica un montón de mentiras. Aparte de las más graves (como que los quería a ella y al

bebé), la había hecho creer que estaba pasando las fiestas con Charlotte y Ben. David sabía muy bien que su padre y su madrastra estaban de crucero; obviamente, había dado por sentado que Mary Jo no intentaría encontrarlo. Lo que no esperaba era que se presentara en el pueblo, y menos aún que se pusiera de parto y diera a luz a su hija allí mismo, en Cedar Cove. Al final, aquélla resultó una noche milagrosa. Una noche que Olivia y Grace Harding, su mejor amiga, recordarían largo tiempo.

—¿Se ha puesto en contacto con Ben? —preguntó Olivia.

Que ella supiera, nadie había llamado a David para decirle que Mary Jo había tenido una niña. Charlotte asintió con la cabeza mientras el agua empezaba a hervir. Levantó el recipiente del fuego y llenó la tetera, que tapó con un pañito y llevó a la mesa. Luego llevó los platillos y las tazas. Todos sus movimientos eran escuetos y precisos, pensó Olivia, el testimonio de tantos años trabajando en la cocina para reconfortar a otros.

—Me temo que no fue una conversación agradable —dijo con un suspiro—. Ben se ha llevado una terrible desilusión con su hijo.

Por desgracia, aquélla no era la primera. Ni mucho menos.

—David intentó convencerlo de que ni siquiera conocía a Mary Jo.

¡El muy sinvergüenza! ¡Qué cara más dura! Claro que intentar escurrir el bulto era propio de él, desde luego. La primera vez que Olivia se había visto expuesta a sus tretas fue cuando David intentó birlarle a su madre un par de miles de dólares. Por suerte Justine, su hija, logró impedírselo.

Charlotte soltó otro profundo suspiro.

—Creo que han discutido. Ben no me ha dicho gran cosa y no quiero presionarlo, pero puedes imaginarte cómo se siente.

—Al menos ahora tiene una nieta preciosa —le recordó Olivia a su madre.

—Ah, sí, y esté encantado con Noelle. Ya ha hecho revisar su testamento.

—¿Habéis tenido noticias de Mary Jo? —preguntó Olivia.

—Hemos hablado con ella un par de veces esta semana. Parece que está bien, y la nena está preciosa.

—Cuánto me alegro.

—Sus hermanos están como locos con la pequeña Noelle.

Al recordar la Nochebuena, Olivia sonrió. Los tres hermanos Wyse habían ido corriendo al rancho de Grace y Cliff, en busca de su hermanita. Habían recorrido la zona del estuario de Puget de cabo a rabo, y al final habían llegado a tiempo de ver a su sobrina recién nacida. Mary Jo estaba alojada en el apartamento que había sobre el establo del rancho de Cliff, donde se había puesto de parto.

—Ayer, cuando hablamos, Mary Jo me dijo que Mack McAfee se había pasado a ver a la niña —le dijo Charlotte.

—Entonces, ¿ha ido a Seattle? —el joven bombero había acompañado a Mary Jo durante todo el parto. Había sido él quien la había ayudado a dar a luz. Era su primer alumbramiento. Olivia recordaba claramente lo emocionado que estaba. Su cara brillaba de alegría. Casi parecía el padre.

—Sí, y Mary Jo me dijo que le había llevado otro peluche a Noelle —Charlotte apartó el pañito, tomó la tetera y sirvió dos tazas de té verde—. Entre Mack y los hermanos de Mary Jo, esa niña tiene juguetes de sobra para toda la infancia.

—Qué bien —dijo Olivia al tomar su taza.

—¿Te has enterado de lo de Faith Beckwith? —Charlotte abrió la lata y le ofreció una galleta de avena y pasas.

—¿Que ha vuelto al pueblo, quieres decir? —aquélla era una noticia ya vieja, por lo que a ella respectaba. Mordió la galleta, que, como siempre, estaba en su punto.

—No —Charlotte bebió un sorbo de té—. Que algún gamberro ha destrozado su casa.

—¿En serio? —Olivia estaba espantada—. Ay, Dios, ¿lo sabe Grace?

La casa que había alquilado Faith pertenecía a su mejor amiga, que había tenido muchas dudas respecto a si debía venderla o no. Sus primeros inquilinos, una pareja joven, Ian y Cecilia Randall, apenas se habían instalado cuando a él, que era militar, lo trasladaron a otro destino. Los siguientes se habían retrasado meses en el pago y parecían decididos a aprovecharse de los subsidios sociales y a vivir allí gratuitamente mientras pudieran. Por lo visto, la pareja y los parásitos que vivían con ellos sabían exactamente lo que se traían entre manos.

Aquella experiencia había sido terrible para Grace. Por suerte, los inquilinos dejaron la casa por voluntad propia... con un poco de ayuda de Jack y del marido de Grace, Cliff, que idearon formas muy imaginativas de persuadir a aquella panda de holgazanes de que desalojara la casa de una vez por todas.

—Vaya —murmuró Charlotte, dejando a un lado su taza—, se me ha olvidado. Grace me pidió que no te lo dijera.

—¿Por qué no?

—No quería preocuparte.

Lo único que quería Olivia era que su familia y sus amigos dejaran de tratarla como si fuera a desmayarse al menor disgusto.

—Luego hablaré con Grace, pero primero cuéntame lo de Faith.

Su madre sujetó la taza con ambas manos.

—Ella está bien. En cuanto me enteré, fui a ayudarla a limpiar. Y también Grace y Cliff, claro, y Corrie y Peggy, y un montón de gente más. La casa estaba hecha un desastre —Charlotte hizo una mueca—. Un auténtico desastre.

—¿Cómo se lo ha tomado Faith?

Su madre se recostó en la silla.

—Ya la conoces. Es una mujer muy fuerte, pero esto la ha asustado. Menos mal que ese vándalo ya se había ido cuando ella llegó.

Olivia se imaginaba lo perturbador que tenía que haber sido aquello para Faith.

—¿Se llevaron algo? —preguntó.

—Cuando la vi, no estaba segura, y estábamos todos tan atareados limpiando la casa que era difícil saberlo. No creo que lo sepa hasta que tenga tiempo de revisarlo todo despacio.

–¿Quién más fue a ayudar? –aquello era algo de Cedar Cove que a Olivia le encantaba: los vecinos eran más que vecinos; eran amigos que estaban ahí cuando se les necesitaba.

–Pues su hijo y su nuera, claro.

–Claro.

–Y también Megan Bloomquist.

–¿La hija de Troy?

–Sí. Faith y ella se han hecho muy amigas.

Aquello era toda una sorpresa.

–¿Y qué hay de lo del sheriff y Faith?

Charlotte dejó la taza en el platillo y frunció el ceño, pensativa.

–Eso, por desgracia, es un asunto delicado. Creo que han decidido no verse más.

–¿De veras? –Olivia lo sentía. Recordaba que habían salido juntos cuando iban al instituto. Últimamente se rumoreaba que habían vuelto a encontrarse, lo cual le parecía una excelente idea. Le entristecía pensar que las cosas se hubieran torcido. Pero no todos los idilios tenían un final feliz, ella lo sabía muy bien.

Se quedaron calladas unos segundos.

–El cerrajero llegó cuando estaba allí –dijo Charlotte–. Troy le sugirió a Faith que instalara un cerrojo, y Grace lo encargó enseguida.

–Bien hecho.

–En la puerta de delante y en la de atrás, y también en el garaje –su madre sonrió–. Lloyd dijo que desafiaba a cualquiera a volver a entrar en esa casa.

Lloyd Copeland, el cerrajero del pueblo, tenía veinte años de experiencia. Si él decía que la casa era segura, lo era. Sólo se podría entrar por una ventana, pero Olivia recordaba que Grace había hecho instalar cristales reforzados en las ventanas de abajo.

–Me alegro –dijo–. Faith necesita un poco de tranquilidad.

–Ya lo creo que sí –Charlotte acabó su té y se levantó para llevar la taza al fregadero–. ¿Puedo hacer algo más por ti, Olivia?

—No, mamá, nada, gracias por preguntar.
—¿Tu hermano Will se ha pasado por aquí últimamente? —preguntó Charlotte mientras se acercaba a la puerta.
—Llamó esta mañana.

Su madre frunció el ceño y Olivia notó que estaba molesta. Charlotte esperaba que su hermano fuera a verla al menos tres veces por semana, para compadecerse de ella y tomarla de la mano.

—Mamá —protestó—, Will tiene muchas cosas que hacer. Está poniendo en marcha la galería y remodelando la casa.
—Eso no es excusa.

Olivia no se molestó en llevarle la contraria.

—Pero le has visto después de Navidad, ¿no?
—Claro —lo cierto era que Will había estado allí el día de Navidad y parecía un poco deprimido. Había ido a casa de Shirley Bliss y se había llevado una sorpresa al descubrir que Shirley no estaba. Su hermano tenía un ego inmenso: creía que el mundo giraba a su alrededor. No se le había ocurrido que Shirley, una de las pintoras cuya obra exponía, viuda y madre de dos hijos, pudiera no estar en casa, anhelando su visita. Olivia confiaba en que Will hubiera aprendido la lección.

—Acuérdate de que os he traído tarta de naranja.
—¿Cómo iba a olvidarlo? —aunque Jack disfrutaría más que ella comiéndosela—. Intentas hacerme engordar, ¿a que sí?

Su madre no lo negó.

—La próxima vez te haré una fuente entera de mi lasaña especial.
—Mamá —dijo Olivia, riendo—, si sigues así dentro de poco no me cabrá la ropa —aunque no tenía que preocuparse por eso. Sus trajes le quedaban grandes: antes de Navidad había tenido una infección grave y había perdido peso. Quería, sin embargo, que su madre supiera que, aunque valoraba todo lo que hacía por ella, iba camino de recuperarse.

—Deja que te mime un poco más —dijo Charlotte—. Por favor, cariño.

Olivia cedió con una sonrisa.

—Está bien, mamá.

Charlotte se puso el abrigo y recogió su bolso y su cesto vacío.

—Me voy a ver a Bess —una de sus muchas amigas—. ¿Me llamarás si necesitas algo? —preguntó—. ¿Prometido?

—Claro que sí —le aseguró Olivia.

Su madre agarró el pomo de la puerta.

—Y no dejes que Jack se coma toda la tarta, ¿me oyes?

Olivia se rió de nuevo.

—Haré lo que pueda, mamá.

Su madre le dijo adiós con la mano y se marchó. Olivia confiaba en tener tanta energía, optimismo y encanto como su maravillosa madre cuando llegara a la edad de Charlotte.

CAPÍTULO 4

Alguien llamó a la puerta mientras Christie Levitt estaba inclinada sobre el lavabo de su cuarto de baño, lavándose los dientes. Christie se aclaró la boca, dejó cuidadosamente el cepillo en su soporte y se lavó la cara con agua fría. No tenía ni idea de quién podía llamar a su puerta a aquella hora de la mañana.

—¡Ya voy, ya voy! —gritó, e hizo una mueca. Tenía un incipiente dolor de cabeza que amenazaba con convertirse en una jaqueca en toda regla.

La persona que estaba llamando era insistente, desde luego. Mientras cruzaba el pasillo para ir a su habitación, Christie repasó de cabeza las facturas que había pagado. Sí, recordaba haber enviado sendos cheques a la compañía eléctrica y a la del agua.

Le habían cortado el suministro alguna que otra vez, y en su opinión las compañías actuaban taimadamente al respecto. Nadie había llamado a su puerta, al menos que ella recordara.

Christie agarró una bata, se la puso, se anudó el cinturón y procuró ignorar su jaqueca.

—¿Quién es? —preguntó mientras abría el cerrojo.

Le dolía la cabeza, le escocían los ojos. Le hacía falta un buen café caliente. Cuanto más fuerte, mejor. Pero no podría tomárselo enseguida. Se había despertado con la boca tan seca que parecía tenerla rellena de algodón. Por eso se había lavado primero los dientes. El café sería lo siguiente.

En cuanto abrió la puerta del apartamento, su hermana pasó dándole un empujón.

Christie dejó escapar un gruñido. Había intentado evitar a Teri. No respondía a las insistentes llamadas de su hermana. Había roto la nota que Teri le había pasado por debajo de la puerta sin molestarse en leerla. No hacía falta: sabía lo que decía. Debería haberse dado cuenta de que Teri no se daría por aludida.

—¿Qué quieres? —Christie hizo otra mueca al notar que una punzada de dolor le atravesaba la cabeza.

Teri, que estaba embarazada de cinco meses e iba a tener trillizos, la miró indignada.

—Estás hecha un asco.

—Gracias —Christie entró en la cocina y echó mano de la cafetera—. Tú siempre tan diplomática.

—Nunca lo he sido y no voy a empezar ahora —Teri entró tras ella y, sin esperar invitación, apartó una silla y se sentó—. Pon a calentar un poco de agua para hacerme una infusión, si no te importa —dijo. Posó automáticamente las manos sobre su vientre abultado y apoyó los pies en el asiento de la silla de enfrente como si pensara quedarse un buen rato.

Genial. Qué maravilla. No sólo tenía jaqueca. Ahora también tenía que aguantar a Teri. En un pequeño acto de rebelión, acabó de preparar el café antes de llenar una taza de agua y meterla en el microondas. Apretó el botón con fiereza.

—¿A qué has venido? —se aventuró a preguntar, aunque intuía la respuesta. Aquella visita tenía que ver con James Wilbur, el ex chófer de Bobby y Teri. Hasta decir su nombre le producía un alfilerazo de dolor.

El muy canalla.

El muy rata.

Christie se había convencido de que estaba enamorada. Profundamente enamorada. Se había enamorado otras veces, claro, siempre para mal. Se había casado y divorciado y había pasado por una serie de hombres que aseguraban quererla y a los que, tonta de ella, había creído.

Con James, las cosas habían sido distintas. Esta vez, todo

parecía ir bien. Luego, sin embargo, él había hecho lo que todos: abandonarla. Le había dejado un mensaje incompresible y se había largado, y de paso le había roto el corazón.

Pues se acabó. Nunca más.

Christie estaba harta de los hombres.

Aquélla era la última vez.

Y lo decía en serio. Amar, querer a un hombre, era demasiado doloroso.

—Tu coche está aparcado enfrente del Pink Poodle —anunció Teri, que la observaba atentamente mientras Christie se movía por la cocina.

—¿Y qué? —replicó Christie, airada. No era asunto de su hermana dónde dejara su coche. El microondas pitó, pero Christie no hizo caso.

—Que has vuelto a beber —dijo Teri en el mismo tono sarcástico.

—¿Y qué pasa? Mis amigos están allí —no era para tanto, tomarse un par de cervezas con los chicos después del trabajo. Pasar unas horas en el Poodle la ayudaba a romper la monotonía y a defenderse de la soledad. Regresar a un apartamento vacío y pasar la noche delante de la tele no era precisamente un aliciente para volver a casa.

—¿Esos tipos son tus amigos? Sí, ya.

—Oye, si has venido a darme un sermón, ahórratelo. No quiero oírlo.

Teri frunció el ceño. Aquella riña recordaba a su relación de antes. Durante el año anterior las cosas habían mejorado entre ellas gracias, en buena medida, a James y a Bobby Polgar, el jugador de ajedrez con el que se había casado Teri.

Teri dejó de mirarla, bajó la cabeza y suspiró. Christie no sabía si estaba dolida u ofendida. Pero aquella reacción era tan impropia de la mandona de su hermana que enseguida se alarmó.

—¿Qué ocurre? —se le pasaron varias posibilidades por la cabeza. Una complicación del embarazo, o problemas con Bobby, o quizá con Johnny, su hermano pequeño. O...

—Es por el embarazo —balbució Teri, y cerró los ojos—. Me

mareo de vez en cuando. Estoy bien. Es sólo que estar embarazada de trillizos me está pasando factura.

Christie sintió una punzada de alarma.

—¿Les pasa algo a los bebés?

—No —contestó Teri, haciendo un ademán para quitarle importancia al asunto—. Soy yo.

—Estás...

—El médico me dijo que tendría subidas y bajadas de tensión, y que algunos días estaría mareada. Por lo visto hoy es uno de esos días, y los peques me están dejando claro que están ahí dentro. Pero no hay de qué preocuparse.

Christie estaba preocupada, a pesar de lo que acababa de decirle su hermana. No debería haber ignorado sus intentos de hablar con ella. Por culpa suya, Teri había tenido que ir hasta allí a buscarla. Era muy probable que hubiera desobedecido las órdenes del médico al salir de casa, y todo porque ella se negaba a contestar al teléfono.

La cafetera emitió un borboteo: el café estaba listo. Christie tomó una taza, le echó un vistazo para asegurarse de que estaba limpia y la llenó hasta el borde. Sacó el agua para Teri del microondas, llevó las dos tazas a la mesa, junto con una bolsita de té sin teína, y se sentó frente a su hermana.

—Está bien, habla —dijo. Bebió un sorbo de café y sofocó un gritito al quemarse los labios.

Teri respiraba despacio, con los ojos cerrados.

—La culpa de esto la tienes tú.

—¿Yo? ¿Qué he hecho yo? —la propia Christie se culpaba de ello, pero no estaba dispuesta a admitirlo.

—Sólo... sólo piensas en ti misma —por un momento, pareció que estaba a punto de romper a llorar. Se le quebró la voz y su labio inferior comenzó a temblar.

Christie parpadeó. Teri era la fuerte, la decidida de la familia. No era muy dada a estallidos emocionales. Ella era la de carácter más frágil, y se sentía incómoda si se cambiaban los papeles.

Teri parecía incapaz de hablar.

—¿Qué he hecho? —repitió Christie.

Teri buscó a tientas un pañuelo y se sonó la nariz con un

bocinazo muy poco elegante; luego volvió a guardar el pañuelo en el bolso.

—Nunca piensas en los sentimientos de Bobby, ni en los míos.

—¿Qué quieres decir?

—Nosotros también echamos de menos a James. Bobby está hecho polvo. ¡Tú no eres la única que lo está pasando mal!

Su hermana tenía razón. Christie no se había parado a pensar cómo habría afectado la marcha de James a Bobby y su hermana. James era el mejor amigo de Bobby desde hacía muchos años. Era su confidente, además de su chófer.

Hacía poco tiempo un periodista emprendedor había revelado que James también había sido un prodigio del ajedrez y que había sufrido un colapso nervioso en la adolescencia temprana. Debido a ello, había pasado una temporada en un hospital psiquiátrico. Después de aquello desapareció del mundo del ajedrez. Al hacerse pública la noticia, el amigo de Bobby había huido, presa del pánico.

Era muy cruel que James los hubiera abandonado a los tres. Y Christie sabía que estaba tan desconsolada por su abandono que no había sido de mucho consuelo para Bobby y para su hermana. Había intentado no enamorarse de él; le había rechazado una y otra vez, y él se había empeñado en perseguirla.

James no se parecía a ningún hombre que hubiera conocido. No había querido acostarse con ella a toda prisa, aunque Christie habría aceptado, si se lo hubiera pedido. Pero él no se lo había pedido. Había ido minando su resistencia poco a poco, siempre paciente y amable, sin hacerle exigencias. Ninguna mujer, por fuerte que fuera, podía resistirse a una persuasión tan llena de ternura. Ella, desde luego, no podía.

Justo antes de que desapareciera, Christie le había hablado de su pasado sin embellecerlo en lo más mínimo. Se lo había contado todo: los hombres con los que había estado y cómo se había derrumbado su matrimonio bajo el peso del alcoholismo y el maltrato físico. No se había dejado nada en el tintero. Si James iba a quererla, si deseaba formar parte de su vida,

Christie no quería que hubiera nada escondido entre las sombras que pudiera salir a la luz en el momento más inesperado.

James la había escuchado en silencio, la había abrazado y besado... y no le había dicho ni una sola palabra sobre su propia vida. Christie le había brindado su confianza, algo que había jurado no volver a hacer con un hombre. Incluso había empezado a pensar en casarse con James, en tener un hijo con él... Lo que más le dolía era que no la quisiera lo suficiente como para hablarle de su pasado.

En fin, otra dolorosa lección aprendida.

Ahora, James había salido de su vida.

Para siempre.

Daba igual que volviera, y todo el mundo parecía dar por sentado que al final volvería. Lo suyo se había acabado.

—No viniste en Navidad —se quejó Teri.

Al parecer, todavía le escocía que Christie se hubiera perdido la gran reunión familiar. Pero, en lo que a ella respectaba, la cena de Navidad con el guiñapo de su familia no era gran cosa.

—Estaba trabajando de voluntaria, ¿recuerdas? —era cierto, pero de todos modos ya había decidido no aparecer por casa de Teri y Bobby antes de comprometerse para trabajar esa noche.

Teri la miró con sus grandes ojos marrones.

—¿Estabas... trabajando de voluntaria?

—Sí. Te lo dije. Estuve en el albergue para indigentes de Tacoma, sirviendo comidas.

—Ah. Sí.

—También estuve llevando cestas de Navidad a familias necesitadas, pero eso fue antes de Navidad.

Teri se echó a reír de repente.

—Y yo te acuso de no prestarme atención. Soy casi peor que tú. Lo había olvidado completamente. Creía que estarías en algún bar, en vez de estar con Bobby y conmigo.

—Qué va —no había querido hablar de ello, pero en Navidad todavía se sentía un poco frágil. Estar con Bobby y Teri era arriesgado: en casa de su hermana había demasiados recuerdos asociados con James. Y, además, era muy duro verlos juntos, con su felicidad romántica y su acogedora vida doméstica. Ella tenía aún el dolor a flor de piel. Ahora estaba mejor: hacía mucho tiempo que no se sentía tan fuerte.

—Entonces, ¿por qué no contestabas a mis llamadas?

Christie no tenía explicación para eso. Bueno, sí: quizá no estuviera tan fuerte como pensaba.

—¿Has estado bebiendo?

—Un par de cervezas. No te preocupes, no me he emborrachado —aunque había tomado suficiente alcohol como para tener una jaqueca espantosa. Imaginaba que el alcohol la había afectado tanto porque últimamente apenas bebía.

—Estabas tan borracha que no podías conducir.

Christie lo negó. No era tonta; conocía sus límites.

Teri no pareció creerla.

—Entonces, ¿qué hace tu coche en el Pink Poodle?

—No arrancaba —no quería pensar en aquel trozo de chatarra. Cada vez que arrancaba era un milagro.

James había logrado ponerlo en marcha de nuevo un par de meses antes, pero de todos modos estaba en las últimas.

—¿Cómo volviste a casa?

—Me trajo alguien.

Teri lanzó una mirada hacia el dormitorio.

—No he pasado la noche con nadie, si es eso lo que estás pensando.

Teri pareció un poco avergonzada.

—No sería la primera vez —masculló.

Christie no podía negarlo. En lo tocante a los hombres, era una nulidad. Como Teri le había dicho una vez, atraía a los fracasados como un helado atrae a los niños. Aunque Teri no era quien para hablar; sólo al conocer a Bobby había logrado romper su retahíla de relaciones dolorosas e insatisfactorias. Christie estaba tan segura de que James era su Bobby... Pero no lo era.

Teri bebió un poco de té y le lanzó una sonrisa.

—Me alegro de que no estuvieras sola en Navidad.

—Yo también. Estuvo bien, ¿sabes? —bebió indecisa un sorbo de café.

—Sí, me lo imagino —dijo Teri.

—En vez de quedarme en casa compadeciéndome de mí misma, tomé la iniciativa de hacer algo por los demás.

Teri no parecía del todo aplacada.

—Podías haber pasado el día con nosotros. Johnny también vino, y mamá se pasó por casa. Ojalá hubieras venido tú también —añadió, quejosa.

A decir verdad, no le habría hecho ningún mal aparecer, aunque fuera sólo por cubrir el expediente.

—¿Qué tal está mamá? —preguntó con la esperanza de distraer a su hermana.

—Ha pedido el divorcio.

—¿Otra vez?

Christie había perdido la cuenta de los padrastros y «tíos» que había acumulado a lo largo de los años.

—No entiendo por qué se casa con esos tipos —debía de ir por su quinto o sexto marido. Christie había dejado de esforzarse en recordar sus nombres. Nunca duraban lo suficiente como para que valiera la pena hacerlo. El hecho era que hacía más de un año que no veía a su madre.

—Yo tampoco lo entiendo —dijo Teri—. Por lo menos esta vez no se emborrachó. Puede que porque no estaba ese tipo, como se llamara.

—¿Bobby volvió a ponerle el bolso en la puerta?

Teri sonrió al recordarlo. Su madre había jurado no volver, tal y como recordaba Christie. Pero aquel juramento, como todos los que había hecho a lo largo de los años, se había quedado en nada.

—Creo que estuvo tentado de enseñarle la puerta, pero se refrenó por mí.

—Es un buen hombre.

Los ojos de su hermana se suavizaron.

—Sí —contestó.

—¿Qué tal le va a Johnny? —su hermano pequeño ocupaba un lugar especial en el corazón de Christie. Prácticamente le habían criado entre las dos. Christie se sintió tan orgullosa como una madre cuando lo aceptaron en la Universidad de Washington. Que Bobby Polgar fuera su cuñado no le había venido mal. Teri nunca lo había mencionado, pero no hacía falta ser un genio para atar cabos. Johnny no habría podido permitirse pagar la matrícula y los demás gastos, y no tenía becas.

—Ha sacado unas notas excelentes.

—¡Cuánto me alegro por él! —tendría que llamar a Johnny para felicitarlo.

—Yo también —Teri bebió su té—. Estaba preocupada por ti.

—Lo sé —sus declaraciones de fortaleza e independencia eran pura bravuconería. El hecho de que hubiera pasado el viernes por la noche en el Pink Poodle lo atestiguaba. No quería pasar el resto de su vida despertándose con resaca. Ni quería vivir así.

—¿Sabes qué estaba pensando? —preguntó, algo avergonzada, temiendo que Teri se echara a reír.

—No, dímelo.

Se encogió de hombros con timidez.

—En Navidad estuve repartiendo cestas de caridad con ese grupo de la iglesia metodista.

—Sí, ya me lo has dicho.

—Son buena gente.

Teri se rió.

—No sé por qué te sorprende tanto.

La verdad era que estaba sorprendida. Esperaba que aquella gente hiciera algún comentario sobre su estilo de vida. Pero todos habían sido muy amables y la habían acogido con los brazos abiertos. Christie no había vuelto, pero no sabía por qué.

—Voy a ir a la iglesia —contuvo el aliento al decirlo y esperó la reacción de Teri.

—¿Por qué lo dices así? —preguntó su hermana, desconcertada.

—¿Cómo?

—Como si estuvieras en una reunión de Alcohólicos Anónimos y acabaras de hacer una confesión. Hay mucha gente que va a la iglesia, ¿sabes?

—¿Y tú?

—Yo voy de vez en cuando, y después siempre me siento

bien. No tengo nada contra el hecho de ir a la iglesia, y tú tampoco deberías tenerlo.

—Quiero llevar una vida mejor —dijo Christie mientras recordaba cómo se había sentido al repartir aquellas cestas de caridad. En lugar de mirarse el ombligo, consumida por su dolor, había extendido los brazos para ayudar a personas menos afortunadas que ella.

—Eso quiero yo también —respondió Teri—. Una vida mejor que la de nuestra madre, una vida mejor para mi hijo... digo, para mis hijos —sonrió al decirlo.

—El pastor Flemming me escribió una nota para darme las gracias —dijo Christie. Tomó la carta, que estaba sobre la encimera. Al recibirla, estaba deprimida y sólo le había echado un vistazo. Lo único que recordaba era algo acerca de un programa de voluntariado patrocinado por la parroquia. Decidió averiguar de qué se trataba.

—¿Me acompañas a la iglesia el domingo? —preguntó.

Teri ni siquiera se lo pensó.

—Claro que sí.

—Gracias.

—Me levantaría y te daría un abrazo —dijo Teri—, pero estoy muy cómoda aquí.

Christie se rió y estiró una mano para agarrar la de su hermana.

CAPÍTULO 5

El sheriff Troy Davis cerró el expediente del allanamiento de la casa de Faith. Por desgracia no habían hecho progresos, y se sentía en la obligación de darle la mala noticia en persona. Mientras conducía hacia Rosewood Lane, revisó lo poco que sabía sobre la situación.

Había estado hablando con el inspector principal. El detective Hildebrand le había asegurado que su personal había hecho todo lo posible: se había interrogado a los vecinos y se había cotejado el caso con los delitos semejantes ocurridos en Cedar Cove y en las jurisdicciones cercanas. En lugar de dejar que Hildebrand o alguno de sus ayudantes fuera a ver a Faith, Troy se había ofrecido a ir él mismo. A fin de cuentas, Faith era amiga suya. O lo había sido, al menos. La visita obedecía, en realidad, a su deseo de ver qué tal estaba Faith después del incidente.

Al aparcar delante de la casa, no salió del coche enseguida. Estuvo un rato preparándose para el encuentro. Sabía que verla sería duro. Faith le había dejado claro que no quería que mantuvieran ningún contacto, y él había respetado sus deseos. Aquello, sin embargo, era un asunto oficial, aunque no fuera estrictamente asunto suyo.

Subió los escalones que llevaban a la puerta principal, llamó al timbre y esperó con el sombrero en la mano.

Ella abrió la puerta con cautela y sus ojos brillaron al verlo. Aquel destello, no obstante, desapareció enseguida, reemplazado por una mirada distante, plana y desprovista de emoción. En ese momento, Troy tuvo que hacer un esfuerzo por no estrecharla en sus brazos y suplicarle que le diera otra oportunidad. Necesitaba a Faith, la quería, deseaba casarse con ella... y había destruido la posibilidad de que eso llegara a ocurrir.

—He recibido el informe del departamento de investigación —dijo enérgicamente para darle a entender que estaba allí en visita oficial.

—Ah, muy bien —ella le abrió la mosquitera para que entrara.

Troy se detuvo a examinar la cerradura y vio aliviado que Faith había hecho caso de su consejo y había hecho instalar un cerrojo. O, mejor dicho, que lo habían hecho instalar Grace y Cliff Harding, los propietarios de la casa, lo cual no era de extrañar: Grace había quedado horrorizada al ver el estado de la casa. Aquél había sido su hogar durante décadas, y Faith era amiga suya. Megan le había dicho que Grace y Cliff la habían ayudado a hacer la limpieza.

La casa volvía a estar limpia y ordenada, como de costumbre. No debía de haber sido tarea fácil. El aroma de algo que se cocía en el horno le recordó que se había saltado la hora de la comida.

—Acabo de sacar unas magdalenas integrales del horno. ¿Te apetece una? —preguntó Faith.

Hacía mucho tiempo que Troy no probaba un dulce hecho en casa. Se preguntó si Faith se lo ofrecía porque había oído que le sonaban las tripas, o si había notado que había estado a punto de desmayarse al entrar en la casa. Quizá sólo quisiera mostrarse amable. Fuera cual fuese el motivo, no iba a rehusar su ofrecimiento.

—Me encantaría —dijo, con la esperanza de aparentar naturalidad.

—También estoy haciendo café. ¿Puedo ofrecerte una taza?

—Sí, gracias —la siguió a la cocina y la estuvo observando mientras servía el café, sacaba una magdalena de la bandeja y la ponía en un platito. Esperó hasta que se sentó para tomar asiento frente a ella. Faith pareció tardar mucho tiempo en mirarlo. Dirigió un momento los ojos hacia él y luego volvió a bajarlos.

—¿Qué habéis descubierto? —preguntó mientras cruzaba cuidadosamente las manos sobre el regazo.

Troy habría deseado tener algo positivo que contarle.

—Por desgracia, nada concluyente.

—¿Qué quieres decir? Tus agentes estuvieron aquí horas y horas buscando huellas dactilares. No me dejaron ordenar nada hasta que acabaron. Tu ayudante dijo que habían conseguido unas cuantas huellas completas —sus ojos parecían suplicarle que le aclarara aquella pesadilla. Troy habría deseado poder hacerlo; quería demostrarle que era un héroe... y que podía confiar en él.

—Tienes razón. El técnico forense consiguió sacar varias huellas.

—¿Y eran todas mías?

—No —contestó Troy—. No todas. Pero las que estaban más claras no indicaban nada raro —se encogió de hombros—. Sospechamos que el intruso usó guantes de goma.

Ella pareció confusa.

—Era un profesional, entonces.

—Ahora mismo, no podemos asegurarlo. En mi opinión, no era la primera vez que esa persona entraba en una casa ajena.

Ella bajó los hombros.

—Esperaba... Estaba segura de que, con tantas huellas, habría al menos una que sirviera para identificar al responsable.

—Las hemos cotejado todas y pertenecen a personas conocidas.

—Ah —Faith no disimuló su desilusión.

—¿Le has hecho una lista de lo que falta al detective Hildebrand?

Faith asintió con la cabeza.

—No tiene sentido.

—¿El qué?

—Lo que se han llevado. Casi todo eran cosas de valor sentimental. Como tú decías, parece que fue... personal.

—Ponme un ejemplo.

Ella separó las manos e hizo una ademán lleno de impotencia.

—Se llevaron un álbum de fotos que hice cuando nacieron mis nietos. Ya viste lo que hicieron con la foto de Carl. Y tenía... En fin, no sé por qué hablo de ello. Es una tontería.

—No, no lo es.

A ella le tembló el labio inferior antes de que lograra recuperar la compostura.

—Un tren de juguete. Era de Carl, de cuando era pequeño. Lo tenía encima de la cómoda del dormitorio. Al hijo de Scottie le gusta jugar con él cuando vienen y...

—¿Te lo han robado?

Faith asintió de nuevo.

—No se me había ocurrido que pudiera tener algún valor, pero puede que sí.

—¿Y el dinero, las joyas...?

—No tengo cosas de valor en casa.

—Es lo más sensato —Troy quitó el papel a su magdalena mientras pensaba en lo que acababa de decirle Faith. La magdalena estaba aún tan caliente que se quemó los dedos. Dejó que se enfriara un momento mientras se preparaba el café.

—No puedo creer que me haya pasado esto —sollozó Faith, y respiró hondo para calmarse. Cuando volvió a hablar, la voz le temblaba ligeramente—. No me lo explico.

Troy sentía lástima por ella. Sabía cómo se sentía: furiosa, violentada, temerosa.

—Quería asegurarte que el departamento está haciendo todo lo posible por encontrar al responsable —le dijo.

—¿Por qué a mí? —preguntó ella con los ojos muy abiertos e implorantes.

Troy deseaba alargar el brazo sobre la mesa y tomarla de la mano.

—Ojalá pudiera contestar a esa pregunta, pero, como tú dices, nada de esto tiene sentido. Me gustaría pensar que ha sido un acto vandálico perpetrado al azar, pero no parece que sea así. Al margen de quién lo haya hecho y de sus motivos, tú eras un blanco fácil. A partir de ahora, ya no lo serás.

—No, desde luego —Faith se incorporó y tensó los hombros como si desafiara a quien fuese a entrar de nuevo en su casa. Troy se había topado más de una vez con su determinación, y casi se apiadaba de quien se había granjeado su ira.

—¿Puedes decirme algo más? —preguntó Troy—. Nunca se sabe adónde puede llevarte un dato, por insignificante que parezca —recordaba un caso de hacía años, cuando todavía era ayudante del sheriff. Hubo un allanamiento y Troy se paró a hablar con unos chicos en una parada de autobús, para preguntarles si habían visto algo raro. Uno de ellos, que no tendría más de ocho o nueve años, le habló de un todoterreno blanco. El hombre que lo conducía llevaba una gorra de béisbol de los Mariners y tenía el pelo largo y rubio. El chico le había dicho que tenía «cara de malo». Un par de días después, Troy pasó junto a un todoterreno blanco en una gasolinera. Cuando salió el conductor, llevaba una gorra de béisbol de los Mariners que le tapaba en parte la larga melena rubia. Sospechando que podía ser la misma persona, Troy hizo comprobar el número de matrícula y descubrió que el todoterreno era robado. Siguió al hombre y lo detuvo. Más tarde se descubrió que había cometido una serie de robos en toda la zona de Cedar Cove. Pero lo mejor de la historia era que se recuperaron casi todos los objetos de valor.

Faith vaciló al oír su pregunta.

—No sé si querrá decir algo —dijo.

—Deja que eso lo juzgue yo.

—Está bien —una expresión vulnerable cubrió su rostro—. Tengo la sensación de que la persona que entró en casa ha vuelto a venir.

Sin revelar ninguna señal de alarma, Troy preguntó:

—¿Por qué lo dices?

Faith se levantó, se acercó al fregadero y señaló por la ventana.

—Había una pintada detrás del garaje.

—Enséñamela —dijo él bruscamente.

—La limpié al día siguiente. Era muy ofensiva y no quería que mis nietos la vieran. Ni nadie, en realidad.

—Enséñamela, de todos modos.

Faith descolgó una chaqueta del perchero de la puerta de atrás y dejó salir a Troy. Él se estremeció al notar el frío de enero, mientras seguía a Faith al otro lado del garaje. Vio la capa fresca de pintura.

—Dime exactamente qué ponía, aunque te dé vergüenza.

Faith se miró los pies y se lo dijo. Tenía razón: era muy ofensiva. Troy lamentó que no se lo hubiera dicho antes. Tal vez hubieran encontrado alguna prueba. Ahora, era ya demasiado tarde.

Frunció el ceño.

—¿Crees que quien entró en la casa volvió para hacer esa pintada? —era una sospecha razonable.

Ella asintió con la cabeza.

—La otra noche me desperté y oí ruidos. Al principio estaba tan aterrorizada que no pude moverme. Temía que estuvieran dentro de la casa. Tardé unos minutos en darme cuenta de que los ruidos procedían del garaje —saltaba a la vista que se esforzaba por controlar la voz, pero pese a todo empezó a temblarle.

—Debiste llamar al 911 —dijo él con urgencia.

—Lo sé. Ojalá hubiera llamado. ¡Ay, Troy! He pasado tanto miedo...

Troy no soportaba verla angustiada. Llevado por un impulso, la rodeó con los brazos, y ella se dejó abrazar. Troy la sintió estremecerse y la apretó con más fuerza. Quería tranquilizarla, convencerla de que haría todo lo posible por impedir que aquello volviera a ocurrir.

—Debiste llamar a emergencias —repitió.

—Pero ¿y si no era nada? Pensé que quizá fueran imaginaciones mías.

—Y luego viste la pintada...

—A la mañana siguiente —respondió ella—, y entonces me di cuenta de que había sido una estupidez no llamar enseguida a la policía.

—Deberías haberlo hecho –dijo él–. Escúchame, Faith –tomó su cara entre las manos y le levantó la cara para que lo mirara a los ojos–. Quiero que vivas en paz. No quiero que te pases las noches en vela, preocupada por si alguien entra en tu casa.

Los ojos de Faith se llenaron de lágrimas.

—No duermo por las noches. No he dormido más de dos o tres horas seguidas desde que entraron en casa.

—Faith...

—Sé que hice mal. Si vuelvo a oír ruidos, os llamaré.

—¿Ha ocurrido más de una vez?

—No –ella sacudió la cabeza–. No sé. Creo que no. Ahora tengo el sueño tan ligero... Temo que entre alguien. Tengo los nervios a flor de piel. Fíjate en cómo estoy. Y yo no soy débil. Odio sentirme tan vulnerable. Estoy a punto de echarme a llorar, y todo porque no puedo dormir. Temo que esto me impida hacer mi trabajo. Lo peor –hizo una pausa– es el miedo. Se hace de noche, y vuelvo a estar aterrorizada.

Troy introdujo los dedos entre su cabello oscuro y denso. Casi se dejó vencer por la tentación de acercar la cara a su frescura. La echaba de menos más de lo que se atrevía a reconocer, incluso para sus adentros.

Ojalá hubiera sabido cómo tranquilizarla. Pero, por fuerte que fuera ese deseo, se negaba a decirle obviedades, o a confundirla haciéndole promesas que no podría cumplir.

Faith pareció darse cuenta de que había dicho más de lo que debía. Se apartó de sus brazos y miró hacia la calle, avergonzada. Cruzó los brazos en torno a la cintura, como si de pronto tuviera frío.

—Vamos dentro, a hablar de esto –sugirió Troy, y volvió a rodearla con el brazo mientras se dirigían a la casa.

Una vez dentro, Faith se quitó la chaqueta y la colgó junto a la puerta, enderezando primero los zapatos y las botas que había allí. Luego volvió a servir café para ambos. Troy notaba que se atareaba en un intento de recuperar la compostura. Él, por su parte, se habría conformado con pasar diez años abrazándola, aunque ello significara quedarse en plena calle, a la vista de todo el mundo, una fría mañana de enero. Con la mujer a la que amaba en los brazos, las incomodidades físicas le importaban muy poco. Apenas había reparado en el frío o en la humedad... hasta que Faith se había apartado de él.

—¿Te apetece otra magdalena? —preguntó ella, y antes de que Troy pudiera contestar añadió—: Creo que esta receta me la dio mi madre. Si quieres, puedo pasársela a tu hija. Vi a Megan el otro día. ¿No te lo dijo?

—Faith... —Troy se quitó la chaqueta húmeda y la colgó en el respaldo de la silla.

—Es una chica encantadora, Troy.

—Faith... —repitió él, más alto esta vez.

Ella se agarró con las dos manos a la encimera.

—Sé lo angustiada que debes de estar.

Ella soltó una risa, como si Troy estuviera exagerando.

—Estoy bien, de veras. Cansada, pero... De acuerdo, confieso que todo esto me ha desquiciado. Pero ¿no es lo normal?

—Claro que sí. Ahora, prométeme que no dudarás en llamar al 911 si sospechas que hay alguien en tu casa.

—Yo...

—Faith... —insistió él.

—Llamaré, sí —dijo por fin—, si de veras creo que hay alguien.

Troy comprendió que aquella media promesa era lo único que iba a obtener de ella.

Estuvieron mirándose un momento. Ninguno de los dos parecía inclinado a hablar.

—¿Quieres que me pase por aquí alguna tarde? —preguntó él con la esperanza de que le dijera que sí. Tal vez ella lo dejara visitarla de cuando en cuando. Así, con el tiempo, quizá pudiera recobrar su confianza.

Ella sopesó su pregunta. Luego sacudió lentamente la cabeza.

—Agradezco tu interés, pero... pero no creo que sea buena idea.

A Troy, en cambio, le parecía brillante.

—¿Te importa que te llame mañana por la mañana para ver qué tal estás? —tal vez estuviera tentando su suerte, pero tenía que intentarlo.

—Supongo que no... pero sólo esta vez.

—Sólo esta vez —repitió él—. Pasado mañana, no te llamaré.

La grieta que se había abierto en su determinación de mantenerlo apartado de su vida apenas se notaba, pero estaba allí.

Troy recogió su chaqueta y su sombrero, y vio que había dejado un trocito de magdalena en el plato. Se lo metió en la boca y lanzó a Faith una sonrisa de soslayo. Al tragar, lamentó no haber aceptado otra magdalena cuando ella se la había ofrecido.

—Le diré a Megan que te pida la receta —dijo de camino hacia la puerta.

—Se la daré encantada.

Troy se quedó un momento en la puerta de la calle, pero no había nada más que decir. Despedirse de Faith seguía costándole tanto como siempre.

CAPÍTULO 6

Will Jefferson sabía que debía jugar sus cartas con sumo cuidado si quería tener alguna esperanza de que hubiera algo entre Shirley Bliss y él. Por fin se había divorciado de Georgia: ahora era un hombre libre. Llevar un anillo de boda nunca había sido un estorbo de importancia para él, claro. Había tenido varias aventuras extramatrimoniales, de lo cual no se enorgullecía. Era un hecho, sencillamente. Georgia lo había perdonado una y otra vez, y él siempre se hacía el firme propósito de serle fiel. Sus intenciones eran buenas (las mejores), pero luego conocía a alguien y surgía la atracción y, en fin... las mujeres guapas eran su debilidad. Era lo único que podía decir al respecto. Ni siquiera intentaba defenderse, aunque, para ser justos, hacían falta dos para bailar un tango... y para otras cosas.

Haber engañado a su esposa (a su ex esposa) le producía algo más que una punzada de mala conciencia. En realidad, no deberían haberse casado. Aquel matrimonio no había funcionado por ambas partes. Hacían mala pareja y, con el paso del tiempo, cada vez tenían menos cosas en común. Will confiaba en que Georgia no le guardara rencor. Pero había empezado una nueva vida allí, en Cedar Cove, el pueblo donde había nacido y donde había pasado algunos de sus años más felices. Quería volver a ser el de antes, quería redimirse a sus propios ojos y a los de su familia y amigos. Y tal vez Shirley Bliss pudiera ayudarlo...

Había conocido a Shirley, que era viuda, al comprar la galería. Se había sentido atraído por ella de inmediato, pero no se trataba sólo de eso. Shirley era viuda; estaba, por tanto, disponible, así que tal vez ello significaba que había superado aquella fijación suya por seducir mujeres comprometidas con otros hombres. Deseaba sobreponerse a sus impulsos de seductor, fueran cuales fuesen sus causas: el aburrimiento, la emoción de la conquista o la necesidad de demostrar su virilidad. Además, Shirley le interesaba de veras, y le había impresionado con su talento.

Se acercó a su mesa. La galería de la calle Harbor iba bien. Mejor de lo que esperaba. Y ello se debía, en buena medida, a Shirley, que le había dado ideas excelentes, muchas de las cuales había puesto en práctica. La sugerencia de comprar nuevas vitrinas procedía de ella, por ejemplo. Le habían costado más de lo que esperaba, pero había valido la pena. En agradecimiento por su ayuda, había dedicado el mes de enero a la obra de Shirley, que trabajaba con tejidos, y estaba deseando contarle que ese fin de semana había vendido la pieza más grande que tenía expuesta. Tenía que entregarle el cheque, y estaba seguro de que se mostraría tan entusiasmada con la venta como él.

Al levantar el teléfono sentía una especie de euforia expectante. Aparte del placer que le producía el éxito de Shirley (y, por tanto, el suyo propio), sentía que aquella mujer no era sólo una amante en potencia, sino un auténtico desafío. Aquélla era la oportunidad perfecta para conocerla mejor.

Ella, sin embargo, no había demostrado el menor interés por él, lo cual resultaba desconcertante. No era por alardear, pero Will sabía que era atractivo. A sus sesenta años había adquirido un aspecto señorial que sin duda le favorecía. Era inteligente y poseía encanto natural; se lo habían dicho infinidad de mujeres, incluida Georgia.

Cabía la posibilidad de que Shirley siguiera enamorada de su difunto marido. Por lo que Will tenía entendido, hacía apenas un año del fatal accidente que había acabado con su vida.

Will conocía sus flaquezas y sus virtudes. No habría llegado tan lejos si no hubiera sabido identificar sus buenas cualidades y servirse de ellas. No le importaba reconocer que solía salirse con la suya. Y que ello no siempre le convenía. Georgia lo llamaba «mujeriego en serie» y aseguraba que sólo deseaba a las mujeres a las que no podía tener... y que cuando las conseguía, perdía el interés por ellas. Él no lo negaba, pero confiaba en que Shirley pudiera hacerle cambiar.

Marcó el número y esperó respuesta. Al cuarto pitido saltó el contestador. Entonces, cuando estaba a punto de dejar un mensaje, oyó que levantaban el teléfono.

—Diga —Shirley parecía un poco jadeante.

—Hola —contestó Will, sonriendo. Se alegraba de poder hablar con ella.

—¿Quién es? —preguntó, irritada.

—Soy Will. Will Jefferson, de la galería de la calle Harbor —le dijo. El hecho de que no reconociera su voz escoció su ego. A pesar de la reticencia que había mostrado Shirley, confiaba en que ella también hubiera pensado en él. Por lo visto, no era así.

Ella vaciló lo justo para que se notara.

—Siento haber contestado así.

Will estaba más que dispuesto a perdonarla.

—Imagino que llamo en mal momento.

—Normalmente intento trabajar mientras Tanni está en clase.

Tanni era su hija adolescente. Will la había visto dos veces. Salía con un chico que tenía un nombre muy raro. ¿Shank? ¿Shiver? Shaw, eso era. Shaw. El chico tenía talento. Y también Tanni, aunque era ella quien le había hecho fijarse en la obra de su novio. Los retratos de Shaw, especialmente, prometían mucho. Will le había enseñado su obra a Larry Knight, un viejo amigo suyo que era además un pintor de gran éxito y que había pasado por Seattle recientemente. Larry había confirmado su opinión sobre el muchacho. Will imaginaba que Shirley también le estaría agradecida por eso. Y estaba deseando que le demostrara su agradecimiento.

—Entiendo —dijo suavemente—. La próxima vez, me acordaré de llamar o a primera hora de la mañana o a última de la tarde.

—Te lo agradecería.

—Tu exposición ha ido muy bien —le dijo él.

Silencio.

Dado que ella no parecía inclinada a proseguir la conversación, Will siguió adelante con energía:

—Quería saber si tienes inconveniente en que me pase por tu casa esta tarde.

Ella titubeó de nuevo.

—¿Por alguna razón en particular?

Aquella pregunta le crispó ligeramente. Esperaba un recibimiento más cordial. Le desilusionaba necesitar una excusa. Claro que con Shirley ya se había equivocado más de una vez.

—Sí, por una excelente —contestó—: tengo un cheque para ti. El panel de las flores silvestres se vendió este fin de semana —la pieza, un collage de telas, era espléndida.

Shirley soltó un grito de alegría.

—¡Se ha vendido! ¿En serio se ha vendido?

—Sí —Will nunca la había oído tan desinhibida—. Y la señora que lo compró está interesada en adquirir un par de piezas más.

—¡Eso es maravilloso!

—Pensaba que te alegraría —dijo él—. Puedo pasarme a llevarte el cheque, si quieres —no quería que pensara que la estaba presionando.

—Eh... lo siento, pero esta noche tengo planes.

—Podría ir a verte mañana, si te viene mejor —intentaba no parecer pesado, pero al mismo tiempo sentía curiosidad por saber cuáles eran aquellos planes.

—Bueno... —contestó ella con cautela—. Quizá sea mejor que me lo mandes por correo.

A Will le daba vueltas la cabeza. Shirley no quería verlo, o al menos no quería verlo en su casa. Menuda decepción.

—Tengo una idea mejor. ¿Por qué no vienes a recogerlo a la galería?

Ella se apresuró a aceptar.

—Claro. Será lo mejor.

—¿Cuándo crees que podrás venir? —preguntó él, dando a entender que él también estaba muy ocupado y que debían fijar una hora.

—Supongo que podría pasarme por el pueblo esta tarde, a primera hora —respondió.

Quedaron a las cuatro y media y Will colgó el teléfono con una sonrisa. Se había desvivido por el novio de su hija, a instancias de Shirley... o con su consentimiento, al menos. Shaw tenía talento, pero el talento era barato. Le estaba dando una oportunidad al chico, y quería asegurarse de que Shirley valoraba sus esfuerzos y el hecho de que hubiera llamado a un amigo para pedirle un favor.

Cerró la galería media hora antes de lo normal y aprovechó el tiempo para peinarse y cambiarse de camisa. Antes de volver a la sala principal de la galería, se miró al espejo. Normalmente confiaba en estar guapo, pero la reticencia de Shirley le hacía sentirse algo inseguro, y no estaba acostumbrado a esa sensación.

Mientras esperaba a Shirley, miró el reloj cada pocos minutos. Exhaló un suspiro de alivio al verla aparcar delante de la galería. Ella salió del coche, echó a andar hacia la entrada, se detuvo y dio media vuelta.

Will no estaba dispuesto a que se le escapara. Corrió a la puerta y la abrió de golpe.

—¡Shirley! —la llamó—. ¡Pasa!

Ella se volvió.

—El cartel pone que está cerrado.

Él se rió ligeramente.

—Lo está para todo el mundo, menos para ti.

—Ah.

Will abrió la puerta de par en par y le indicó que pasara.

—¿Tienes el cheque? —preguntó ella en cuanto cruzó el umbral. Luego, como si se percatara de lo brusca que había sido, añadió—: Eh, sé lo ocupado que estás y no quiero entretenerte.

—Está en el despacho —al ver que ella no se movía repitió—: Pasa.

Tras una breve pausa, Shirley entró por fin en la galería. Will cerró la puerta y se dirigió hacia su pequeño despacho. Ella lo siguió. Will le entregó el sobre blanco que contenía el cheque.

—¿Sabes?, nunca he sabido si recibiste la cesta de vino y quesos que te dejé en la puerta estas fiestas.

—Sí, yo... Discúlpame, debí mandarte una nota para darte las gracias.

Parecía convenientemente contrita. Will había pagado un ojo de la cara por aquella cesta. No era una cesta cualquiera. Todo lo que contenía estaba importado de Francia.

—No pasa nada. Sólo quería asegurarme de que la habías recibido —contestó tranquilamente.

—¿Cuándo la llevaste? —preguntó ella.

—El día de Navidad —respondió Will.

—Ah. Espero que no pasaras ese día solo.

Él apartó la mirada.

—Pues sí, pero no fue para tanto. Tenía un par de invitaciones, pero... no me encontraba bien —prefería no admitir que no había aceptado aquellas invitaciones (la de Olivia y la de su sobrina Justine) porque confiaba en pasar el día con ella. Había cometido el error de creer que estaría en casa, sola, igual que él. Sabía que sus hijos estarían allí, pero eran adolescentes, y los adolescentes preferían no pasar mucho tiempo con sus madres.

Por culpa de aquel error de cálculo, había acabado yendo a casa de Olivia a cenar y viendo luego *Navidades blancas* en la tele de su apartamento por enésima vez.

—Perdona que no te mandara esa nota dándote las gracias —repitió ella.

—No tiene importancia. Sólo quería estar seguro de que habías visto el regalo —se animó—. Pero —dijo en tono de broma— podrías compensarme.

—¿Qué quieres decir? —preguntó, frunciendo el ceño al instante—. ¿Cómo?

—Sé que eres viuda.

Ella dio un pasito atrás, como si no deseara hablar de aquel tema con él. Y eso estaba bien: Will tampoco tenía ganas de sacar a relucir a su difunto marido. Sólo quería dejar claro que ella estaba disponible, igual que él.

—Ya te he dicho otras veces que yo también estoy solo. He pensado que podíamos vernos alguna noche —dijo—. O alguna tarde, quizá.

Shirley se apartó un poco más de él. Ahora que tenía su cheque, parecía ansiosa por marcharse.

—Nada formal, tú ya me entiendes —aclaró él—. Podríamos quedar para comer o para tomar un café. Algo así.

Ella le lanzó una leve sonrisa.

—No sé si estoy preparada para tener una cita.

—No sería una cita —contestó él—. Quedaríamos para charlar y tomar un café, para conocernos un poco mejor, eso es todo. Me encantaría que me contaras tus ideas para la galería —añadió para recordarle la conversación que habían mantenido en otoño—. Yo estoy libre ahora mismo, si tú lo estás. Tengo entendido que en el Pot Belly tienen una excelente selección de tés y cafés.

—¿Quieres decir ahora? ¿Ahora mismo?

—Si no es inconveniente. Podemos bajar andando. No está lejos.

Al menos no se había negado enseguida, lo cual resultaba alentador.

—Puede que en otra ocasión —dijo ella pasado un momento.

—Claro, cuando quieras —Will intentó sacudirse su rechazo encogiendo los hombros.

—Yo te llamo —añadió ella, dándole a entender que prefería que no la llamara él.

De acuerdo: plan B.

—Quería contarte algo referente a Shaw —le dijo con la esperanza de que aquello fuera un aliciente para aceptar su invitación.

—¿De veras?

Will notó que aquello le interesaba. Y eso estaba bien. Odiaba recurrir a la manipulación, pero Shirley no le dejaba otro remedio.

—Estuve hablando con ese amigo mío que vio su trabajo —Will no dijo nada más. No estaba dispuesto a seguir. Si Shirley quería que la pusiera al corriente, tendría que tomarse un café con él.

Ella esperó un minuto o dos, con el cheque en la mano, y al ver que Will no decía nada más, se excusó.

—Te acompaño a la puerta —dijo Will, y echó a andar a su lado.

—No hace falta.

Will se sintió tentado de alargar la conversación, de posponer su partida. Podía hablarle de varios temas que le interesarían. Pero no dijo nada.

—Gracias otra vez —murmuró ella al salir a la tarde, ya oscurecida.

—De nada.

Will cerró la puerta y echó la llave, consciente de que ella oiría el giro de la cerradura. Lo hizo a propósito. No quería que pensara que le estaba suplicando, o que ansiaba desesperadamente su compañía. Y sin embargo era así como se sentía, cada vez más. Shirley le interesaba. Sentía una fuerte atracción por ella y tenía la impresión de que podían hacerse mucho bien el uno al otro. Además, tenía que admitir con un asomo de vergüenza que no era inmune a la emoción de la caza.

Se preguntó fugazmente si habría algo que refrenaba a Shirley. Algún comentario que hubiera oído sobre él. Arrugó el ceño. No creía que Grace Harding le hubiera hablado de su relación por Internet. Ni su hermana tampoco. No, no podía ser eso.

Lo sucedido con Grace era lamentable. ¡Qué poco sospechaba él que a la vuelta de un par de años volvería a vivir en Cedar Cove! Aquella situación, que había empezado como un coqueteo inofensivo vía Internet, se había vuelto extremadamente desagradable, y Will se alegraba de haberla dejado atrás. Sentía un afecto sincero por Grace. Su marido era un buen tipo. Y un hombre con el que no convenía enemistarse. Will se alegraba de que al final las cosas se hubieran arreglado entre ellos. Además, no le gustaba ensuciar su propio nido, por decirlo así.

Apagó las luces de la galería y subió a su pequeño apartamento. Se había instalado en el pisito de encima de la galería porque había encontrado a alguien a quien subarrendarle el apartamento que ocupaba antes. Mack, el hijo de Roy McAfee, acababa de ingresar en el cuerpo de bomberos de Cedar Cove, así que el momento no podía haber sido más oportuno.

La casa necesitaba aún muchas reformas, pero estaba bien. Dejando escapar un suspiro, Will decidió relajarse con una copa de vino. No sabía cuánto tiempo llevaba sentado delante del televisor cuando sonó el teléfono.

El identificador de llamadas le informó de que era Shirley Bliss.

Will sonrió sagazmente, apagó el volumen del televisor y descolgó.

—Hola, Shirley.

—Señor Jefferson...

—Por favor, llámame Will.

—Está bien, Will. ¿Esa invitación para tomar café sigue en pie?

—Claro —intentó disimular su satisfacción.

—Estupendo —de pronto parecía ansiosa por verlo.

—¿Cuándo quieres que nos veamos? —dejó la copa de vino sobre la mesa y se recostó en el diván.

—¿Podría ser esta misma tarde, como sugeriste?

—Perfecto —contestó—. Es ya un poco tarde. ¿Puedo convencerte de que cenes conmigo?

—No —contestó ella, cortante—. Esta noche, no. Como te he dicho, tengo otro compromiso.

—Ah, sí, lo había olvidado. Un café, entonces.

—¿Podríamos vernos en el Mocha Mama?

—Claro —le importaba poco dónde fueran. Confiaba en

poder ganarse su confianza y, si todo salía como deseaba, aquel compromiso previo se esfumaría a medida que avanzara la tarde.

—¿Dentro de un cuarto de hora, digamos? —preguntó Shirley.

—Por mí, bien —Will bajó los pies del diván.

—¿Te importa que lleve a mi hija?

Aquello, desde luego, no entraba en sus planes.

—Pues... no, claro.

—Shaw está trabajando. Tanni lo llamó cuando le dije que querías contarle algo, y él también quiere acompañarnos.

—Pero si está trabajando.

—Sí —explicó ella—, en el Mocha Mama. Nos vemos dentro de un cuarto de hora —añadió alegremente.

—Está bien —contestó Will—. Allí estaré.

Pero ella ya había colgado.

CAPÍTULO 7

Rachel Peyton roció ligeramente de laca el cabello de Grace Harding y le dio la vuelta al sillón para que viera por completo el efecto del peinado en el espejo. Grace levantó el espejito de mano, sacudió la cabeza y vio cómo caía su pelo hacia delante. Le había dicho a Rachel que quería un peinado nuevo: corto, sexy y fácil de cuidar.

—Me gusta —dijo con una sonrisa.

Siempre era un alivio que una clienta confirmara su opinión.

—Nunca te había visto con el pelo tan corto —al principio había dudado de que un estilo tan informal le sentara bien a Grace, la bibliotecaria jefe del pueblo, pero se había equivocado.

—Como Olivia ahora lo lleva corto, lo lógico es que yo también me lo corte. Siempre hemos sido grandes amigas —Grace se rió—. La verdad es que está completamente calva. La quiero, pero no estoy dispuesta a ir tan lejos.

—Ya le crecerá el pelo —dijo Rachel—, aunque puede que le salga de otro color, o con otra textura.

Olivia se había pasado por allí esa semana, para que le afeitara el poco pelo que le quedaba. Había empezado la quimioterapia y, tras la segunda sesión, el pelo había empezado a caérsele a puñados. Rachel se lo había cortado antes de la quimioterapia para que el cambio no fuera tan brusco.

—Yo creo —continuó Grace— que podemos dejar que nos

crezca el pelo a las dos a la vez. A no ser que me guste tanto este peinado que no quiera cambiarlo.

Rachel desabrochó la capa y se la quitó.

—He oído que te has casado con Bruce Peyton —dijo Grace al levantarse—. En Navidad, ¿no?

—Sí. Fue una locura casarnos en esa época del año, pero no queríamos esperar.

—¿Y la luna de miel?

—Todavía no hemos tenido tiempo de planificarla. Nos iremos de viaje más adelante, seguramente en torno a San Valentín —que era cuando pensaban casarse en principio—. Entre el trabajo de Bruce, el mío y los estudios de Jolene, es difícil encontrar un momento que nos venga bien a todos.

Grace sonrió cálidamente.

—A Cliff y a mí nos pasó lo mismo. Al final, acabamos escapándonos, aunque no te lo recomiendo —sacudió la cabeza—. Todo el mundo se llevó un disgusto, pero después hicimos una gran fiesta y todo se arregló.

—Por lo visto, nosotros hemos hecho lo mismo —le dijo Rachel. Las chicas de la tienda se habían sentido dolidas porque las excluyeran. Pero todo había sido tan precipitado... Viéndolo en retrospectiva, quizá deberían haber esperado hasta febrero, a fin de cuentas. Pero las circunstancias lo impedían, porque Rachel había dejado su casa, en la que había un nuevo inquilino, y Bruce y ella estaban ansiosos por casarse. Habían seguido adelante a pesar de sus dudas, pero ahora se preguntaba si habían hecho lo correcto.

—Estas cosas suelen arreglarse por sí solas —dijo Grace—. Cliff y yo somos felices y veo que tú también lo eres: se te nota en la cara.

—Sí, somos muy felices.

—Eso es maravilloso —Grace recogió su bolso, pagó el corte de pelo en el mostrador de la entrada y pidió cita para principios de marzo, un mes y medio después.

Sirviéndose de un cepillito, Rachel recogió los rizos castaños que rodeaban el sillón. No exageraba al decir que era feliz. Lo era, y mucho, pero también se sentía sexualmente frustrada. A Bruce le pasaba lo mismo, y aquello empezaba a hacer mella en su relación.

Ni Bruce ni ella esperaban que Jolene reaccionara así a su boda. Tenía trece años y se sentía amenazada por el vuelco que había dado su vida.

La hija de Bruce era amiga suya desde hacía años. Habían empezado a verse tras la trágica muerte de Stephanie Peyton en un accidente de coche. Jolene sólo tenía cinco años en aquel momento. Necesitaba tener una mujer a su lado y se aferró a Rachel un día que le cortó el pelo.

La madre de Rachel había muerto siendo ella muy joven. La había criado una tía soltera. Como sabía lo que era crecer sin una madre, Rachel se había ofrecido a cuidar de ella. Enseguida se habían tomado cariño.

Jolene había hecho a menudo el papel de casamentera entre Bruce y ella. Pero, obviamente, ignoraba lo que sucedería si llegaban a enamorarse. Su boda había cambiado la dinámica de la familia. Jolene era demasiado inmadura y vulnerable para aceptarlo. Temía quedar excluida, o perder el lugar que ocupaba en la vida de Bruce. Desde que se habían casado, estaba intratable. Rachel y Bruce apenas tenían un momento a solas. Hacer el amor se había convertido en un reto. Jolene siempre había tenido el sueño ligero. Se despertaba al menor ruido. Y siempre en el momento más inoportuno. Esa semana, los había interrumpido tres veces inadvertidamente cuando se disponían a hacer el amor. ¿O había sido a propósito? En todo caso, cuando volvía a la cama, Bruce estaba dormido o tan enfadado que no había forma de empezar de nuevo.

—Tu próxima clienta acaba de llamar para cancelar la cita —le dijo Joan, la encargada del mostrador de recepción.

—¿La del tinte?

Joan comprobó la agenda.

—Sí.

Aquello le dejaba dos horas libres. Dos horas que no esperaba. El corazón se le aceleró cuando miró el reloj.

—No tengo más citas esta tarde, ¿verdad?

Joan volvió a mirar.

—Creo que no.

Una idea empezaba a cobrar forma.

—Estupendo, gracias —agarró su bolso, sacó su móvil y marcó el número de Bruce.

Su marido contestó al segundo pitido.

—Hola.

—¿Qué estás haciendo? —preguntó, emocionada.

—¿Tú qué crees? Estoy trabajando —Bruce dirigía un pequeño negocio de mantenimiento informático, con un par de empleados.

—¿Podemos vernos en casa?

—Supongo que sí. ¿Por algo en especial?

Rachel soltó una risilla. Sin duda parecía una colegiala.

—Sí, desde luego, por algo muy especial. Han cancelado una cita y Jolene tiene entrenamiento de baloncesto después de clase.

Bruce la entendió enseguida.

—¿Quieres decir que estaremos solos?

—Creo que sí —volvió a reírse.

—Dame diez minutos.

—Hecho —Rachel cerró el teléfono y se lo apretó contra el corazón con una sonrisa. Vio que Joan la miraba levantando las cejas.

—Supongo que no quieres que acepte más citas para esta tarde.

—No, por favor —Rachel corrió a la trastienda y se puso su abrigo.

Fue la primera en llegar a casa. Entró corriendo en el dormitorio, echó las cortinas, se quitó la ropa y se metió en la ducha. Teri Polgar, su mejor amiga, le había comprado un camisón transparente como regalo de boda, y Rachel todavía no se lo había puesto. Por fin iba a estrenarlo.

La puerta de la calle se abrió y Bruce entró a toda prisa.

—¿Rachel?

—Estoy aquí —respondió con la esperanza de parecer seductora. Se subió a la cama y se tumbó de lado. Su provocativo camisón negro dejaba entrever más de lo que ocultaba. Apoyó la barbilla en una mano. Bruce entró en el cuarto y se paró en seco.

—¿Buscas a alguien? —ronroneó Rachel.

Él tragó saliva visiblemente. Tardó un momento en poder moverse, o hablar.

—Necesito una ducha —gruñó.

Rachel se tumbó de espaldas.

—Date prisa.

—Lo intentaré —empezó a quitarse la ropa mientras se dirigía al baño. Su camisa cayó sobre la alfombra, junto a la cama. Por suerte era de buena calidad; si no, habría arrancado los botones con las prisas. A continuación se quitó los zapatos. Uno fue a parar debajo de la cama y el otro rebotó en la pared y cayó en el cuarto de baño.

—¿Te das cuenta? Tenemos toda la tarde —dijo Rachel—. ¿Te apetece una copa de champán?

La puerta de la ducha se abrió.

—¿Champán?

—Otro regalo de Teri y Bobby.

—Claro —tenía la mirada fija en ella—. Eres preciosa.

—Tú haces que me sienta preciosa —susurró ella.

Mientras Bruce se duchaba, Rachel entró en la cocina. Aunque contrastaba extrañamente con el camisón, se puso su viejo albornoz: no quería arriesgarse a que la vieran por las ventanas. Abrió la nevera y rebuscó entre la leche, el yogur y los huevos, hasta el rincón más remoto del estante, donde había guardado el champán. Moët Chandon, una delicia que no esperaba probar.

Cuando oyó a Bruce, las copas estaban listas. Encendió también varias velas. El ambiente era perfecto; sólo faltaba la música. Buscó un disco apropiado y lo puso.

Un minuto o dos después, Bruce se reunió con ella en la cocina. Iba descalzo y desnudo, con una toalla anudada alrededor de la cintura. El cabello oscuro le caía en mechones húmedos, que goteaban sobre su cuello y sus hombros. En opinión de Rachel, nunca había estado tan sexy.

Rachel se volvió para recibirlo con una sonrisa tímida. Sostenía en una mano la botella de champán. Le quitó el alambre al corcho.

–Alguien me dijo una vez que el modo correcto de abrir una botella de champán es girar la botella y no el corcho. Cuando se abre como es debido, suena como una mujer satisfecha.

Bruce la miró lascivamente.

–Estoy deseando oír el ruido que hace una mujer satisfecha.

–¿El champán o yo? –preguntó ella.

Él sonrió.

–Los dos.

Rachel siguió las instrucciones para abrir el champán y el corcho hizo mucho más ruido del que esperaba.

–Tú también puedes hacer todo el ruido que quieras –bromeó su marido al quitarle la botella de las manos. Llenó las copas y le dio una. Asió la suya, se inclinó hacia delante y la besó en la boca. El beso se prolongó. Aunque sólo se tocaban sus bocas, Rachel sintió que una poderosa reacción física recorría su cuerpo.

Bruce gruñó y dejó su champán.

–Quizá deberíamos bebérnoslo más tarde –dijo. Casi no parecía él.

–¿En qué estás pensando? –preguntó Rachel cuando le quitó la copa y la dejó sobre la encimera de la cocina.

–¿No crees que hace un poco de calor?

–Hmm. Sé lo que quieres decir.

–Llevas demasiada ropa encima.

Rachel sonrió.

–Puede que tengas razón –miró por la ventana de la cocina y, al no ver a nadie, se quitó el albornoz.

Bruce la condujo por el estrecho pasillo, hasta el dormitorio. Luego la levantó en brazos.

–Bruce, peso demasiado –protestó, aunque sin mucha convicción.

–Bueno, no hay mucha distancia de aquí a la cama –empujó la puerta con el pie y la entornó.

Rachel le rodó el cuello con los brazos, comenzó a mordisquearle el lóbulo de la oreja y sintió que su cuerpo se estremecía de excitación. Ella también estaba excitada. Era delicioso tener libertad para hacer el amor sin temor a que Jolene se despertara.

Bruce la depositó cuidadosamente sobre la cama. Sus ojos brillaban, llenos de amor y asombro.

—Estas últimas semanas...

—Lo sé, lo sé —le tendió los brazos y tiró de él para que se tumbara sobre ella. Se besaron hasta que estuvo jadeante de deseo—. Oh, Bruce —suspiró—. Te deseo tanto...

Apenas había dicho esto cuando la puerta de la calle se abrió y volvió a cerrarse.

Bruce se quedó paralizado.

Ella también.

—¿Qué hace Jolene en casa? —susurró él con vehemencia.

—¡Se suponía que estaba en baloncesto!

—¿Rachel? —gritó Jolene—. ¿Estás en casa? ¡Papá!

—¡Enseguida salgo! —respondió Rachel mientras Bruce se apartaba de ella a todo correr. Acababa de cubrirse con la toalla cuando su hija apareció en la puerta.

Jolene puso cara de horror. Arrugó la cara y exclamó:

—¡Qué asco!

—Jolene —Rachel se apresuró a tapar su camisón con una almohada—, ¿qué haces aquí?

—Vivo aquí, ¿recuerdas? —cerró los puños junto a los costados.

Rachel sintió que le ardían las mejillas.

—Si eres tan amable de dejarnos unos minutos a solas —dijo Bruce entre dientes. Sujetándose la toalla con la mano, se acercó a la puerta y la cerró del todo.

—Sabía que pasaría esto —gritó Jolene desde el otro lado—. Es como si ya no viviera aquí. Sólo pensáis en... eso.

Al parecer, «eso» era sinónimo de sexo.

Jolene se fue a su habitación y cerró de un portazo. El ruido retumbó en toda la casa.

—¡Eso no es verdad, Jolene! —la chica no tenía ni idea de lo mucho que se refrenaban desde que estaban casados.

—Déjala —dijo Bruce con un suspiro de fastidio.

—Esto se está volviendo ridículo.

—Lo sé.

Rachel también estaba desilusionada. Se acercó a él por detrás y le rodeó la cintura con los brazos.

—Necesita tiempo para acostumbrarse.

—Ha tenido tiempo.

—Hace menos de un mes.

—Yo creía que quería que nos casáramos —respondió Bruce.

—Sí. Pero teme que eso pueda afectar a tu relación con ella.

—No ha cambiado nada —masculló Bruce. Se apartó lo justo para ponerse los pantalones.

—Sí que ha cambiado, Bruce, ¿es que no lo ves?

—Pues no, francamente —contestó, enfadado—. Estamos casados y quiero hacer el amor con mi mujer. No es justo que tengamos que escondernos por temor a que Jolene se entere de lo que hacemos. Ya debería saberlo. Es lo que hacen las parejas casadas.

—Mira, Bruce, yo estoy tan molesta como tú, pero debemos tener en cuenta los sentimientos de Jolene. No debimos casarnos con tanta precipitación.

Bruce se giró, ceñudo.

—Así que ahora te arrepientes de haberte casado conmigo.

—¡No! —contestó ella—. Os quiero a Jolene y a ti más de lo que podría expresar. Pero preferiría que le hubiéramos dado tiempo para hacerse a la idea de que iba a mudarme aquí —Rachel no quería que su marido pensara ni por un instante que lamentaba su boda—. Llevabais siete años solos. Yo sólo venía cuando a Jolene le apetecía charlar o estar conmigo. Ahora estoy aquí veinticuatro horas al día, y se siente amenazada.

Bruce se sentó al borde de la cama y se frotó la cara.

—Esto es una tortura.

Rachel se sentó a su lado y se apoyó contra él.

—Para mí también. Pero recuerda que aún nos queda esta noche.

—Me gustaría —dijo Bruce— poder hacer el amor sin preocuparme de que cruja la cama.

No tenía gracia, pero Rachel no pudo evitar reírse.

—Ya encontraremos la manera.

—Espero que sí, y pronto —Bruce salió de la habitación. Unos minutos después, Rachel oyó cerrarse la puerta de la calle. Debía de haberse ido a la tienda.

Rachel se quitó el camisón y volvió a ponerse la ropa mientras se preguntaba cómo podía hablar con su hijastra. Tocó suavemente a la puerta del cuarto de Jolene.

—¿Jolene?

No hubo respuesta.

—Tenemos que hablar.

—Vete.

—Creía que hoy tenías entrenamiento después de clase —dijo Rachel.

—Eso es los lunes.

—En tu agenda ponía que era hoy.

—Pues no. Lo cancelaron porque el entrenador está enfermo.

—Ah.

—Vete.

—No hasta que hablemos.

—Yo no quiero hablar.

Rachel se quedó en la puerta del cuarto de su hijastra, intentando convencer a Jolene para que saliera. Pasado un rato, Jolene dejó de responder. Rachel giró el pomo, pensando que, si Jolene no iba a ella, iría ella a Jolene. Pero la puerta estaba cerrada.

CAPÍTULO 8

Troy estaba aún en el aparcamiento del ayuntamiento cuando apareció el alcalde Benson y se dirigió hacia él con paso decidido. Acababa de volver de dar una charla en una asociación local, pero, aparte de eso, había tenido un mal día. Dos de sus ayudantes estaban enfermos. La gripe hacía estragos en su departamento y andaba escaso de efectivos. Su conversación con Kathleen Sadler, la periodista de Seattle, tampoco había contribuido a mejorar su humor. Sadler exigía respuestas a preguntas a las que sencillamente no podía responder.

Pero, a juzgar por la mala cara del alcalde, el día todavía podía empeorar.

–¿Qué puedo hacer por ti, Louie? –preguntó.

–Acabo de hablar con Kathleen Sadler.

Troy sintió el impulso de cerrar los ojos y gruñir. Estaba claro que, al no obtener de él la información que andaba buscando, la periodista había vuelto a llamar al alcalde. Con razón Benson estaba de tan mal humor.

–Kathleen Sadler –repitió el alcalde–. Creía que ibas a encargarte de eso. Ya te dije lo importante que es que ese asunto no se convierta en foco de atención pública.

–He hablado con ella –dijo Troy–. Pero se niega a aceptar lo que le dije. Dice que tiene que haber algo más.

–Eso es exactamente lo que me temía –Louie abría y cerraba los puños.

—Si querías evitarla, deberías habérmela pasado otra vez —Troy no entendía por qué el alcalde se sentía obligado a hablar con aquella mujer, sobre todo teniendo en cuenta que parecía empeñada en amargarles la vida. Si detrás de aquellos restos se ocultaba alguna historia, los hechos acabarían por salir a la luz. Pero de momento no tenían nada que ofrecerle.

—Mandé que la pasaran contigo —dijo Louie—, pero resulta que estabas dando una charla y, tonto de mí, acepté la llamada.

En opinión de Troy, eso era problema suyo.

—Volveré a hablar con ella, si quieres.

—Sí. Por lo visto viene el miércoles con intención de entrevistar a los chicos que descubrieron el cuerpo.

—Ni pensarlo —Troy haría todo lo que estuviera en su poder para asegurarse de que no lo consiguiera. Philip Wilson, a quien todos llamaban Shaw, era mayor de edad, pero su nombre no había trascendido. Y Tanni Bliss, la chica, estaba todavía en el instituto. Se pondría en contacto con sus padres para avisarlos de la visita de la periodista. Recordaba lo impresionados que estaban los chicos, especialmente Tanni.

—Bien —dijo Louie, y asintió con la cabeza, satisfecho—. Encárgate de esto.

—Lo haré.

—Y date prisa. Creo que esa mujer va a traer a un fotógrafo para tomar fotos de la cueva. Piensa escribir un reportaje y el momento no podía ser más inoportuno, teniendo en cuenta nuestros proyectos turísticos. Tienes que convencerla de que no hay nada que contar.

Troy alzó los hombros.

—¿Por qué crees que está tan interesada?

—¿Cómo quieres que yo lo sepa? —contestó Louie—. Ya te he dicho que es muy mal momento. Jack está preparando un reportaje sobre turismo para el *Chronicle* que confiamos que se publique en el resto del estado, y el artículo de esa mujer podría quitarle protagonismo. Cedar Cove no necesita publicidad negativa —sacudió la cabeza—. Pero eso es lo de menos. El consistorio acaba de solicitar fondos estatales para promover el turismo en nuestra zona —miró hacia el cielo—. ¿Por qué tiene que pasar esto ahora?

Troy no tenía respuesta a aquella pregunta.

—Haré lo que pueda.

Louie pareció apaciguarse ligeramente.

—Te lo agradecería —le pasó una hoja de papel—. Por si te hace falta, aquí tienes el número de teléfono de la periodista. Intenta razonar con ella.

Troy suspiró. Había notado que el interés de los periodistas aumentaba cuanto más caso les hacía. Nunca les bastaba con un poco de información. Siempre querían más. Y luego indagaban hasta encontrar lo que querían... o algo que se le pareciera. Con los años, había aprendido que lo mejor era no decir nada, o al menos nada sustancial. Era educado y cordial, pero sus labios estaban sellados.

Cuando el alcalde se marchó, Troy corrió a su despacho. Acababa de sentarse cuando sonó su móvil. Rara vez recibía llamadas personales. Enseguida vio que era su hija.

—Hola, cariño —dijo.

—Hola, papá. Quería decirte que he visto a Faith.

Oír el nombre de Faith produjo en él un destello instantáneo de emoción que la mala conciencia sofocó de inmediato.

—Me ha dado una cosa para ti.

Troy se sentó más derecho.

—¿Sí? —alzó la voz, esperanzado, y se enfadó consigo mismo.

—Es una receta para hacer magdalenas integrales.

—Ah —sus ilusiones se desinflaron.

—No me habías dicho que estuviste en su casa.

—Fue una visita de rutina. Me pasé por allí para hacerle unas preguntas sobre el robo en su casa.

—Es horrible que le hayan hecho eso.

Troy le dio la razón.

—¿La ves mucho últimamente? —preguntó su hija. Parecía haber recibido clases de un investigador con experiencia.

—Sólo una vez, desde el robo.

—Entiendo —dijo Megan—. Tenía buen aspecto, ¿verdad?

En opinión de Troy, Faith siempre tenía buen aspecto.

—Sí, sí —murmuró.

—Me dijo que te habían gustado mucho las magdalenas y me sugirió que te las hiciera.

Que él recordara, esa mañana no había comido nada y se había saltado el almuerzo. Lo cierto era que habría comido serrín, si Faith se lo hubiera ofrecido.

—Se me ha ocurrido hacer las magdalenas y pasarme por casa esta tarde para llevártelas.

—Estupendo, gracias —aquello era lo que le faltaba: que le recordaran a Faith.

—¿Puedo llevártelas después de la cena? Porque estarás en casa, ¿no?

—¿Dónde voy a estar, si no?

Era, evidentemente, una pregunta exploratoria, para ver si estaría con Faith.

—Craig quería hacer un par de recados esta noche y se me ha ocurrido ir con él y pasarnos luego por tu casa. ¿Quieres que te llame primero?

—No hace falta. Voy a estar en casa.

—De acuerdo —parecía decepcionada—. Nos vemos a eso de las siete. No nos quedaremos mucho tiempo.

—Ya sabes que podéis venir cuando queráis, Megan.

—Sí, lo sé —dijo ella.

Charlaron un par de minutos más; luego, Troy cerró su móvil y volvió a guardarlo en su funda. Desde la muerte de Sandy, no había visto tan bien a su hija. Era consciente de que Megan echaba de menos a su madre, pero su hija había acabado por asimilar el dolor, lo mismo que él.

Antes de irse a casa dejó un mensaje para Kathleen Sadler en el periódico de Seattle. Le pidió por segunda vez que, si tenía que volver a llamar, contactara con él. Seguramente la reportera pensaba que Louie Benson era un blanco más fácil, pero Troy pensaba pararle los pies. No quería que el alcalde volviera a abordarlo en el aparcamiento.

Mientras volvía a casa decidió pasarse por Rosewood

Lane. No esperaba ver a Faith, aunque le apetecía. Hacía más de una semana que no hablaban.

La vio luchando con una pesada bolsa de la compra que intentaba sacar del asiento trasero de su coche. Ella levantó la vista al pasar él lentamente por la calle. Como ya había visto su coche, Troy paró junto a la acera y aparcó.

—Deja que te ayude con eso —dijo al acercarse a ella.

—No hace falta —pero mientras lo decía dejó en sus manos las dos bolsas de la compra.

Troy la siguió hasta la cocina de su casa, donde depositó la compra sobre la encimera. Faith se apoyó en el fogón, con las manos hacia atrás.

—Gracias.

—De nada —qué amables y educados parecían, como dos extraños que se hubieran rozado al cruzarse por la calle—. No quiero que pienses que tengo por costumbre pasar por tu calle, Faith —explicó—. Le he pedido al ayudante Walker que se pase por aquí un par de veces durante su turno.

—Gracias —repitió ella y bajó la mirada como si hubiera visto en el suelo algo de enorme interés.

—¿Qué tal duermes? —preguntó Troy, reacio a marcharse.

Ella tardó en responder.

—Mejor —dijo por fin.

—¿Has vuelto a oír algún ruido raro?

Faith no contestó.

—Faith, si hay algún problema quiero saberlo. Tú no eres de las que imaginan cosas.

Ella se encogió de hombros.

—Seguramente no es nada.

—Entonces, ¿has oído algo?

—Anoche...

Al ver que no acababa la frase, Troy insistió:

—¿Qué pasó anoche?

—Creí... creí oír a alguien en el patio lateral. Me levanté y encendí la luz del porche y...

—No me digas que decidiste salir a investigar por tu cuenta.

—Vamos, Troy, no soy idiota. No esperé a que hubiera tormenta, encendí una vela y salí a caminar por el borde de un acantilado como una heroína gótica, si es eso lo que estás sugiriendo. Llamé al 911, pero mientras esperaba a que llegara el coche patrulla encendí las luces de la casa y me puse a hacer ruido, como si hubiera diez personas aquí y no estuviera yo sola.

Él esbozó una sonrisa.

—¿Y cómo lo hiciste exactamente?

—Bueno —ella también sonrió—, golpeé un par de cacerolas, puse la tele y empecé a hablar en voz alta con mi hijo imaginario, que da la casualidad de que es luchador profesional.

Troy soltó una carcajada.

—Cuando llegó el policía, la persona que había fuera, si es que había alguien, ya se había ido.

Troy imaginaba que por eso no se había enterado del incidente. No quería restarle importancia, pero tampoco quería alarmarla.

—La próxima vez, deja que la policía haga su trabajo y no distraigas al intruso. Queremos atrapar a quien te está haciendo esto, Faith.

Ella tardó un rato en responder.

—Sí. Es sólo que... bueno, cuesta esperar de brazos cruzados, sin hacer nada. No quiero que... que ese intruso crea que soy una víctima complaciente.

—Si quieres hacer algo mientras esperas a que llegue la policía, llámame —lo decía en serio, aunque su tono pareciera despreocupado. Necesitaba saber que estaba a salvo.

Faith sacudió la cabeza.

—No, eso no voy a hacerlo.

—Es una alternativa, Faith. Vendré y no te haré preguntas.

Ella suspiró.

—Lo sé —miró hacia la puerta trasera como si quisiera indicarle que era hora de irse.

Troy sabía que debía darse por aludido, pero no pudo.

—Esta tarde me llamó Megan —dijo.

—Ah, sí, ya imaginaba que te llamaría —sonó el teléfono y

Faith lo levantó de inmediato, aliviada por la interrupción–. Diga –dijo–. ¿Diga?

Troy se acordó de cómo se le aceleraba el corazón cuando llamaba a Faith y ella contestaba. Siempre parecía tan contenta de oírlo...

Ella colgó pasado un momento.

–Se han equivocado, supongo.

–¿Recibes muchas llamadas de ésas últimamente? –preguntó él, receloso.

Ella exhaló despacio.

–Ahora que lo dices, creo que más de las normales.

Troy arrugó el ceño.

–¿Qué decía el identificador de llamadas?

–Dice «número privado». Lo mismo que las otras veces.

–Hmm...

–Mi número no aparece en la guía –se apresuró a informarle ella.

–Eso no sirve de gran cosa, Faith.

–¿Por qué no?

–Cualquiera que quiera conseguir tu número puede hacerlo. El hecho de que no aparezca en la guía no lo convierte en inaccesible.

–Ay, Dios.

–La gente que sabe un poco de informática puede encontrar todo lo que quiera –Troy se acercó al teléfono y marcó el código de respuesta automática. Nada–. ¿No tienes servicio de respuesta automática?

–No –reconoció ella–. No me pareció necesario cuando contraté la línea.

–Solicítalo y, la próxima vez que te llamen y cuelguen, consigue el número.

Ella arrugó la frente.

–¿Crees que es buena idea que devuelva la llamada?

–No. Dame el número y yo me encargaré de eso –al ver su mirada de preocupación, Troy se preguntó si la había asustado–. ¿Lo harás?

Aquella mirada obstinada había vuelto.

—No es por tu tranquilidad, es por la mía.

—Está bien. Si insistes —contestó ella encogiéndose de hombros con resignación.

—Insisto.

Faith volvió a mirar la puerta. Troy se encaminó hacia ella.

—Que pases buena noche, Faith —dijo mientras se tocaba el ala del sombrero en señal de despedida.

—Igualmente.

Lo siguió hasta la puerta y lo vio alejarse. Troy sintió sus ojos clavados en la espalda y se preguntó si lo lamentaba tanto como él. Si le echaba de menos la mitad que él a ella.

Cuando llegó a su casa en Pacific Boulevard era de noche. Entró y, sin pensar, agarró el mando a distancia del televisor. En realidad, no veía casi ningún programa. Pero le gustaba que hubiera ruido.

Las noticias locales de Seattle aparecieron en la pantalla mientras colgaba la chaqueta. Estaba a punto de cerrar la puerta del armario cuando vio a una locutora con un micrófono en un escenario que le resultaba familiar.

Se quedó mirando. Era la zona de enfrente de la cueva en la que se había descubierto el esqueleto.

—Soy Jean Everson y hoy les traigo una historia más propia de Halloween que del mes de enero —dijo la joven con voz baja e intensa—. Me encuentro en Cedar Cove, donde se han descubierto los restos sin identificar de un joven en la cueva que tengo justo detrás de mí. Se trata de un chico muy joven. En Cedar Cove todo el mundo guarda silencio. Nadie parece saber quién podría ser el chico. El informe de la autopsia indica que sus restos han pasado cerca de treinta años en la cueva. Sin embargo, la policía local no parece haber hecho ningún progreso a la hora de resolver este trágico caso.

Troy deseó que Louie Benson no estuviera viendo las noticias. La voz de la joven siguió sonando como un zumbido lejano. Finalmente acabó diciendo:

—...este pueblo soñoliento en el que oscuros secretos podrían estar enterrados junto con esos restos sin identificar.

Para el Canal 7 Noticias, Jean Everson desde Cedar Cove, Washington.

Después del día que había pasado, no era aquello lo que Troy quería ver en la tele.

Su teléfono comenzó a sonar menos de un minuto después. No tuvo que mirar el identificador de llamadas para saber quién era. Louie Benson quería hablar con él por segunda vez ese día.

CAPÍTULO 9

Mack McAfee llevaba toda la semana deseando ver a Mary Jo y a su hija. Había atendido a Mary Jo en el parto, el día de Nochebuena, en el rancho de los Harding. Mary Jo, muy a propósito, le había puesto Noelle a la niña. Aquél había sido el primer parto de Mack, el único que había presenciado y, naturalmente, el único en el que había participado. Estar con Mary Jo, ser la primera persona en sostener a Noelle, había sido una de las experiencias más emotivas de su vida. Al día siguiente, al ir a visitar a sus padres, no había podido hablar de otra cosa. Nunca había sentido nada parecido: aquella euforia, aquella sensación de alegría, de trascendencia. Todo lo demás palidecía comparado con aquello. Se había sentido embargado por la fuerza de aquel momento.

Mack era bombero y tenía formación sanitaria. Había desempeñado diversos trabajos a lo largo de los años, pero formar parte del departamento de bomberos de Cedar Cove era lo que más le convenía. Tenía la impresión de que había encontrado su sitio, de que había nacido para aquel trabajo.

Bajó la radio al cruzar el puente de Narrows, en Tacoma, camino de Seattle. Tenía la cabeza llena de ideas desordenadas. Necesitaba calmarse antes de volver a ver a Mary Jo. A Noelle le quedaban dos días para cumplir un mes de vida. Las cosas podían haber cambiado mucho desde que había ido a verla, un par de semanas antes.

La última vez que habían hablado, Mary Jo parecía haberse alegrado de oírle, pero tenía malas noticias. La empresa de seguros en la que trabajaba había reducido personal, y a ella le habían dado una indemnización por despido. El futuro se adivinaba incierto y Mack notó que Mary Jo se esforzaba por parecer optimista. Con intención de animarla, la había llamado dos veces desde su última visita y sus conversaciones, aunque cortas, habían ido bien. Aun así, Mack habría deseado poder ayudarla de algún modo. Pero, francamente, no se le ocurría cómo. Mary Jo no aceptaría ayuda económica de él; ni siquiera le gustaba aceptarla de sus propios hermanos. Mack sabía que preferiría no vivir con ellos y que no le quedaba otro remedio, sobre todo ahora que no tenía trabajo. Ella intentaba quitarle importancia a su frustración creciente, pero Mack intuía cómo se sentía.

Había vivido casi toda su vida en la zona de Seattle y no le costó encontrar la casa de Mary Jo. Sabía ya que era una casa bonita, en un vecindario agradable. Sabía que ella se había criado en aquella misma casa, la menor de cuatro hijos. Sus hermanos se consideraban sus guardianes desde que sus padres murieron en un accidente de tráfico.

Mack recorrió el sendero que llevaba a la casa abrazando el enorme oso de peluche que había comprado. Se quedó mirando un rato la puerta, con el corazón acelerado, antes de apretar el timbre.

Mary Jo abrió casi enseguida. Llevaba apoyada en el hombro a Noelle. La bebé dejó escapar un suave gemido y movió la cabeza.

–Hola –dijo Mack.

–Hola –contestó ella con una sonrisa.

Estaba... horrenda. No había otro modo de describirla. Se había peinado y arreglado, pero el maquillaje no disimulaba su palidez, ni las ojeras que ensombrecían sus ojos. Sin embargo, aquellos ojos cansados se iluminaron al verlo.

Se apartó para que Mack entrara, y él notó enseguida que la casa estaba muy limpia. En el cuarto de estar, junto al sofá, había un moisés blanco, y un montón de pañales desechables encima de la mesa baja.

—Lo siento —dijo—. Pensaba tener a Noelle bañada y lista para recibir visitas, pero ha tenido una mala mañana —le dio unas palmaditas en la espalda a la niña—, y yo también, por tanto.

—No hace falta que te disculpes —le dijo Mack.

Mary Jo intentó sin mucha convicción sofocar un bostezo.

—Me ha tenido despierta casi toda la noche. Creía que esta noche estaría cansada, pero no ha habido suerte. Cada vez que la dejo en la cuna, se pone a llorar.

—¿Está enferma?

Ella sacudió la cabeza.

—Hablé con la enfermera y me dijo que es un caso típico de cólicos. Suelen aparecer en torno a las tres semanas —suspiró—. Noelle no hace más que retorcerse y llorar. Creo que no he dormido más de una hora en toda la noche.

—Deberías haberme llamado. Podríamos haberlo dejado para otro día —se habría llevado una desilusión, pero podría haberse pasado en otro momento.

—Sí, seguramente —respondió ella—, pero tenía ganas de enseñarte cuánto ha cambiado Noelle desde la última vez que la viste.

En su primera visita, Noelle estaba apaciblemente dormida y llevaba un gorrito de punto rosa. Había pasado todo el tiempo durmiendo, así que Mack no había podido hacer otra cosa que mirarla con arrobo.

Al dejar el oso de peluche, notó que Noelle ya tenía una docena de peluches más.

—Mis hermanos la miman demasiado —dijo Mary Jo, señalando el montón de mullidos leones, perritos y osos—. Sobre todo, Linc. Es el mayor y ya debería tener familia. El problema es que se toma sus responsabilidades, o las que cree sus responsabilidades, demasiado a pecho. Creo que por eso rompió con... Pero, en fin, no creo que eso te interese mucho —señaló el sofá—. Ponte cómodo, por favor.

Noelle se retorció en sus brazos.

Mack tomó asiento, aunque se sentía violento porque ella seguía en pie. Mary Jo empezó a pasearse por la habitación, dando palmaditas en la espalda de la niña. Noelle, pese a todo, comenzó a llorar con tal fuerza que Mack se sobresaltó.

—¿Quieres que pruebe yo? —preguntó.

—No servirá de nada.

Mary Jo parecía a punto de quedarse dormida de pie.

—Deja que lo intente.

Ella suspiró.

—Está bien. Gracias. Voy a hacer café. Necesito cafeína, si quiero funcionar el resto del día —puso a Noelle en sus brazos.

Mack no había pasado mucho tiempo con bebés (prácticamente ninguno, en realidad), así que aquello era nuevo para él. Noelle seguía chillando y agitando los brazos y las piernas. Mack la miró. Tendida sobre su regazo, tenía la carita colorada y rabiosa. Sin saber cómo calmarla, Mack le ofreció su dedo y la pequeña se agarró a él inmediatamente. Luego, Mack apoyó la mano sobre su tripita y comenzó a tararear una tonada que recordaba que le cantaba su madre. No se acordaba de la letra, pero sí de la melodía.

Noelle lo miró parpadeando y se calló de pronto. Después abrió los ojos de par en par. Mack tuvo la impresión de que lo reconocía, a pesar de que era muy improbable. Mary Jo asomó la cabeza por la puerta.

—¿Qué has hecho? —preguntó—. ¿Cómo has conseguido que se calmara?

—Le he... cantado —contestó, un poco avergonzado—. En cuanto ha oído mi voz, ha dejado de llorar. Creo que se acuerda de mí.

Noelle parecía alegrarse de verlo, por la fuerza con que se aferraba a su dedo. El sentimiento era mutuo.

Mary Jo se quedó mirándolos.

—Tienes buena mano para los bebés, desde luego —dijo—. Muchísimas gracias.

Al mirar hacia abajo, Mack vio que Noelle cerraba los ojos y se dormía. La pobre pequeña estaba posiblemente tan agotada como su madre.

—A menudo me han dicho que hipnotizo a las mujeres —bromeó.

Mary Jo sonrió y Mack le devolvió la sonrisa. Le apenaba que David Rodhes le hubiera mentido y la hubiera tratado tan mal. Aquel tipo no era sólo un sinvergüenza: era un idiota por dejar a una mujer tan maravillosa como Mary Jo.

Unos minutos después, ella llevó una bandeja con dos tazas de café, una jarrita de leche y un azucarero. La dejó sobre la mesa, delante del sofá, y tomó a Noelle en brazos para dejarla en su moisés. Mientras ella tapaba a la niña con una manta de punto, Mack puso leche a su café.

—No se dormía desde las cinco de la madrugada —susurró Mary Jo, temiendo despertar a la bebé.

—Cuesta creer que haya crecido tanto en un mes.

Mary Jo posó la mirada sobre su hija dormida.

—Sí. Aunque a mí lo que más me cuesta creer es que la maternidad sea tan agotadora.

—¿Tus hermanos no te echan una mano?

Ella se sentó al otro lado del sofá y tomó su café con una risa suave.

—Será una broma, ¿no? A mis tres hermanos les aterra Noelle —dijo mientras se ponía azúcar y removía el café—. Creo que Linc la ha tomado en brazos una sola vez, y parecía aterrorizado.

—¿Y Mel y Ned?

La sonrisa de Mary Jo se hizo más amplia.

—Si Noelle eructa, vienen a buscarme muertos de miedo. En cuanto a cambiar pañales, no hay manera.

Mack entendía su miedo. Noelle era tan pequeña, tan frágil, tan indefensa... Era tan fácil imaginar que a uno se le caía...

La conversación decayó y Mack sacó a relucir lo que le rondaba por la cabeza.

—¿Has tenido noticias de David Rodhes?

Mary Jo se crispó visiblemente.

—No, y me alegro.

Mack estaba enfadado con Rodhes por desembarazarse de la responsabilidad que suponía su hija, y no pudo resistirse al impulso al hablar de ello.

—Es el padre de Noelle.

Mary Jo sacudió la cabeza como si todo lo que tuviera que ver con David Rodhes le repugnara.

—Prefiero no hablar de él —dijo tajantemente.

—Claro —imaginaba que no era muy amable sacar a colación un asunto tan penoso.

—Me avergüenza haber sido tan ingenua —añadió ella—. Y haber creído sus mentiras.

Mack se limitó a asentir con la cabeza. Mary Jo parecía no poder detenerse ahora que había empezado a hablar del padre de Noelle, aunque acababa de decir que prefería evitar ese tema.

—Me dijo que me amaba y que quería a nuestro bebé. Decía que estaba encantado de que estuviera embarazada y que, en cuanto arreglara sus asuntos de dinero, nos casaríamos.

Iba alterándose a medida que hablaba. Mack quería decirle que no era necesario que le contara todo aquello, pero ella se había embalado y Mack no logró decir ni una palabra.

—Luego pasaron semanas sin que tuviera noticias de él. Hasta pospuse las clases de preparación al parto porque cuando hablamos me dijo que quería estar conmigo cuando naciera el bebé. Sí, ya. Y después... —hizo una pausa y respiró hondo, trémula—. Después me dijo que iba a pasar las Navidades con su familia en Cedar Cove, lo cual, como tú y yo sabemos, era otra mentira, y de las gordas —arrugó el ceño—. Su padre y su madrastra estaban de crucero y cuando llegué al pueblo no había nadie y tuve que recurrir a la bondad de los desconocidos. Cualquiera pensaría que a esas alturas ya habría espabilado y habría empezado a dudar de todo lo que me había dicho. Pero ¿fue así? No. Esa mentira me la tragué también, como todas las demás —se levantó de un salto, como si no pudiera estarse quieta—. Cuando nació Noelle, Ben le avisó de que tenía una hija. Lo lógico sería que se hubiera puesto en contacto conmigo, pero no —empezó a pasearse por la habitación con los brazos cruzados—. Ojo, no es que yo quiera saber nada de él. Puede que tarde en aprender, pero cuando me entero de algo, ya no se me olvida −meneó un dedo mirando a Mack−. No quiero volver a ver ni hablar con David Rodhes mientras viva. Lo digo en serio.

−Bueno, yo...

−Y me niego a aceptar un céntimo de Ben Rodhes. Me lo ofreció, ¿sabes? Su hijo es un auténtico quebradero de cabeza para él. Ben no me lo ha dicho directamente, pero se nota. Le di las gracias, porque fue muy amable y generoso, pero Noelle no es responsabilidad suya. Es responsabilidad de David. Aunque no espero que haga lo que es debido, claro. Ni tampoco lo espera Ben. Si no, no se habría ofrecido −respiró otra vez, rápidamente−. Le dejé que abriera una cuenta de ahorro para Noelle, pero nada más.

Mack esperó un momento antes de intentar hablar. Al ver que ella parecía haber acabado, se aventuró a comentar:

−En mi opinión, Noelle está mejor sin David.

−¡Por supuesto que sí! Eso no me preocupa. David no quiere tener nada que ver con ella, ni conmigo. Y, por mí, estupendo, pero una cosa es segura.

−¿Cuál?

Ella inclinó la cabeza una vez, lentamente.

−Que no volverán a engañarme tan fácilmente. Los hombres no son de fiar, sobre todo los que son guapos y zalameros. Como David. Con las cosas que dice, podría recubrirse de nata una tarta.

−Tus hermanos...

−No me hables de ellos −le interrumpió−. Linc es un sabelotodo y un terco, y en cuanto a Mel y a Ned, son unos desconsiderados. La que se líe con ellos necesita un psiquiatra −se detuvo lo justo para respirar−. No me malinterpretes: quiero mucho a mis hermanos. Se han portado de maravilla con Noelle, pero no tienen ni idea de nada.

−Bueno, yo...

−Ay, no debería haber dicho eso −balbució Mary Jo−. Pero es que se pasan todo el día en el taller y no tratan con mujeres. Excepto con las que les llevan sus coches, claro. Y ésas siempre se quedan patidifusas −hizo girar los ojos.

—Bueno, a mí también me impresionó Linc cuando lo conocí —Mack sentía que debía decirle aquello. Linc y él habían hablado media hora después de que la ambulancia llevara a Mary Jo y a Noelle al hospital. En aquel momento estaban los dos muy emocionados. Linc parecía entusiasmado con la idea de ser tío.

—Claro, tú te pones de su parte —masculló Mary Jo—. Eres un hombre.

—Bueno, yo...

—No, estoy harta de los hombres. Se acabó. Para siempre. Ya sabes lo que dicen: gato escaldado, del agua fría huye. Yo me he escaldado del todo y no pienso volver a confiar en un hombre en lo que me quede de vida.

A Mack no le gustaba cómo sonaba aquello.

—¿Qué quieres decir exactamente? —preguntó.

La mirada que le lanzó lo decía todo.

—No creo que quieras saberlo.

—Sí que quiero.

—No, no quieres, porque te sentirías obligado a defender al sexo masculino y acabaríamos discutiendo. No quiero que me digas lo mismo que me dice Linc.

—¿Y qué es?

Ella cruzó los brazos y suspiró.

—Que no todos los hombres son como David.

—No lo son.

—Soy consciente de ello. Mi marido era un padre y un marido maravilloso, y todavía quedan unos cuantos hombres decentes en este mundo. Cliff Harding, por ejemplo.

Mack notó que no lo mencionaba a él, pero decidió no tomárselo como algo personal.

—Si eso es lo que crees —dijo—, ¿por qué dices que has acabado con los hombres?

—Porque sé que hay hombres buenos —contestó ella, inclinándose hacia delante—. El problema no es ése. El problema es diferenciar a los buenos de los capullos. Y, por desgracia, mi detector de capullos está escacharrado.

—Creo que estás siendo muy dura contigo misma.

—De eso nada. Porque ¿sabes qué? David no fue el primero.

Mack entornó los ojos.

—Bueno, nunca he... llegado con ningún hombre a lo que llegué con David, pero antes de conocerlo a él había un tipo en el trabajo que me encandiló por completo. Y luego me enteré de que estaba casado. No llegamos a salir, ni nada de eso. Sólo comíamos juntos o nos tomábamos una copa después del trabajo. Sólo eso. Pero tampoco me di cuenta de que me estaba mintiendo. O al menos de que me estaba mintiendo por omisión —miró a Mack por encima del hombro mientras se paseaba de un lado a otro—. Otras mujeres parecen tener ese filtro, ¿sabes? Un instinto que les hace percibir las verdaderas intenciones de los hombres. Yo no lo tengo, así que no puedo fiarme de mí misma. No merece la pena volver a arriesgarse.

Mack dejó su taza de café mientras consideraba sus palabras.

—Entonces, supongo que no hay nada más que decir al respecto.

—No, nada más. Tengo a mi hija y de aquí en adelante estaremos solas las dos. En cuanto encuentre un trabajo, buscaré un apartamento y viviré sola, libre de mis hermanos y de todos los hombres —lo miró como si lo retara a decir algo.

—Entonces, supongo que éste no es buen momento para pedirte una cita, ¿no?

Ella echó la cabeza hacia atrás, sorprendida, y sonrió.

—¿Lo dices en serio?

Mack le sonrió.

—Pues sí.

CAPÍTULO 10

Grace Harding estaba trabajando en su pequeño despacho de la biblioteca cuando Sally Overland, una empleada recién contratada, llamó educadamente a la puerta medio entornada. Grace se preguntó cómo iba a concentrarse en el papeleo si la interrumpían constantemente. Ya se había pasado la mañana y apenas había avanzado.

—Pasa —dijo. Ninguna otra de sus ayudantes habría esperado a que le diera permiso.

Sally asomó la cabeza por la puerta.

—Ha venido a verte una tal Olivia. Dice que es amiga tuya.

Grace se levantó de un salto y estuvo a punto de volcar la silla.

—¿Olivia está aquí?

Sally, que era muy joven e insegura, abrió los ojos de par en par.

—Sí. Espero haber hecho lo correcto. Le he dicho que estabas ocupada, pero me ha dicho que no te importaría.

—Claro que no.

Sally se apartó y Olivia entró en el despacho, con su largo abrigo de lana negra y un gorro de punto rojo en la cabeza. Grace rodeó la mesa y la abrazó con cuidado. Olivia estaba pálida, pero llevaba meses así. Pálida y delgada. Y, ahora, calva.

—¿Qué haces aquí? —preguntó Grace.

—¿Qué quieres decir? —repuso Olivia en el mismo tono—. He devuelto un libro de la biblioteca y quería ver si ya habías comido.

—No. ¿Te sientes con fuerzas para andar por ahí?

—Sí. Si no, no lo haría —afirmó Olivia con perfecta lógica—. ¿Adónde te apetece ir?

—Elige tú —dijo Grace. Sabía que Olivia no tenía mucho apetito, y a ella le parecería bien cualquier lugar que eligiese.

Olivia alzó los hombros.

—Cualquier sitio me vale. Lo que más me apetece es un té.

—¿Sólo eso?

—Y quizás un poco de sopa.

—¿El Pot Belly?

—Estupendo.

Olivia sonrió y Grace recogió su abrigo, su bufanda y su bolso. Juntas se dirigieron hacia la puerta principal de la biblioteca. Grace le dijo en voz baja a Sally dónde iba a estar. Aunque el restaurante no estaba lejos, se empeñó en ir en coche. No quería que Olivia pillara un resfriado mientras su sistema inmune estaba debilitado por la quimioterapia. Y tampoco quería que se cansara con el paseo. Justo antes de Navidad había estado hospitalizada debido a una grave infección. Grace se estremeció al pensar lo cerca que habían estado de perderla. No, no quería correr ningún riesgo.

—Me tratas como si fuera de porcelana —se quejó Olivia, aunque con poca convicción, notó Grace.

—No te molestes en protestar.

—Siempre has sido una mandona —dijo Olivia al montar en el asiento del copiloto.

—Ajá —Grace no estaba dispuesta a permitir que su amiga dijera la última palabra.

Por suerte encontró aparcamiento justo delante del restaurante. Era bastante tarde, la mayoría de la gente había comido ya y pudieron elegir mesa.

En cuanto se sentaron, Grace sonrió a la joven camarera.

—¿Qué sopa tenéis hoy?

—Crema de brócoli —le dijo la chica, que no parecía tener más de dieciocho años.

—Tráenos dos —dijo Grace.

—Y un té —añadió Olivia—. Earl Grey, por favor.

La chica tomó nota en su libreta y desapareció. En cuanto estuvo lejos, Olivia se inclinó hacia delante.

—Mi madre hace una sopa de brócoli riquísima. Creo que primero la probó aquí y luego se fue a casa y preparó su propia versión. Mi madre debería tener un programa de cocina en la tele, ¿no crees?

Grace se rió.

—¿Te imaginas? La chef Charlotte haciendo magdalenas mientras habla con invitados famosos —se quitó la bufanda y se desabrochó el abrigo, que dobló sobre el respaldo de la silla—. Estaría maravillosa. Y además cualquier cosa que haga ella está deliciosa.

Olivia asintió sonriendo.

—Cree en la cocina con ingredientes de calidad... y con amor.

—Sólo la he visto de pasada desde que volvieron del crucero. ¿Se lo pasó bien?

—Sí. Y Ben también, aunque en cuanto llegaron a casa se enteraron de lo de la niña de David y se llevaron un disgusto.

—Qué lástima —dijo Grace con pesar. Culpaba a David, quizá no por el embarazo, puesto que en eso tenían responsabilidad ambas partes, pero sí de haber mentido a aquella pobre chica sobre sus intenciones. Y después se había negado a reconocer a la pequeña y a aceptar sus responsabilidades como padre, lo cual era indignante.

—Creo que ésta es la gota que colma el vaso, por lo menos en cuanto a Ben —dijo Olivia mientras alisaba la servilleta sobre su regazo—. Por lo visto, sólo ha hablado con David una vez desde que volvieron del crucero. Le ha dicho a mi madre que no quiere hablar con él, si vuelve a llamar.

—Entiendo que esté tan disgustado.

—Yo también —dijo Olivia—. Esto está siendo muy duro para él. Es un hombre tan honrado que el comportamiento de su hijo, engañar y traicionar a una chica tan dulce como Mary Jo, hace que todo sea mucho más doloroso —sacudió la cabeza—. Pero no he venido a verte para hablar de David. Ese tema me deprime.

—A mí también.

—¿Te he contado qué hace mi madre últimamente?

—¿Aparte de ir a visitarte, quieres decir? —bromeó Grace. Todo el mundo sabía que Charlotte tenía por costumbre ir a casa de su hija cada pocos días.

—Ha estado reuniendo sus recetas favoritas para el salón de té de Justine. Lo que significa que algunas las está anotando por primera vez.

Grace había pasado por el solar de la obra esa mañana y le había asombrado lo mucho que había avanzado en el último mes.

—El edificio está quedando muy bien, ¿verdad?

—Cuando mi hija se propone algo, suele conseguirlo.

—Es otra Charlotte en potencia.

—Ya lo creo —dijo Olivia—. Está levantando un nuevo negocio, y además cuida de su familia y se prepara para la llegada del bebé...

—¿Cómo se encuentra?

—Muy bien, dice. Está empezando a notársele. Espero que esta vez tenga una niña —Olivia titubeó al darse cuenta de lo que había dicho—. Aunque, si es otro niño, lo recibiremos con el mismo entusiasmo.

—Claro que sí.

—¿Qué tal están tus niñas? —preguntó Olivia.

—Maryellen y Kelly están de maravilla.

En ese momento se abrió la puerta y entró el sheriff Troy Davis. Al verlas se tocó el ala del sombrero, un gesto habitual en él; luego se acercó a la barra y pidió un café para llevar.

Mientras Grace contaba a Olivia las últimas noticias relativas a sus nietos, Troy se acercó a la mesa con el vaso en la mano.

—Es un placer veros a las dos —dijo. Arrugó el ceño al ver el gorro de lana de Olivia; después apartó rápidamente la mirada. Grace notó que Olivia trataba de esbozar una sonrisa.

—Vamos, sheriff, no pongas esa cara. Sobreviviré.

—Me alegra saberlo. Bueno, ¿qué hacéis aquí a...? —miró su reloj—. ¿En plena tarde?

—Yo estoy de baja —contestó Olivia, aunque sabía que el sheriff era muy consciente de ello.

—Y yo he salido tarde a comer —añadió Grace.

Troy señaló hacia la luna del restaurante.

—¿Ese coche aparcado en la plaza para discapacitados es el tuyo?

—Eh... ¿ése?

—Supongo que no has visto la señal.

—Ay, Dios. ¿Me has puesto una multa? —solía ser más cuidadosa con esas cosas.

—No, pero te aconsejo que lo muevas antes de que te la ponga alguno de mis ayudantes.

Grace recogió su bolso, agradecida por la advertencia.

—Enseguida vuelvo.

—No tengas prisa —contestó Troy. Parecía estar observándola cuando salió.

Grace notó que se sentaba en su asiento en cuanto cruzó la puerta. Al llegar a su coche se dio cuenta de que la plaza para discapacitados estaba justo al lado de donde había aparcado. No había cometido ninguna infracción. No era propio de Troy cometer esa clase de errores, y Grace echó a andar hacia el restaurante. Entonces se le ocurrió que el sheriff la había hecho salir a propósito porque quería hablar a solas con Olivia. Por si estaba en lo cierto, decidió seguirle la corriente. Montó en el coche y rodeó la manzana dos veces. Luego encontró otro aparcamiento cerca. Calculó que Troy habría tenido tiempo de sobra de decirle a Olivia lo que fuese. Y, naturalmente, pensaba acribillar a Olivia a preguntas en cuanto se quedaran solas.

Cuando volvió al restaurante les habían servido la sopa de brócoli y el té, junto con una cesta de pan. Al verla, Troy se levantó y se despidió. En cuanto la puerta se cerró tras él, Grace dijo:

—No había aparcado en la plaza de discapacitados.

—Lo sé.
—Troy sólo quería librarse de mí.

La cuchara de Olivia quedó suspendida sobre la sopa.

—Eso también lo sé. Me ha encargado que te pida disculpas.

Grace esperó una explicación que no llegaba. No entendía por qué de pronto su amiga se mostraba tan reservada.

—¿No vas a decirme por qué quería hablar contigo a solas?

—Aún no lo he decidido —contestó Olivia con un suspiro exagerado.

—¡Olivia! No te hagas de rogar ahora.

—Está bien, está bien —dijo Olivia, intentando ocultar una sonrisa—. Quería pedirme consejo.

—¿Sobre qué? —Grace entornó los ojos—. No sabía que fuerais tan amigos.

—No lo somos. Pero a mí me conoce mejor porque llevo muchos años en el estrado.

—¡A mí también me conoce! Santo cielo, todos pasamos doce años juntos en el colegio. ¿Por qué te lo cuenta a ti y a mí no? —se sentía un poco dolida porque Troy hubiera recurrido a Olivia y no a ella.

—Está bien, ya que te empeñas en saberlo —respondió Olivia—, quería preguntarme por Faith Beckwith.

Grace sacudió la cabeza.

—Faith es mi inquilina, ¿recuerdas? Si quería averiguar algo, podría habérmelo preguntado.

—Bueno, me ha dicho que había habido algo entre ellos y que...

—¡Menuda noticia! Aunque ahora no parece que estén saliendo. Me pregunto qué pasó... —dejó inacabada la frase, confiando en que Olivia rellenara los huecos en blancos.

—Por desgracia, no le ha dado tiempo a entrar en detalles —contestó Olivia. Miró a Grace con fingido desdén—. Deberías haber tardado más en encontrar aparcamiento, ¿sabes?

Grace no tenía intención de responder. Quería hechos.

—Bueno, entonces había algo entre ellos y entonces ¿qué?

—Sólo me ha dicho que él rompió la relación y que luego se arrepintió, pero que, cuando quiso volver con ella, Faith se negó.

—Lógico.

—Puede ser, pero los dos sabemos que Troy no hace las cosas a la ligera. Faith debería darle un poco de margen, ¿no te parece?

Grace se quedó pensando.

—Depende —no quería enzarzarse en una discusión sobre el acierto o el error de la decisión del sheriff, cuando obviamente la historia no acababa ahí—. ¿Y qué más? —insistió.

—Como te decía, no ha tenido tiempo de entrar en detalles —levantó las cejas, pero Grace no hizo caso.

—Y ahora lo está pasando mal porque quiere a Faith y desea recuperarla —¡típico de un hombre!

Olivia se puso de parte de Troy.

—Faith le rompió el corazón.

Grace fingió apiadarse de él, pero en su opinión había tenido su merecido.

—Pobre Troy —dijo mecánicamente.

—Pero no es eso exactamente de lo que quería hablarme.

¡Ah! Aquello se estaba poniendo interesante.

—¿No quería pedirte consejo sobre Faith?

—Bueno, más o menos. Ha pasado otra cosa que le ha puesto muy nervioso.

Al ver que no continuaba, Grace le espetó:

—Por el amor de Dios, ¡no te pares! ¿Qué ha pasado?

—Anoche, cuando volvía a casa, Troy vio a Faith cenando con otro.

Grace levantó su cuchara y volvió a dejarla. Aquello era mucho más interesante que la sopa de brócoli.

—¿Qué quieres decir con que la vio con otro? ¿Qué hizo? ¿Pasar con el coche patrulla por delante de la puerta del restaurante?

—Claro que no. Tenía hambre y le apetecía comida china, así que encargó la cena en el Wok'n'Roll. Entró a recoger lo que había pedido y... ¿a quién vio?

—A Faith —contestó Grace.

—Sí, a Faith, y estaba con... con un hombre. Estaba de espaldas a él, pero Troy la reconoció. Y parecía estar pasándoselo en grande.

Grace tenía otra pregunta.

—¿Y quién era él? —inquirió bajando la voz—. El hombre con el que estaba.

Olivia fingió no oírla.

—El pobre Troy está hecho polvo. Me ha dicho tuvo que refrenarse para no acercarse a la mesa y decirle a... a ese hombre que se alejara de Faith.

—No habría sido buena idea.

—Lo mismo le dije yo.

—¿Qué hizo, entonces? —preguntó Grace.

—Poca cosa. Pagó su cena, se marchó y se pasó la noche dándole vueltas al asunto. Por la cara que tenía, yo diría que todavía no se le ha pasado el enfado.

—¿Faith lo vio? —quiso saber Grace.

—Troy cree que quizá sí.

—Entonces seguramente se sienten los dos fatal. Porque Faith sabrá que está disgustado, y no es de esas mujeres que disfrutan haciendo daño a los demás.

—Eso es verdad.

—Bueno, dime quién es ahora el novio de Faith.

Olivia se quedó callada, y a Grace le dio un vuelco el corazón.

—Está casado, ¿verdad? Por eso no quieres decírmelo.

—No, no es eso. La verdad es que, en cuanto te diga quién es, no te sorprenderá lo más mínimo.

Así que Olivia iba a obligarla a adivinarlo. Eso no era justo. Entonces, de pronto, lo entendió. Asombrada, apoyó las manos sobre la mesa y se levantó a medias.

—No puede ser.

Olivia comprendió enseguida que lo había adivinado. Cerró los ojos despacio y asintió con la cabeza.

—¿Tu hermano, Will Jefferson, está saliendo con Faith?

Olivia exhaló un fuerte suspiro.

—Eso parece.
—Bueno, está divorciado y ella es viuda. Así que supongo que no tiene nada de malo.
—Pero, que yo sepa —dijo Olivia—, era Shirley Bliss quien le interesaba.
Grace arrancó un trozo de pan.
—Sé que Will es tu hermano y que lo quieres, pero también sé que no es hombre de una sola mujer.
Olivia volvió a suspirar.
—Eso no puedo negarlo, al menos a juzgar por cómo se ha comportado hasta ahora.
—¿Vas a decirle algo a Faith? —preguntó Grace.
Olivia sacudió la cabeza.
—Entonces yo tampoco se lo diré.

CAPÍTULO 11

Aquello era tan humillante... Pero, por desgracia, Christie no tenía alternativa. Necesitaba un medio de transporte; si no, no llegaría a trabajar, a no ser que fuera a pie o en bici. Ir en bicicleta podía estar bien cuando llegara la primavera, y seguramente podría comprarse una de segunda mano, pero eso de poco le servía ahora. De momento, el invierno había batido todos los récords en cuanto a frío y nieve. Y pedalear penosamente entre el barro y el viento no resultaba muy apetecible.

La triste realidad era que, tras muchos arreglos temporales, su coche había muerto. Y no había modo de resucitarlo. En el desguace le habían ofrecido cien dólares y Christie los había aceptado. Pero con ellos no podría conseguir otro medio de transporte fiable. Su único recurso era pedir un préstamo, y la única persona a la que podía pedírselo era a su hermana Teri.

Christie la llamó con un nudo en el estómago. Teri contestó tan deprisa que debía de estar sentada junto al teléfono.

—¿Puedes hablar? —preguntó Christie, intentando no parecer angustiada.

—Claro. ¿Qué pasa?

—Preferiría decírtelo en persona —le dijo Christie. Tenía ganas de llorar, lo cual era de por sí raro. Ella no cedía fácilmente a sus emociones. Había llorado lo suyo, claro, pero normalmente hacía falta una crisis, como que un caradura despreciable al que creía poder reformar le vaciara la cuenta del banco. Por eso había llorado a moco tendido, y también por su divorcio. Esta vez, lo que la angustiaba era que no se tratara de un hombre, sino de un estúpido coche.

—Pásate por casa —dijo Teri—. Me encantaría que vinieras.

—Ése es el... el problema. No tengo coche.

—¿Por qué?

Christie no quería contárselo en ese momento.

—¿Bobby ya tiene chófer nuevo?

—Todavía no. Está convencido de que James volverá. Y yo...

—Por favor, no me hables de James —la interrumpió su hermana, tensa. Hasta su nombre bastaba para que se le encogiera el estómago.

—Está bien, si eso es lo que quieres...

—Sí.

—Toma un taxi hasta aquí. Yo lo pago.

Aunque agradecía el ofrecimiento, Christie se negó.

—Iré en autobús.

—No seas tonta, Christie.

—No pasa nada. Pasan muchos autobuses a esta hora del día.

Teri vacilaba aún.

—Iría a buscarte yo misma, pero el médico no quiere que conduzca.

A Christie no le sorprendió. Teri salía de cuentas en mayo, pero estaba esperando trillizos: seguramente daría a luz antes.

—¿Cuándo te ha dicho que no podías conducir?

—La última vez que estuve en consulta. No quiere que corra riesgos. Ya sé que es por un buen motivo, pero la verdad es que me estoy volviendo loca metida en casa. Me vendría bien distraerme un poco.

—Llegaré lo antes posible.

—Toma un taxi —insistió Teri de nuevo.

—Me lo pensaré —en realidad, Christie ya se lo había pensado y había desestimado la idea. Iba a pedirle un préstamo a su hermana y no quería que Teri tuviera que pagarle el taxi antes incluso de que empezara la conversación. Además, ella tampoco se habría gastado quince dólares en un taxi, si no fuera absolutamente necesario.

El autobús no tenía nada de malo. Lo habría tomado para ir al trabajo, pero trabajaba en Wal-Mart, en el turno de primera hora de la mañana, y a esas horas había muy pocos autobuses.

Cuando recorrió el caminito que llevaba a la casa de Teri y Bobby tenía aún el estómago revuelto. Mientras se dirigía hacia la casa, miró automáticamente al apartamento de encima del garaje, donde antes vivía James. Se reprendió a sí misma por mirar.

James ya no formaba parte de su vida, ni de la de ninguno de ellos. Bobby se engañaba al creer que su chófer y mejor amigo acabaría por volver. Su mejor amigo, ¡qué risa! ¡Menudo amigo era James!

Cuando por fin llegó a la puerta y llamó al timbre, había perdido la sensibilidad en la nariz. Su chaqueta apenas la protegía del viento, que parecía atravesarla como un cuchillo. Llevaba las manos metidas en los bolsillos para intentar calentárselas.

—¡Estás helada! —gritó Teri al verla—. Te dije que tomaras un taxi.

Christie prefirió darle la razón.

—Sí, debí hacerlo.

—Pasa, pasa —Teri tiró de ella y la ayudó a quitarse la chaqueta y los guantes.

Christie siguió a su hermana en silencio hasta la cocina y aceptó de buena gana una taza de té caliente. El primer sorbo le quemó la garganta, pero no le importó. El sabor y el aroma del té la reanimaron.

Se sentó en un taburete de la barra del desayuno, apoyó los brazos en la encimera y sujetó la taza con ambas manos mientras sopesaba el mejor modo de pedirle dinero a su hermana. Era más difícil de lo que esperaba. La hacía sentirse una fracasada, a pesar de lo mucho que se esforzaba por encarrilar su vida. Otro sinvergüenza al que creía poder cambiar había arruinado su crédito bancario. Había habido un cambio, sí, pero a peor: el tipo en cuestión había resultado ser un capullo aún más grande que los demás, y para colmo la había estafado. ¿Por qué tenía que ser tan doloroso escarmentar, y por qué había que arrastrar las consecuencias durante años?

Teri parecía estar esperando que dijera algo.

—Seguí tu consejo —dijo Christie tranquilamente.

Teri dejó su taza sobre la encimera y se sentó en el taburete de enfrente.

—¿Qué consejo?

—¿Recuerdas cuando me dijiste que debería haber algún cambio positivo en mi vida? Tenías razón. Me he matriculado en dos cursos en la universidad de Bremerton.

—¿En serio? —Teri parecía impresionada.

Lo cierto era que la propia Christie estaba impresionada consigo misma.

—Nunca pensé que a mis años fuera a ir a la universidad.

—No eres mayor.

Christie se rió.

—Lo soy, comparada con la mayoría de los alumnos —sacudió la cabeza y suspiró—. ¿Fuimos tan jóvenes alguna vez?

—Nosotras nacimos viejas —contestó Teri con una mirada triste—. No aprendimos historia, ni literatura. Aprendimos lo dura que es la vida.

Era cierto. Se habían criado con una madre alcohólica y una serie de «tíos» y padrastros. Christie sabía que las habían privado de una infancia normal.

—Bueno, cuéntame —Teri cambió de tema—. ¿De qué son los cursos?

A Christie se le aceleró el corazón al responder:

—De fotografía.

Teri ensanchó los ojos.

—¿De fotografía? ¿Por qué? No sabía que te interesara.

—No me interesaba, hasta hace poco —ya que estaba, podía contárselo todo—. Fui a la aseguradora a pagar la cuota del seguro de mi coche, cuando aún tenía coche, y el agente estaba hablando por teléfono.

Después había comprendido que había sido uno de esos raros casos en que se presenta una oportunidad en el momento oportuno.

—Se estaba quejando de que no había nadie en el pueblo que hiciera inventarios fotográficos para las pólizas de seguros de hogar.

—Y...

—Cuando dejó de hablar, le pregunté qué hacía falta para aprender y me lo dijo. Acepté su consejo y me matriculé en un curso de fundamentos de fotografía y en otro de administración elemental. Me dijo que, si estaba dispuesta a seguir adelante, pronto tendría dos encargos que podía darme. Y que además haría correr la voz entre las demás aseguradoras del pueblo.

—¡Eso es genial!

Christie alzó los hombros.

—Empecé las clases la semana pasada y hacer una foto es mucho más complicado de lo que parece. No se trata sólo de apuntar y disparar. Tengo que aprender iluminación, tipos de lentes y toda clase de cosas.

—Pero lo conseguirás.

La confianza de Teri resultaba alentadora. Christie bebió otro sorbo de té y luego decidió que no podía posponerlo más. Respiró hondo y miró a su hermana.

—¿Sabes por qué he venido?

Teri no respondió. Tomó su taza de té con menta. Llevaba el pelo oscuro echado hacia atrás y recogido a la altura de la nuca y no se había maquillado. En circunstancias normales, no se consideraba vestida a menos que se hubiera peinado bien y se hubiera puesto brillo de labios. Eso era lo mínimo.

—¿De verdad quieres jugar a las adivinanzas? —preguntó.

—No —Christie se irguió y la miró a los ojos—. Necesito un préstamo.

Ya lo había dicho, aunque las palabras habían estado a punto de atascársele en la garganta.

—¿Cuánto?
—Necesito un medio de transporte del que pueda fiarme?
—¿Un coche nuevo, quieres decir?
—Sí. Bueno, no. Un coche de segunda mano.
—¿Has encontrado alguno?
—Todavía no.
—¿Tendrás suficiente con cinco mil? —preguntó Teri.
Christie estuvo a punto de quedarse sin habla.
—No.
—¿Diez?
—No, no, quería decir que cinco mil es demasiado —pensaba devolverle hasta el último centavo con intereses. Si hubiera podido, habría pedido el préstamo a un banco. Pero eso estaba descartado. Recuperar su crédito le estaba costando mucho más de lo que creía.
—¿Tres mil?
—Yo pensaba más bien en mil dólares —respondió Christie. Esa cantidad podría devolvérsela en un tiempo razonable.
—Con eso no tienes suficiente. Sólo podrás comprarte otra cafetera. Empezaremos con cinco mil —insistió Teri.
—Teri, no puedo.
—Puedes y lo harás, y no hay más que hablar.
Christie se mordió el labio, indecisa.
—Querrás hablarlo con Bobby.
Teri bebió un sorbo de té.
—Ya lo hemos hablado. Sólo puso una condición.
Quizás a Christie debería haberle sorprendido que su hermana hubiera adivinado el propósito de su visita, pero no le sorprendía.
—¿Cuál?
—Que dejes que alguien te ayude.
—¿A qué?
—A buscar un buen coche.
—Está bien —no quería reconocer que se sentía poco capacitada para comprar un coche. Normalmente se fijaba en el interior. La limpieza y la apariencia del coche indicaban si el propietario anterior había cuidado bien el motor. Ésa era su

teoría, al menos. Quizá no fuera un criterio muy acertado, pero Christie no sabía prácticamente nada de mecánica.

—¿Quién?

—Bobby tiene un amigo que puede buscarte uno.

—¿Cómo se llama?

—Es un tipo que conoce bien el negocio. Deja que Bobby se ocupe, ¿de acuerdo?

—De acuerdo —Christie no tenía nada que objetar; de hecho, estaba agradecida—. Si a ese tipo no le importa, que elija uno y lo compre. No hace falta que yo esté presente —le dijo a su hermana. Además, entre el trabajo y las clases, no tenía tiempo de ir a ver coches de segunda mano. Después, temiendo no haber expresado debidamente su gratitud, añadió con voz temblorosa—: Gracias.

—Quiero ayudarte —contestó Teri—. Eres mi hermana.

—Me alegra tanto tener una hermana... —durante mucho tiempo habían procurado ignorarse la una a la otra—. Quiero firmar un contrato de préstamo —aquélla era su condición. No necesitaba beneficencia y quería que Teri comprendiera que no aceptaría el dinero como regalo. Aquello era un préstamo y una oportunidad para demostrar su valía—. Voy a devolveros ese dinero con intereses.

—Como quieras —Teri hablaba como si le importara muy poco que se lo devolviera o no.

—No es sólo que quiera, Teri —dijo Christie—. Es lo correcto.

Teri sonrió mirando su té.

—¿De qué te ríes? —preguntó Christie.

—Mi hermana pequeña ha crecido por fin.

Habría sido fácil ofenderse por el comentario, que daba a entender que Christie era, o había sido, inmadura. Sin embargo, la disposición de su hermana a darle el dinero lo impedía. Y, a decir verdad, Christie no disentía del todo con aquella opinión.

Bobby entró en la cocina en ese momento. Miró enseguida a su mujer. No pareció notar que Christie estaba allí.

—Hola, Bobby —dijo ella alzando la voz para llamar su atención.

Él inclinó la cabeza ligeramente.

—¿Se lo has dicho? —preguntó, dirigiéndose a Teri.

Bobby Polgar era hombre de pocas palabras, pero Christie no dudaba de que amaba a su hermana. Su mundo había girado desde muy niño en torno al ajedrez, y el ajedrez había sido su vida entera hasta conocer a Teri. Según ella, el momento decisivo de su relación fue el día en que Bobby le confesó que toda su existencia se reducía a pensar. El ajedrez exigía estrategia, concentración y capacidad para prever consecuencias, y él había trasladado esas capacidades cerebrales a todos los aspectos de su vida. Teri, en cambio, le hacía sentir.

Christie comprendió que James surtía el efecto contrario sobre ella. Durante la mayor parte de su vida adulta habían sido las emociones las que habían dictado su conducta. Bobby, en cambio, la hacía pensar. La había hecho reflexionar sobre su modo de vivir: de día en día, sin mayor ambición que llegar al fin de semana para ir al Poodle a tomar una cerveza. Gracias a él tenía metas y aspiraciones. Su abandono había aumentado su determinación. James le había hecho daño, un daño terrible, pero por primera vez Christie estaba sirviéndose del dolor infligido por un hombre para aprender y madurar.

Alejó de sí aquella idea. James no formaba parte de su vida.

Teri la miró a los ojos.

—Ha llamado.

Su única opción era hacerse la tonta.

—No sé de quién hablas.

—De James —dijo Bobby, entusiasmado.

Christie refrenó el impulso de preguntar dónde vivía ahora y qué hacía. Sin duda había huido lejos de Washington. Pero qué más daba. Nada de lo que le ocurriera a James Wilbur, o Gardner, o como se llamara, le preocupaba.

—Ah —fue lo único que logró decir.

—¿No quieres saber lo que dijo? —preguntó Teri.
—No —Christie sacudió la cabeza.
Teri soltó un suspiro.
—Eso no es verdad. Te mueres de ganas de saberlo todo, pero eres tan terca que no quieres reconocerlo.
Christie sacudió la cabeza aún con mayor energía.
—Nada de eso.
—Está arrepentido —dijo Bobby. Se puso detrás de Teri y apoyó las manos sobre sus hombros.
Ningún hombre la miraría nunca como Bobby Polgar miraba a su hermana, pensó Christie. No estaba celosa, pero anhelaba tener una relación de pareja tan auténtica y llena de amor como la que Teri tenía con su marido. «Pues olvídalo», se dijo, «porque no va a pasar». Y tampoco tendría hijos, como siempre había soñado.
—¿Quién está arrepentido? —preguntó, fingiendo de nuevo.
—James —Teri hizo girar los ojos—. Deja de fingir, hermanita: se te nota en la cara.
—No estoy fingiendo —Christie se bajó del taburete—. De todos modos, tengo que irme a casa —tenía que recorrer un largo trecho a pie para llegar a la parada del autobús y no quería perder tiempo charlando con su hermana. Sobre todo, si el tema iba a ser James Wilbur.
—De acuerdo —dijo Teri con aire de condescendencia—. Como quieras —añadió, visiblemente escéptica.
—Muy bien —ansiaba saber algo de James, pero se negaba a preguntar. No quería que Teri o Bobby dijeran una palabra más sobre él. No iba a darle a James otra oportunidad de volver a colarse en su vida, o en su mente.
Teri se empeñó en llamar a un taxi y le metió veinte dólares en el bolsillo. Aunque protestó, Christie le estaba agradecida. Antes de marcharse, les dio un abrazo y Teri prometió llamarla en cuanto tuviera noticias del coche.
Fiel a su palabra, la telefoneó menos de veinticuatro horas después. El amigo de Bobby había encontrado un coche usado en buen estado por menos de cinco mil dólares. Tenía pocos kilómetros, y hasta lector de CD y cierre automático.

—¡Perfecto! —dijo Christie, tan contenta que apenas podía estarse quieta—. ¿De qué color es?

—¿De qué color? —repitió Teri—. Blanco.

Christie no pudo ocultar su desilusión.

—Esperaba que fuera azul.

—Puedes encargar que lo repinten, si tanto te molesta.

—No. Es una tontería. Estoy encantada de tener un coche —y si era tan fiable como parecía creer su hermana, no iba a quejarse.

—¿Hago que te lo lleven a tu apartamento?

—Sí, por favor —contestó Christie—. Gracias, Teri —dijo—. Gracias, gracias. Prometo devolveros el dinero... con intereses.

—Está bien. Llegará muy pronto.

Un cuarto de hora después llamaron a la puerta y Christie comprendió que su coche nuevo había llegado.

Al ver a James Wilbur al otro lado de la mosquitera, siguió su primer impulso y cerró la puerta. Un torrente de emociones la embargó al apoyarse contra la pared. Le cedieron las rodillas y comenzó a deslizarse hacia abajo. James llamó otra vez, más fuerte y con más insistencia. Tenía que abrir, pensó Christie con desgana. Si reaccionaba así le daría alas, y no era ésa su intención.

Recomponiéndose, se irguió y abrió de nuevo la puerta. Tenía que admitir que James tenía buen aspecto, aunque ella se esforzó por no mirarlo.

—Disculpa —dijo—. Se me ha... escapado la puerta.

Él sonrió como si su explicación le hiciera gracia. Muy bien, podía reírse cuanto quisiera. Pero no a su costa.

Estaba furiosa con Teri y Bobby. Habían intentado tenderle una trampa y lo habían conseguido. Christie supuso que debía haberlo imaginado. Las vagas referencias de Teri a un amigo que sabía del negocio, aquel comentario intempestivo sobre la llamada de James... ¿Por qué no había indagado más? A Teri le esperaba una buena bronca.

No, decidió. Haría a un lado su enfado y pasaría por alto aquella estratagema como muestra de gratitud por haberla ayudado..., pero sólo los perdonaría una vez.

—Te he traído tu coche —dijo él, y levantó las llaves.

—Gracias —contestó con voz desprovista de emoción. Indiferente. Nunca, sin embargo, había sido tan agudamente consciente de su presencia. A pesar de todo, o quizá debido a ello, prefería caerse muerta a demostrarle a James Wilbur sus verdaderos sentimientos.

—¿Puedo enseñártelo? —preguntó él. Sus ojos ardientes parecían transmitirle un mensaje silencioso: que necesitaba hablar con ella, estar con ella.

—No es necesario, pero gracias por ofrecerte —abrió la mosquitera lo justo para quitarle las llaves de la mano. Luego, con una sonrisa amable, cerró la puerta.

Para asegurarse, echó el cerrojo. Pero no sabía si con ello intentaba dejarlo fuera o no salir.

CAPÍTULO 12

Pasos. Faith Beckwith los oía más allá de la ventana de su dormitorio. Quien estaba allí no se esforzaba por guardar silencio. Alguien estaba a punto de entrar en su casa y no le importaba si ella se enteraba.

Paralizada por el miedo, dejó de respirar. El reloj de la radio marcaba las 2:14. Al principio, pensó que aquellos ruidos junto a su ventana debían de ser imaginaciones suyas. Pero ahora ya no había duda: había alguien allí, moviéndose entre la nieve endurecida del jardín trasero. Quien fuera tal vez estuviera mirando dentro. Aunque las persianas estaban cerradas, Faith sentía la mirada del intruso, notaba su presencia tan claramente como si estuviera junto a la cama.

Volvió a respirar entrecortadamente mientras pensaba a toda velocidad. Se giró cuidadosamente, alargó el brazo hacia el teléfono de la mesilla de noche y lo introdujo bajo la sábana. Allí, escondida bajo las mantas, marcó el 911 en el teclado fluorescente. Sin apenas levantar la voz, le dijo a la operadora que había alguien al otro lado de la ventana de su cuarto. La operadora le aseguró que un ayudante del sheriff iba de camino.

Sin pensar, Faith colgó. Ay, Dios, qué tontería había hecho. Entonces comprendió lo que su corazón le había estado diciendo desde el principio: que no era a una operadora del 911 a quien quería oír, sino a Troy Davis.

Troy le había dicho que lo llamara, pero no podía. No en

plena noche y, además, ¿para qué? No había parado de pensar en él desde la noche en que Troy entró en el Wok'n'Roll cuando estaba cenando con Will Jefferson, un amigo de sus tiempos del instituto. Will era dos años mayor que ella, y un auténtico rompecorazones. Naturalmente, Troy había fingido no verla con Will. Ella había hecho lo mismo: se había comportado como si él fuera invisible. Incluso se había esforzado por demostrar que podía disfrutar de la compañía de otro hombre. En aquel momento le había parecido buena idea; ahora, al echar la vista atrás, no estaba tan segura. No soportaba la idea de que Troy pensara que llevaba una vida social muy activa.

Will Jefferson seguía siendo encantador y tan atractivo como siempre, pero no le interesaba. Y ella tampoco a él. Se dio la casualidad de que ella entró en el restaurante cuando él estaba cenando solo, y la invitó a compartir su mesa. Pasaron una hora charlando, cambiando noticias sobre amigos comunes y riéndose de viejos recuerdos. Fue una cena agradable, nada más. Faith no había tenido noticias de Will desde entonces, ni esperaba tenerlas, lo cual le parecía muy bien.

Al otro lado de la ventana, los pasos parecían retroceder. Faith exhaló y, dejándose llevar por un impulso, agarró de nuevo el teléfono. Vaciló; tenía tiempo de sobra para cambiar de idea, tiempo de sobra para dejarse guiar por la razón y no por las emociones.

Troy contestó al segundo timbrazo.

—Aquí Davis —parecía despierto. Alerta.

—Hay... hay alguien fuera de la ventana de mi cuarto —dijo, esforzándose por hablar con coherencia.

—¿Faith?

—No debería... no debería haberte llamado.

—Cuelga y llama al 911 —hablaba con claridad y energía.

—Ya lo he hecho. Me sugeriste que te llamara a ti también. Pero ha sido una bobada. No debería haberte llamado. Lo siento.

—No cuelgues —ordenó él.

—Estoy bien. Tu ayudante estará aquí dentro de un minuto. Siento haberte molestado, Troy —colgó. Los dedos le temblaban violentamente. Se sentía avergonzada por haber cedido a su impulso. A su flaqueza.

Oyó acercarse un coche y se levantó corriendo. Se echó encima una bata y esperó junto a la puerta hasta que vio el coche del sheriff. Entonces encendió la luz de fuera y salió al porche.

—Allí, detrás de la casa, junto al dormitorio del lado sur —dijo, señalando en esa dirección. Se ciñó la bata y volvió a entrar en la casa. Mientras esperaba, estuvo paseándose por el cuarto de estar. Cuando oyó que llamaban a la puerta, corrió a abrir... y se encontró cara a cara con Troy Davis. Tenía una expresión dura y reconcentrada.

—¿Estás herida? —preguntó.

Parecía enfadado. Llamarlo había sido algo absurdo e irracional.

—Estoy... asustada —contestó con la esperanza de que eso explicara por qué se comportaba de forma tan ilógica.

—Espera aquí —dijo él, y se marchó.

Faith se sentó en su mecedora favorita. Pasó un buen rato allí, sin moverse ni saber qué pensar. Ignoraba por qué alguien la había convertido en blanco de sus ataques, pero así era. Había hecho lo posible por ignorarlo, había intentado fingir que aquello no estaba pasando. Pero aquella persona, fuera quien fuese, había vuelto, y parecía más osada y agresiva que nunca. Después de entrar en su casa, había hecho una pintada en su garaje. Y ahora...

—Hay pruebas evidentes de que había alguien junto a la ventana de tu dormitorio —dijo Troy, muy serio, al volver a entrar—. El ayudante Walker ha visto huellas en la nieve —hablaba casi con... reproche.

Faith lo miró y parpadeó, perpleja. Troy asintió con la cabeza secamente mientras se disponía a marcharse. Pero Faith intuyó su vacilación.

—¿Echaste los cerrojos antes de irte a la cama? —preguntó él.

Ella le dijo que sí.

—También compré un par de botas de faena viejas en un mercadillo y las puse en el porche. Compré el número más grande que encontré: un cuarenta y cuatro. Luego puse un comedero grande y un hueso, para que pareciera que tengo perro —suponía que, si iba a fingir que tenía perro, más valía que fuera grande.

A sus hijos, aquellas triquiñuelas les hacían gracia. A Troy, por lo visto, no.

—¿Has hecho instalar un sistema de alarma? —preguntó con aspereza.

No. Había alquilado la casa por seis meses. Confiaba en comprar otra en los meses siguientes. Le parecía una pérdida de tiempo y dinero invertir en un sistema de alarma cuando no pensaba vivir allí mucho más tiempo. Y no creía que los dueños de la casa tuvieran obligación de instalarlo.

—No —reconoció.

—Pues te recomiendo que lo hagas.

Faith asintió con la cabeza.

Troy se volvió de nuevo para marcharse. Faith estaba asustada, no quería quedarse sola, pero no sabía cómo impedir que se marchara.

—¿Por qué estás tan enfadado? —preguntó.

Troy estaba de espaldas. Se puso rígido; luego, Faith vio que bajaba los hombros al volverse hacia ella. No parecía tener respuesta.

—Hice mal en llamarte. Lo siento, de veras —no le recordó que había sido él quien se lo había sugerido. Aquello se había quedado allí, en su cabeza, como una espina clavada en un trozo de tela. El nerviosismo la había impulsado a dejarse llevar por su deseo, y ahora lo lamentaba.

Troy seguía sin decir nada, no se movía ni parecía haberla oído.

—Me doy cuenta de que no debería...

Él asintió con una breve inclinación de cabeza.

—Has dejado muy claro que no quieres tener nada que ver conmigo.

Faith se ruborizó, lo cual la avergonzó aún más.

—Sí, lo sé. Yo...

—Entonces, ¿por qué, cuando te sientes en peligro, recurres a mí?

Saltaba a la vista que no iba a ponérselo fácil. Faith le dijo la verdad: no se le ocurrió otra explicación.

—Contigo me siento segura.

Troy la miró desde el otro lado de la habitación. Era violento estar allí sentada, con Troy cerniéndose sobre ella, aunque estuviera al otro lado del cuarto. Se levantó de repente. Odiaba que él la viera tan alterada.

—Necesito un café —dijo, consciente de que era absurdo volver a la cama—. ¿Te apetece un poco, Troy? —preguntó, resistiéndose a permitir que su enfado la afectara.

—No.

No parecía una respuesta sincera, así que Faith entró en la cocina, y sintió un inmenso alivio al ver que la seguía.

—Conozco un par de empresas que instalan sistemas de alarma —dijo Troy—. Le diré a Megan que te pase sus nombres.

Faith siguió preparando el café.

—Te lo agradecería. Eres muy amable, Troy.

Él parecía a punto de irse otra vez. Faith resistió el impulso de detenerlo de nuevo, a pesar de que no quería estar sola. No, no era sólo eso. Quería estar con Troy. Lo necesitaba.

—Vi ese reportaje en televisión sobre la cueva y el esqueleto —dijo en tono despreocupado—. Tengo entendido que por aquí no se habla de otra cosa. Espero que tanta atención mediática no te haya causado problemas —la periodista había lanzado toda clase de hipótesis, y como resultado de ello habían cundido los rumores en el condado de Kitsap, algunos de ellos ridículos.

Troy no respondió, pero tampoco se marchó. Faith lo miró, esperando una respuesta.

—Al alcalde no le ha hecho ninguna gracia —dijo él por fin—. Ni a mí tampoco.

—Es mucha presión para tu equipo y para ti, ¿verdad? —llevó una taza a la mesa de la cocina y la dejó allí mientras el café se filtraba en la cafetera–. ¿Por eso estás de tan mal humor?

Él siguió sin responder.

–¿O es por Will Jefferson?

Troy tensó la mandíbula, pero no dijo nada.

–Nos viste, ¿verdad? –preguntó Faith.

Él se negó otra vez a responder, pero ella prosiguió como si hubiera asentido.

–Eso pensaba.

Troy seguía impertérrito.

–No sabía que salíais juntos –dijo lacónicamente.

–No salimos juntos –siguió explicándole que había coincidido con Will en el restaurante. Troy no dijo nada. Parecía decidido a mantenerla apartada de su vida. Bueno, eso era lo que quería ella, ¿no? Lo que había pedido.

El café comenzó a borbotear a su espalda y su lento goteo se detuvo.

–No es asunto mío con quién cenes.

–Cierto, pero tenía la sensación de que debía decírtelo.

Él asintió como si le diera la razón. Lo cual era esperanzador.

–¿Seguro que no quieres tomarte un café conmigo? Son casi las cuatro. Seguramente no hay tiempo para volver a dormir.

Él vaciló en la puerta de la cocina.

–¿Por qué te cuesta tanto decidirte? –preguntó Faith, sólo a medias en broma.

–Debería irme.

A ella le costó disimular su decepción.

–Entiendo.

Agradeciendo la oportunidad de girarse, llenó su taza y puso leche al café. Cuando se dio la vuelta, descubrió que Troy había avanzado unos pasos hacia el interior de la cocina.

–Antes de irme, quiero que me digas otra vez qué ha pasado esta noche. Dices que había alguien junto a la ventana de tu dormitorio.

Ella bebió un sorbo de café y dejó que su calor la recorriera.

—Sí. Oí pasos.
—Ya oíste ruido junto al garaje otro día.
—Sí, cuando hicieron esa pintada.
—¿Ha pasado algo desde entonces? —preguntó él—. ¿Antes de esta noche?
—No, que yo sepa.
—Pues deberías saberlo —contestó él con brusquedad.
Faith exhaló despacio. No estaba acostumbrada a tratar con Troy cuando estaba enfadado. Desconocía aquella faceta suya. Troy Davis nunca había mostrado su mal genio en su presencia, ni en el pasado, ni recientemente. Hasta esa noche.
Él tensó la boca.
—Seguramente debería... vigilar más atentamente la casa y el garaje —dijo.
—Sí.
—Estás haciendo que me sienta como una idiota.
Troy ignoró su comentario.
—Haz que te instalen una alarma y pídeles a Grace y a Cliff que pongan una luz con sensor de movimiento encima del garaje.
—Lo haré en cuanto pueda.
—No lo dejes —la advirtió Troy.
—No. Te lo prometo.
Él asintió con la cabeza, pero no la miró a los ojos.
—Buenas noches, Troy —dijo Faith suavemente.
Él se quedó callado un momento.
—Me alegra saber que no estás saliendo con Will Jefferson.
—¿Por qué? —preguntó ella.
Troy miró el suelo.
—No te conviene, Faith.
—¿Y, según tú, quién me conviene? —insistió ella.
Esta vez, Troy Davis no vaciló. La miró a los ojos.
—Los dos sabemos la respuesta a esa pregunta.
Ella se inclinó hacia delante, expectante.
—Yo, Faith. Soy yo quien te conviene, siempre ha sido así.

CAPÍTULO 13

Will Jefferson miró su reloj. Era sábado por la noche y había hecho una reserva en el D.D., uno de los mejores restaurantes del pueblo. Quería impresionar a Shirley Bliss.

Se habían visto ya dos veces. Una para tomar café en el Mocha Mama, cuando ella llevó a su hija. El encuentro no había ido mal. Estando Tanni allí, Shirley se había mostrado tranquila y relajada. Shaw y Tanni intercambiaban bromas, y todos se habían reído. Will se lo había pasado bien, lo cual le sorprendía hasta cierto punto, y tenía la impresión de que Shirley también.

Su segunda cita tampoco había sido propiamente una cita. Se habían encontrado por casualidad una tarde de domingo, frente al centro comercial. Will no tenía nada que hacer y ella, por lo visto, tampoco. La invitó al cine. Hacía un día oscuro y frío, y la invitación había surgido de manera natural. Will se había alegrado (y se había sorprendido de nuevo) cuando ella aceptó.

Él comió palomitas. Ella, no. Al empezar los créditos, él la invitó a cenar. Le apetecía charlar sobre la película, que era un drama complicado sobre el sentido de la identidad, real y fingida. Shirley, en cambio, pareció ansiosa por volver a casa en cuanto salieron del cine. Will la dejó marchar, pero pasó varios días preguntándose cómo debía proceder con ella. Tal vez las cosas habrían ido mejor si esa noche también hubiera estado Tanni. Una cosa estaba clara, al menos para él: a Shirley la aterraba volver a enamorarse. Will confiaba en poder despejar sus miedos.

Si quería tener una relación de pareja con Shirley, debía ser paciente, amable e insistente. El nerviosismo que demostraba ella le había desconcertado al principio, pero significaba que su presencia la turbaba. Y eso lo satisfacía, porque a él también lo turbaba ella. Tal vez Shirley fuera la mujer capaz de doblegar su espíritu indomable...

Después de ir juntos al cine, Will decidió esperar el momento oportuno. Siete días después, se arriesgó a llamarla. Tenía una buena excusa: había vendido otra pieza suya. Se ofreció de nuevo a llevarle el cheque, y ella volvió a rehusar el ofrecimiento. Pero fue a la galería al día siguiente. Parecía distraída y un poco preocupada, y Will le sugirió que tal vez la ayudara hablar de sus problemas. Notó que ella vacilaba, pero al final aceptó que se vieran en el D.D. para cenar el sábado por la noche. Desde entonces, Will parecía caminar por el aire.

La camarera le llevó una copa de uno de sus vinos preferidos, un sauvignon blanc de Nueva Zelanda. Él le dio las gracias con una sonrisa. Era bastante guapa. Pero demasiado joven. No debía de tener más de treinta y cinco años, y unas piernas muy bonitas.

Will paladeó el vino mientras esperaba. Había llegado temprano y ya iba por la segunda copa cuando Shirley entró en el restaurante. Se levantó para saludarla. Siempre caballeroso, la ayudó a quitarse el abrigo y le dio un leve beso en la mejilla.

Enseguida se dio cuenta de su error. Se había precipitado, había dado demasiadas cosas por sentadas. Tenía que recordarlo.

—Siento llegar tarde —dijo Shirley, un poco jadeante, al sentarse frente a él.

Absorto en sus cavilaciones, Will había perdido la noción del tiempo. Echó un vistazo al reloj y vio que Shirley había llegado doce minutos tarde.

—Me temo que Tanni y yo hemos discutido —explicó

Shirley mientras colocaba la servilleta de hilo sobre su regazo. Estaba colorada y Will se preguntó si sería por la discusión o por el frío. Como no tenía hijos, no estaba seguro de si debía hacer algún comentario.

—La adolescencia puede ser complicada —dijo, aunque tenía muy poca experiencia con ese grupo de edad.

—Ve demasiado a Shaw —repuso Shirley.

Will le hizo una seña a la camarera para que tomara nota de la bebida de Shirley. Le complació que ella aceptara probar el vino neocelandés.

—Tráiganos una botella —le dijo a la camarera.

Shirley se apresuró a detenerlo.

—No, no, es demasiado. Yo sólo voy a beber una copa.

—Es uno de mis vinos preferidos. Lo que no te bebas tú, me lo beberé yo.

Shirley miró hacia el aparcamiento. Él sonrió.

—No temas, he venido andando. Esto está a un par de calles de la galería.

—Sí. Caminar... es una buena idea.

La camarera regresó con la botella, que Will examinó.

—Mi ex mujer y yo visitamos la región de Marlborough, en Nueva Zelanda, hace unos años. Fue entonces cuando descubrimos sus exquisitos vinos —confiaba en tranquilizar a Shirley y hacerla olvidar la discusión con su hija. Que él recordara, Tanni tenía dieciséis o diecisiete años. Seguramente pronto se iría de casa, a estudiar a Seattle o a alguna otra parte.

Shirley bebió el primer sorbo y Will notó que el vino le gustaba. Acomodándose en el asiento, la observó.

—Parece que Tanni y yo nos entendemos cada vez menos —murmuró ella mientras paseaba la mirada por el local.

Saltaba a la vista que la situación la acongojaba y que era incapaz de olvidarse de ella.

—No sabía si debía venir a cenar contigo —añadió—. Habría cancelado la cita, si hubiera podido encontrarte.

Por suerte él ya se había ido de la galería y ella no tenía su número de móvil.

—Dices que has discutido con Tanni por Shaw —si hablar la ayudaba, Will estaba dispuesto a ayudar.

Shirley asió el tallo de su copa de vino y se quedó mirando a lo lejos.

—Están siempre juntos. Es... peligroso. Tanni está en un momento muy vulnerable de su vida. Estaba muy unida a su padre y lo echa muchísimo de menos. Shaw y ella se lo están tomando demasiado en serio, y ahora que han descubierto esos restos parece que todo el mundo quiere interrogarlos. No sé cómo se enteró la prensa de sus nombres. Seguramente por otros chicos del instituto —añadió Shirley—. El sheriff les pidió que no dijeran nada, pero los periodistas han engañado a Tanni para que hablara más de una vez.

Will le lanzó una mirada pesarosa. Había oído hablar de aquellos restos óseos. El asunto llevaba semanas apareciendo en las noticias. A cualquier dato que surgiera, por insignificante que fuera, se le daba una importancia que no tenía para reavivar el interés del público.

—Lo lógico sería pensar que, con tantos problemas económicos, escándalos políticos y desastres naturales, tendrían cosas más importantes de las que informar —comentó Will.

—Precisamente por eso a la gente le interesa tanto esta historia: porque es una distracción. Una vía de escape. Y es un asunto local.

—Sí, supongo que tienes razón. Y a todo el mundo le gustan los misterios.

—Los periodistas le están haciendo la vida imposible a Shaw —continuó ella—. Van a buscarlo al Mocha Mama, lo acosan para que les cuente más detalles. El pobre chico no sabe qué decir, ni qué hacer. Es un fastidio.

Will había dado por concluido el tema (no tenía nada más que añadir), pero ella parecía preocupada e inquieta. Cuanto más hablaba del incidente, más se alteraba.

—El sheriff hace lo que puede, pero, por el amor de Dios, ¡esos huesos llevaban décadas allí!

Will asintió con la cabeza. Era cierto.

—Todo esto ha unido todavía más a Tanni y a Shaw. Creo

que los dos necesitan un poco de espacio para respirar. Darse un descanso.

—No les vendría mal —convino Will. Pasado un momento añadió—: Shaw tiene talento. Especialmente para los retratos.

—Tanni también —se apresuró a recordarle ella.

—Sí, desde luego, aunque no quiera que se exponga su obra.

—No lo entiendo. Desde que perdimos a... a mi marido, se empeña en que su obra es sólo para ella. Yo confiaba en que, cuando se expusieran los retratos de Shaw en la galería, aceptara exponer también un par de obras suyas.

Will también lo esperaba. Y no porque creyera que sus pinturas podían venderse fácilmente. Nada de eso. Sus cuadros y dibujos eran oscuros y lúgubres, y en realidad no le atraían. Pero le gustaba exponer obras diversas. Y si exponía las creaciones de Tanni, tendría más oportunidades de hablar con Shirley. Tal vez no fuera un motivo muy loable, pero no podía negar que así era.

—Cuando vi a Shaw antes de Navidad —dijo—, hablé con ella sobre exponer parte de sus pinturas en la galería.

—¿Sí? —Shirley lo miró súbitamente.

—Sí. Es tan buena como Shaw, y más versátil.

—Pero no le interesó, ¿verdad?

—No —Will suponía que al final aceptaría, pero no la había presionado. La chica parecía dar preferencia a su novio. Pronto descubriría que era un error, pensó cínicamente.

—Te agradezco mucho lo que has hecho por Shaw.

Él se encogió de hombros. De nuevo, sus motivos estaban muy lejos de ser puros. Shaw tenía talento, sí, pero Will sabía muy bien que no le habría llevado su obra a Larry Knight si no hubiera estado relacionado con Shirley.

—Puede que también pueda ayudarte a ti —dijo mientras volvía a tomar su copa.

Shirley pareció interesarse de inmediato.

—¿Cómo?

—Ese amigo del que te hablé...

—¿Sí?

—Es Larry Knight.

Shirley se llevó la mano al corazón.

—¿Ese Larry Knight?

—Sí. Es de San Diego, pero trabajamos juntos hace algún tiempo en Atlanta, para una organización benéfica. Nos hemos mantenido en contacto desde entonces —lo cierto era que la mayor parte del mérito era de su ex, Georgia, que había organizado el comité de voluntarios. Pero a Georgia nunca le había gustado destacar, no como a él, que disfrutaba siendo el centro de atención. Así que ella le había pedido que se ocupara de los eventos públicos.

—¿Quieres decir que Larry Knight, uno de los artistas más famosos del país, es quien vio el trabajo de Shaw?

—Sí.

—Dios mío...

—Estoy pensando en pedirle otro favor a Larry —añadió él y, tomando la carta, comenzó a leerla para que Shirley tuviera tiempo de considerar sus palabras.

—¿Qué clase de favor? —preguntó, precavida.

Will la miró por encima de la carta.

—Como sabes, Larry tiene cierta... influencia en las escuelas de arte de todo el país.

—Sí, me lo imagino —contestó Shirley, casi sin aliento.

Will estaba decidido a no ofrecerle nada. Quería que Shirley se lo pidiera, quería que comprendiera que estaba en deuda con él. Sabía cómo persuadir y seducir a una mujer; tenía mucha experiencia. Y era interesante ver que esas habilidades, a falta de una palabra mejor, se activaban de manera automática.

—Dijiste... dijiste que le había impresionado la obra de Shaw —comenzó a decir ella.

—Larry dijo muchas cosas sobre Shaw —Will dejó a un lado la carta—. Creo que voy a pedir las ostras fritas. Aquí dice que son de la zona de Shelton.

Ella asintió, distraída.

—¿Tú has decidido ya? —preguntó él.

—¿Que si he decidido? —lo miró a los ojos; pasado un momento, pareció darse cuenta de que se refería a la cena–. Ah, perdona, no, no he mirado la carta –echó un vistazo a la lista–. Siempre me ha gustado el salpicón de marisco que hacen aquí.

–Deberías probar algo distinto.

Ella arrugó el ceño.

–¿Por qué?

–Porque... –contestó él arrastrando las palabras–, si te pareces a mí, tiendes a pedir siempre los mismos platos en los mismos restaurantes. Y antes de que te des cuenta se convierte en una rutina.

Las arrugas de su frente se relajaron poco a poco.

–Tienes razón. Eso es justamente lo que hago. Pido burritos de chili cuando voy a un mexicano y fideos con pollo y salsa picante cuando voy a un chino.

–La rutina resulta reconfortante –dijo él–, pero de vez en cuando es bueno aventurarse, probar algo nuevo. Correr riesgos –estaba claro que no se refería únicamente a la comida, sino también a su relación.

Adivinaba que Shirley sólo había estado con un hombre durante toda su vida adulta y creía que estar con otro la intimidaba. Confiaba en que su consejo abriera su mente, y no únicamente en cuestión de comidas.

Shirley volvió a tomar la carta y la miró con atención.

–Te recomiendo las ostras fritas –le dijo él–. Las probé por primera vez hace un par de semanas. ¿Ves? –añadió con una sonrisa–. Probé algo nuevo y me gustó.

Ella sacudió la cabeza.

–No me gustan las ostras.

Will, que no se desanimaba fácilmente, preguntó:

–¿Cuándo las comiste por última vez?

–No me acuerdo.

–Pruébalas, entonces.

Ella volvió a negar con la cabeza.

–Podría pedir la fritura de pescado y marisco. Lleva ostras, gambas y bacalao.

–Excelente.

—Pero tanto frito... —Shirley arrugó el ceño.

Will la escuchó repasar prácticamente la carta entera, hablar de cada plato con detalle y descartarlos uno tras otro. La camarera regresó tres veces antes de que se decidiera por fin.

Miró a Will y sonrió, avergonzada.

—Voy a tomar...

—Las ostras —la cortó él—. La señora probará las ostras.

—No —dijo Shirley—. Quiero un salpicón de marisco —le lanzó una mirada de disculpa—. Prefiero algo conocido.

Él se preguntó si aquello era una respuesta a su mensaje.

—Te daré una de mis ostras para que las pruebes —parecía un compromiso justo.

—De acuerdo.

La camarera se marchó y Shirley tomó un poco más de vino.

—Me estabas hablando de Larry Knight.

—Ah, sí —apoyó la espalda en el asiento de madera pulida y levantó su copa—. Como te decía, Larry tiene mucha influencia en las escuelas de arte de todo el país.

Shirley lo escuchaba con toda atención.

—¿Crees que podría abrirle las puertas de alguna a Shaw? No sé cuál es la situación económica de Shaw, claro. Creo recordar que Tanni me dijo que su padre desaprueba su sueño de dedicarse a la pintura. Es abogado y quiere que su hijo estudie Derecho. Seguramente Shaw necesitaría una beca.

Eso estaba claro. A Will le había bastado echarle un vistazo al chico para comprender que no tenía un centavo a su nombre.

—Ya me lo imaginaba.

—¿Harías eso por Shaw? ¿Pedírselo a Larry?

Pero Will sabía que a Shirley también le interesaba que Shaw se marchara por el bien de su hija.

—Sólo si crees que tiene talento suficiente —respondió.

—Oh, sí —contestó ella, muy seria.

Will puso su copa sobre la mesa, la sujetó por el tallo y meció suavemente el vino.

—Estoy seguro de que Larry recibe esa clase de peticiones constantemente.

—Sin duda. No quería dar a entender que deba recomendar a Shaw si su talento no lo merece.

Él asintió con la cabeza.

—Ya le he enseñado la obra de Shaw, así que conoce de lo que es capaz el chico.

—Entonces, ¿se lo preguntarás?

Él asintió de nuevo, lentamente.

—Lo llamaré el lunes por la mañana. Ya te contaré qué me dice.

Una enorme sonrisa iluminó el rostro de Shirley.

—No sabes cuánto te lo agradezco.

Will no pudo evitar pensar que quizá, llegado el momento, pudiera demostrárselo. No, era el viejo Will quien hablaba, se dijo. El nuevo Will quería tener algo más auténtico con aquella mujer. Algo duradero.

La cena fue espléndida y, fiel a su palabra, Shirley probó las ostras.

—¿Y bien? —preguntó él, confiando en que las pidiera la próxima vez que cenaran en el D.D.—. ¿Qué te parecen?

Ella le sonrió.

—Están mejor de lo que recordaba. Claro que, con las frituras, cuesta distinguir los sabores —con una mueca irónica, añadió—: Por eso prefiero evitar ese tipo de comidas.

Will se rió.

—Yo también. Pero en ocasiones especiales me permito alguna extravagancia —quería que entendiera que estar con ella era una de esas ocasiones.

—En resumen...

—¿Sí? —dijo él, ansioso por conocer su veredicto.

—Me quedo con el salpicón de marisco.

CAPÍTULO 14

–Córtamelo un poco más de los lados –le dijo Jolene, de trece años, a Rachel mientras se miraba en el espejo del cuarto de baño.

Rachel la había instalado en el pequeño aseo del pasillo para cortarle el pelo. Algunas de sus mejores conversaciones se daban mientras le cortaba el pelo a Jolene. Con los años, Rachel había formulado una teoría al respecto. Cuando peinaba a una clienta, Rachel se introducía en su espacio personal, invitada por ella. Aquella proximidad daba lugar a una intimidad que hacía que sus clientas se sintieran tan cómodas que a veces le contaban los detalles más privados de sus vidas. Suponía que también por eso tantas habladurías tenían su origen (o al menos se difundían) en las peluquerías.

–Te queda genial –le dijo Rachel.

Jolene volvió la cabeza de un lado a otro.

–¿Tú crees? –preguntó, indecisa.

–Sí –Rachel enchufó la cuchilla eléctrica–. Echa la cabeza hacia delante y mete la barbilla.

–¿Crees que a papá le gustará que lleve el pelo tan corto?

–Claro que sí –le aseguró Rachel, aunque no estaba segura.

Jolene inclinó la cabeza y Rachel le pasó la cuchilla por el arranque de la nuca. Cuando acabó, Jolene levantó la cabeza y sus ojos se encontraron en el espejo. La muchacha exhaló lentamente.

–Ya no estoy enfadado con mi padre y contigo.

—Muy bien.

Hacía cosa de una semana que Jolene les había sorprendido en la cama en plena tarde. Rachel podía reírse de ello ahora. Bruce, no. Estaba en tal estado (por la vergüenza, la frustración sexual y el enfado) que había tardado días en olvidarse del incidente. Entre tanto, Jolene había pasado casi una semana sin dirigirles la palabra.

—Me alegro de que seas mi madrastra —dijo.

—Yo también —Rachel le sostuvo la mirada en el espejo—. Me gusta serlo.

Jolene apartó los ojos.

—Si te digo una cosa, ¿me prometes que no te enfadarás?

Rachel no estaba dispuesta a prometerle aquello.

—Lo intentaré, ¿de acuerdo?

—De acuerdo —con un suspiro exagerado, la muchacha repitió—: Me alegro de que seas mi madrastra —luego añadió—: Pero ojalá no te hubieras casado con mi padre.

Aquellas palabras le escocieron. Rachel se quedó callada un momento.

—Os quiero mucho a tu padre y a ti, Jolene. Es importante para mí formar parte de tu familia.

—Lo sé. Papá te necesita... y yo también. Me siento egoísta y mezquina por... por quejarme.

—Entonces deberíamos hablar de ello —Rachel tenía que dejar a un lado sus emociones y escuchar con atención a Jolene—. Dime por qué te sientes así.

Se sentó en el borde de la bañera, con las manos apoyadas a ambos lados y los tobillos cruzados, confiando en que, si parecía relajada, Jolene se abriera a ella.

—Pero... no quiero que te enfades conmigo.

Rachel sacudió la cabeza y le apretó suavemente el hombro. Jolene mantuvo la cabeza agachada.

—Antes de que papá y tú os casarais, me daba miedo que... que, si te mudabas aquí, papá ya no tuviera tiempo para mí.

—¿Y crees que eso ha pasado?

—No —contestó Jolene al cabo de un momento—. No exactamente.

Eso estaba bien, porque Rachel sabía que Bruce se había esforzado mucho por pasar más tiempo con su hija. Últimamente, no se limitaba a llevarla al entrenamiento de baloncesto. Se había quedado dos veces a ver el entrenamiento para que Jolene supiera que le interesaba. Naturalmente, cuando empezaran los partidos, Rachel y él asistirían juntos.

–¿Qué quieres decir con que no exactamente? –preguntó.

–No es sólo papá –musitó Jolene.

–No sé muy bien a qué te refieres.

–Tú siempre has sido mi... mi amiga especial. A ti podía contártelo todo.

–Eso no ha cambiado –al menos, para ella.

–Sí que ha cambiado –insistió Jolene.

–Está bien –dijo Rachel–. Dime cómo.

–Bueno... –la chica parecía perdida. Luego balbució–: Voy a decirlo y ya está, ¿de acuerdo?

–Claro.

–Veo cómo te mira mi padre.

–¿Con amor? –preguntó Rachel, confiando en que ésa fuera la respuesta.

Jolene negó con la cabeza.

–Quiere llevarte a la cama para hacer... eso.

–Para hacer el amor –concluyó Rachel. Aquello era lo que esperaba... y lo que temía. Pero quizá fuera preferible hablar de ello, sacarlo a la luz de una vez por todas–. Las personas casadas hacen el amor, Jolene. Es lo normal en un matrimonio, y es bueno que así sea.

–Pero papá quiere hacerlo constantemente –Jolene parecía avergonzada–. Cree que no me doy cuenta, pero sí. Y no sólo eso. Tú eres mi amiga y ahora tengo que compartirte con mi padre y no quiero y... y tengo que compartir a mi padre contigo –añadió precipitadamente. Sus ojos se encontraron de nuevo en el espejo–. ¿Me entiendes?

–Sí, te entiendo –le dijo Rachel–. Te entiendo perfectamente.

–Las cosas son... distintas. Como yo temía.

Rachel no podía rebatir sus argumentos. Pero quizá pudiera explicárselo de un modo que la tranquilizara.

—Eso pasa cuando una pareja está recién casada —dijo.

—¿Quieres decir que se acabará? —preguntó la chica, esperanzada.

Rachel intentó disimular una sonrisa.

—No del todo.

—Ah.

—¿Responde eso a tus preguntas?

Jolene la miró con cierto temor.

—¿Estás embarazada? —preguntó, como si aquello fuera lo más horrendo que podía imaginar.

—No.

Los hombros de la muchacha se relajaron.

—Menos mal.

Rachel sabía que era vital despejar los temores de Jolene acerca de su matrimonio con Bruce antes de pensar siquiera en aumentar la familia.

—Sé que te daba miedo que, cuando nos casáramos, estuviéramos tan pendientes el uno del otro que nos olvidáramos de ti.

Jolene le sostuvo la mirada.

—Nos hemos esforzado mucho para que eso no pasara.

Jolene se encogió de hombros.

—Sí, pero ojalá... ya sabes.

Por desgracia, Rachel la entendía. Aquello se estaba convirtiendo en un problema grave, no sólo para Jolene, sino también para Bruce y para ella. El que Jolene les hubiera sorprendido aquella tarde había tenido un efecto devastador sobre su vida amorosa. Desde entonces, apenas se habían tocado.

Había un buen motivo para que Bruce la mirara con deseo, si lo que Jolene decía era cierto. Ambos estaban cargados de frustración sexual.

Esa tarde, Rachel tenía la cena lista cuando Bruce volvió a casa.

—¿Cómo están mis chicas? —preguntó él, deteniéndose a besar a Rachel en la mejilla.

—Hola, papá —dijo Jolene—. ¿Qué te parece? —entró bailando en el cuarto de estar y dio una vuelta para que su padre viera bien su corte de pelo—. Rachel ha dicho que no te importaría que me lo cortara tanto. Te gusta, ¿a que sí?

—Eh...

Rachel le lanzó una mirada implorante.

—Va a costarme acostumbrarme.

—Pero ¿te gusta?

Él sonrió y logró asentir con entusiasmo. Encantada, Jolene le echó los brazos al cuello.

—¿Puedes poner la mesa, por favor? —le dijo Rachel.

Siguió a Bruce por el pasillo, hasta el dormitorio. Él solía ducharse nada más llegar del trabajo. En cuanto la puerta se cerró, Bruce la estrechó entre sus brazos y la besó con ansia. Rachel apartó la boca.

—Tenemos que hablar.

—¿Ahora?

—No, luego, cuando se duerma Jolene.

—Para luego tengo otros planes.

Rachel le besó el cuello con anhelo.

—Yo también, pero primero tenemos que hablar.

Al ver que empezaba a protestar otra vez, volvió a besarlo.

—Haré que la espera valga la pena —dijo, seductora.

Bruce deslizó las manos por sus brazos, sin apartar la mirada de sus ojos.

—Pienso tomarte la palabra.

Ella salió sigilosamente y volvió corriendo a la cocina. Jolene la miró con el ceño fruncido y dejó los vasos de agua sobre la mesa haciendo más ruido del necesario.

Rachel estaba dispuesta a ser paciente y comprensiva, pero no podía permitir que una niña de trece años impusiera las condiciones de su vida matrimonial.

—Quiero a tu padre, Jolene —dijo, mirándola directamente a los ojos—. Y no deberías enfadarte porque quiera hablar con él a solas unos minutos.

Jolene asintió, contrita.

—Lo sé.

—Muy bien, entonces.

Pasó la tarde, cada uno atareado en sus cosas (la colada, los deberes, el pago de las facturas), y todo transcurrió sin tropiezos, de no ser porque Bruce bostezaba exageradamente y de vez en cuando miraba hacia el dormitorio.

—¿No es hora de que te vayas a la cama? —preguntó a Jolene cuando el reloj dio las nueve y media. Rachel y él estaban viendo la tele.

Jolene cerró su libro de texto y los besó a ambos en la mejilla.

—Buenas noches.

—Voy a ver las noticias —anunció Rachel. Quería que Jolene comprendiera que no iban a meterse en la cama en cuanto se perdiera de vista.

—Yo también, supongo —masculló Bruce.

Jolene hizo girar los ojos al pasar junto a Rachel. No podían engañarla.

Cuando se cerró la puerta de la habitación de su hija, Bruce se acercó a Rachel.

—Bueno, cuéntame.

Rachel llevaba toda la tarde esperando ese momento.

—Jolene y yo hemos hablado un buen rato hoy, mientras le cortaba el pelo. Me habló de ti y de mí y del lugar que ocupa en esta familia —Rachel no iba a decirle todo lo que le había confesado Jolene.

—Eres mi mujer.

—Sí, pero...

Bruce hizo una mueca. No parecía dispuesto a escuchar.

—Estoy harto de esto, ¿sabes? Me he esforzado por no herir sus sentimientos. He pasado más tiempo con ella estos dos últimos meses que en...

—Sí, pero es que...

—Esta situación me está matando, Rachel. Quiero hacer el amor con mi mujer. Estoy cansado y harto de andarme con pies de plomo por temor a las inseguridades de mi hija. Cuanto más pensamos en ella, más complicado se vuelve todo.

–Pero Bruce...
Él volvió a cortarla.
–Lo que necesitamos es pasar unos días lejos de aquí, tú y yo solos.
–No –contestó ella rápidamente–. Eso sólo empeoraría las inseguridades de Jolene. Ya se siente excluida. Compartirme a mí, compartirte a ti... Si la dejamos sola, aunque sea sólo un fin de semana, lo sentirá como una traición.

Bruce se quedó mirándola unos segundos; luego echó la cabeza hacia atrás y cerró los ojos.

–No puedo creerlo.

–Hace poco que estamos casados. Dale una oportunidad a Jolene. Hoy hemos hecho progresos.

Bruce exhaló un suspiro y asintió por fin.

Llegaron las noticias de las diez y se acurrucaron en el sofá. Se tomaron de las manos y Bruce se inclinaba de cuando en cuando para darle un beso en la mejilla. Rachel cerró los ojos, embargada por un río de emociones.

–¿Crees que se habrá dormido ya? –susurró Bruce cuando acabaron las noticias.

–Eso espero.

–Lo mismo digo.

Apagaron las luces y recorrieron el pasillo camino de su dormitorio. Bruce no se molestó en encender la luz. Rachel oyó que se quitaba la ropa. Ella también se desnudó.

Se metieron en la cama y Bruce le tendió los brazos. Rachel se acercó a él. Se besaron apasionadamente y estuvieron acariciándose hasta que Rachel se sintió desfallecida por el deseo.

–De momento, todo bien –susurró Bruce.

–Muy bien –respondió ella en voz baja, y siguieron besándose.

La cama crujió, y el ruido pareció retumbar en la habitación. Se quedaron paralizados.

Dudaron un rato, en suspenso, temiendo moverse o incluso respirar. Luego oyeron abrirse la puerta del cuarto de Jolene. El ruido de la puerta fue seguido por un tamborileo de pisadas por el pasillo, en dirección al cuarto de baño.

—¿Y si entra aquí? —murmuró Rachel.

—No se atreverá —masculló Bruce con vehemencia.

Rachel le pasó las manos con ternura por la espalda.

—¿Nos arriesgamos? Recuerda lo que pasó la última vez.

Bruce lanzó un gruñido y se apartó de ella. Sin decir palabra, entró en el cuarto de baño del dormitorio. Un momento después, Rachel oyó la ducha. No necesitó que Bruce le dijera que había abierto el grifo del agua fría.

CAPÍTULO 15

–Papá, tienes que hacer algo –se quejó Megan.

Troy Davis acababa de entrar en su casa cuando empezó a sonar el teléfono de la cocina. Al contestar, no le sorprendió oír la voz de su hija. Megan le había dejado un mensaje en la oficina, pero Troy había olvidado devolverle la llamada. Había tenido un día ajetreado y estaba ansioso por analizar lo que había descubierto esa tarde. El forense le había enviado por fin el informe completo sobre los restos encontrados en la cueva, y sus conclusiones le habían dado que pensar. Necesitaba tiempo para digerir lo que había averiguado y decidir qué hacer al respecto. Confiaba en que el interés de los medios hubiera decaído lo suficiente como para que aquel nuevo giro en los acontecimientos pasara desapercibido.

–Papá, ¿me estás escuchando? –preguntó Megan con impaciencia.

–¿Hacer algo respecto a qué? –respondió Troy, sólo para demostrarle que la había oído.

–No me devolviste la llamada –dijo su hija.

–Estaba en una reunión.

–Lo sé, me lo dijo Cody, pero le pedí que te dijera que era importante.

El ayudante de Troy le había dicho que su hija había llamado y que parecía preocupada.

–Lo siento, cariño, tenía intención de llamarte, pero se

me ha pasado el día volando —no quería que Megan creyera que no daba importancia a sus llamadas, pero desde que estaba embarazada su hija parecía hallarse en perpetuo estado de crisis—. Dime qué pasa —dijo mientras dejaba el correo sobre la encimera de la cocina. El reloj del microondas marcaba las siete menos diez, lo cual explicaba por qué le sonaban las tripas. Ni siquiera había tenido tiempo de quitarse la chaqueta. Había comenzado a caer una ligera llovizna que tamborileaba sobre la ventana de la cocina.

—Es Faith —comenzó Megan.

Troy se puso tenso.

—¿Qué ha pasado ahora? ¿Han vuelto a molestarla? —estaba preocupado por el merodeador y se preguntaba si Faith había seguido su consejo y había hecho instalar una alarma. Confiaba en que les hubiera pedido a Grace y a Cliff que pusieran una luz con sensor de movimiento. Había estado hablando con sus ayudantes acerca de aquel vecindario. Según el ayudante Weaver, el Rosewood Lane todo parecía tranquilo.

—No ha pasado nada en su casa, que yo sepa. Faith no me ha dicho nada.

—Entonces, ¿cuál es el problema?

Megan suspiró y su padre temió que se echara a llorar. Ocurría con frecuencia desde hacía unos meses. Pero Troy recordaba que a Sandy le pasaba lo mismo. Durante su embarazo, su mujer tenía las emociones a flor de piel.

—Va a mudarse —dijo Megan en voz baja.

A Troy, francamente, no le extrañaba. De hecho, le parecía lo más conveniente.

—¿Y bien? —preguntó Megan.

—¿Y bien, qué? La verdad es que me parece buena idea.

—No lo dirás en serio —respondió Megan con una exclamación de sorpresa—. ¿Qué te pasa? No puedes permitir que Faith se marche. No puedes.

Estaba claro que Troy se había perdido algo.

—Está bien, a ver si nos aclaramos. Empieza desde el principio.

—De acuerdo —dijo Megan con impaciencia—. Hemos comido juntas. Ya sabes que nos vemos para comer de vez en cuando.

Troy lo sabía, y agradecía cualquier información que su hija le diera sobre Faith.

—Me está ayudando con la manta que estoy tejiendo para el bebé. Casi he acabado y es muy bonita.

Troy sonrió, emocionado de nuevo ante la perspectiva de ser abuelo. Una cosa estaba clara: su nieto iba a ser un niño muy mimado.

—Estuvo a punto de no decírmelo. La verdad es que tuve la clara sensación de que no iba a hablar de ello.

—Sabía que me lo dirías.

—Seguramente —contestó ella—. El caso es que ya íbamos a irnos y ella se estaba poniendo la chaqueta cuando me dijo que había decidido mudarse. Dijo que volver a Cedar Cove había sido un error. Había tardado tan poco en vender su casa de Seattle que no había tenido tiempo de reflexionar. Ahora cree que es preferible marcharse de aquí.

Troy se quedó de piedra.

—¿No vas a decir nada? —preguntó Megan.

Su padre tardó un momento en poder hablar. Faith no iba a mudarse a otra casa: iba a mudarse a otra ciudad. Troy sabía por qué. Quería alejarse de él.

—Ya... ya veo —logró decir por fin.

—No irás a dejar que se marche, ¿verdad? —preguntó Megan como una niña pequeña contrariada por la respuesta de su padre.

—No puedo impedírselo.

—¡Papá!

Troy seguía perplejo. Aún no había asimilado la noticia. Así que Faith iba a marcharse del pueblo. Troy tenía ganas de protestar, de exigirle que se lo pensara mejor, pero no tenía derecho a pedirle nada. Lo único que podía hacer era mantenerse al margen y callarse sus emociones.

—Ya no salgo con Faith —le recordó a Megan.

—Pero la quieres.

Troy no intentó negarlo. Quería a Faith. Su plan de abandonar Cedar Cove le hería en lo más hondo, pero no se le ocurría cómo podía hacerla cambiar de idea.

—¿Qué opinan Scott y su familia? —preguntó. Faith se había mudado a Cedar Cove, entre otras cosas, para estar más cerca de su hijo y sus nietos.

—Se lo pregunté —le dijo Megan—. Y me dijo que su hija, Jay Lynn, vive en el norte de Seattle con su familia. Jay Lynn le ha dicho que, después todos los problemas que ha tenido en Cedar Cove, debía pensar en marcharse.

Troy dudaba de que Jay Lynn se refiriera únicamente al merodeador. Tenía la impresión de que se refería a que el desengaño que él le había causado era también un problema: un buen motivo para marcharse. Troy no tenía nada que reprochar a los hijos de Faith. Les preocupaba el bienestar físico y anímico de su madre.

—Tienes que hacer algo, papá —repitió Megan.

Troy se apoyó en la encimera de la cocina.

—Haré lo que pueda —aunque no sabía qué.

—Me gusta mucho Faith.

—Lo sé —a él también le gustaba, y deseaba poder persuadirla de que se quedara en Cedar Cove.

—Gracias, papi. Encontrarás la manera. Estoy segura.

Megan lo invitó a cenar el siguiente fin de semana y la conversación acabó unos minutos después. Troy colgó el teléfono. El día parecía haberse complicado aún más. Necesitado de una distracción, entró en el cuarto de estar y puso las noticias, preguntándose si las cadenas de televisión de Seattle estarían ya al corriente del informe del forense.

Por suerte, no vio nada al respecto.

Pasada media hora, decidió que era hora de comer algo. Buscando en los armarios encontró una lata de chili. La abrió, echó el contenido en un cuenco y lo metió en el microondas. Mientras la carne se calentaba echó un vistazo al correo, sin dejar de pensar en Faith.

—No —dijo en voz alta. Megan tenía razón: debía hablar con Faith, convencerla de que marcharse de Cedar Cove era un error. No sabía si podría persuadirla, ni si tenía derecho a intentarlo. Pero no podía quedarse de brazos cruzados: Faith significaba demasiado para él. Su lugar estaba allí.

Tomó el teléfono justo cuando el chili acabó de calentarse. Haciendo caso omiso, marcó su número. El teléfono sonó cuatro veces antes de que el contestador le informara de que no había nadie en casa. En lugar de dejar un mensaje, colgó. Más deprimido que nunca, se puso a dar vueltas por la cocina, comiendo chili mientras sopesaba sus opciones.

Tal vez fuera una suerte que no hubiera hablado con Faith, se decía. Si ella creía tener que escapar de Cedar Cove, quizá debía dejarla marchar. Aquella convicción le duró cinco días, hasta el miércoles por la tarde. Ese día, cuando volvía a casa, vio el coche de Faith en el aparcamiento del supermercado. De todos modos necesitaba pan, se dijo, y aparcó en la plaza más alejada de la suya que encontró. No quería que Faith pensara que la estaba buscando. Aunque, en realidad, así era.

El tiempo, nublado y sombrío, no desentonaba con su humor. Desde la llamada de Megan había perdido el apetito y no dormía bien. Aunque deseaba hablar con Faith, era consciente de que no podía pedirle que se quedara en Cedar Cove. Y, sin embargo, tenía que hacerlo. Si se marchaba, él lo lamentaría eternamente.

Después de su último encuentro, había tenido esperanzas de que quizás en algún momento pudieran zanjar sus diferencias. Ya no estaba tan seguro. A pesar de que durante sus muchos años en la policía había desarrollado un instinto certero a la hora de juzgar a la gente y las circunstancias, no comprendía a Faith, ni entendía sus sentimientos.

Dos semanas antes, cuando ella lo llamó porque había un intruso al otro lado de la ventana de su cuarto, la reconciliación parecía aún posible. Troy se había deprimido tras verla con Will Jefferson, pero esa noche la había hecho comprender lo mucho que la amaba y la necesitaba. No se lo había dicho con esas mismas palabras, pero sus sentimientos no podían ser más evidentes.

A su modo de ver, era ella quien debía dar el siguiente

paso. No la había presionado, en la creencia de que su paciencia acabaría por dar fruto. Por lo visto, se equivocaba.

Cuando acabó de cruzar el aparcamiento y tomó un carrito, tenía la chaqueta empapada. Una vez dentro, recorrió rápidamente el perímetro del supermercado, pasando a toda prisa por las secciones de platos preparados, frutas y verduras y congelados. Por fin vio a Faith en medio de uno de los pasillos. Parecía estar leyendo el dorso de una caja de pasta.

Entró en el pasillo tratando de aparentar naturalidad y aminoró el paso al acercarse. Faith levantó la vista y agrandó los ojos al verlo.

—Hola, Troy.

Él la saludó inclinando la cabeza y colocó su carro vacío junto al suyo. Lamentó no haber tomado la precaución de echar unas cuantas cosas en el carro para que pareciera que llevaba un rato en la tienda.

—Faith —murmuró.

Se miraron un momento y Troy decidió esperar. Que fuera ella quien hablara primero. El silencio era una técnica de interrogatorio muy común. La mayoría de la gente se sentía incómoda cuando se abría una laguna en la conversación, y corría a llenarla. A menudo desvelaban más de lo que pretendían.

—¿Cómo estás? —preguntó ella, violenta, tras medio minuto de silencio.

Cuando hablaba con un sospechoso, Troy solía contestar a una pregunta con otra. Eso hizo ahora.

—¿Hiciste instalar el sistema de alarma, como te sugerí?

—Sí, y ha valido la pena —contestó ella—. Ahora estoy más tranquila.

Él tomó una bolsa de espaguetis y la echó al carro, como si hubiera ido al supermercado con ese único propósito. La reacción de Faith a su siguiente pregunta le diría lo que necesitaba saber.

—¿Cuándo te mudas?

Ella palideció.

—Ah, así que Megan te lo ha dicho.

—¿No era eso lo que querías?

Ella arrugó el ceño y miró su carro como si hubiera olvidado algo de su lista y no recordara qué.

—¿No? —repitió él. No estaba dispuesto a permitir que esquivara la pregunta.

Faith dejó caer los hombros.

—Supongo que sí —masculló.

—¿No podías haberme llamado tú misma?

—Yo... —cambió de postura y miró el suelo; Troy notó que sus preguntas la turbaban—. Últimamente, siempre que nos vemos estás enfadado —levantó la vista y se encontró con su mirada.

—No estoy enfadado —dijo Troy—. Puedes vivir donde quieras. Si quieres marcharte de Cedar Cove, por mí no hay problema —cerró la boca antes de que pudiera decir algo más.

Faith echó la cabeza hacia atrás. Entornó los ojos y Troy vio que empezaba a enfadarse. Mordiéndose el labio, ella puso ambas manos sobre el carro y comenzó a alejarse.

Troy echó a andar tras ella, empujando el carro delante de sí.

—Espera, Faith.

Ella no le hizo caso. Dobló la esquina con paso enérgico. Troy estaba a punto de alcanzarla cuando oyó una voz conocida a su espalda.

—¡Sheriff Davis!

Troy se detuvo de mala gana y al mirar hacia atrás vio a Louie Benson empujando su carro hacia él. «Ahora no», se dijo. Pero estaba atrapado. Deseaba correr tras Faith, pero no se atrevía a ignorar al alcalde.

—Menos mal que te alcanzo —dijo Louie.

Troy le ofreció una débil sonrisa.

—¿Qué puedo hacer por ti?

—He leído el informe definitivo del forense, pero no he tenido tiempo de discutir los pormenores contigo. Supongo que lo habrás leído.

—Sí —contestó Troy enérgicamente, intentando acortar la conversación. Quería disculparse con Faith, enmendar su error si no era ya demasiado tarde.

El alcalde titubeó.

—¿Has visto que afirma que, a juzgar por el cráneo, ese chico tenía síndrome de Down?

—Sí.

—Eso abre un nuevo frente en tu investigación, ¿no?

—Yo...

—Confío en que la prensa no se haya enterado —murmuró Louie.

—Yo también —dijo Troy. No estaba de servicio y quería zanjar la conversación—. Si me disculpas, necesito hablar con una persona.

—Claro. Perdona si te he interrumpido.

—No importa —dijo Troy, y echó a correr por el pasillo, abandonando su carro. Si tenía suerte, tal vez pudiera alcanzar a Faith y disculparse.

Por fortuna, la vio en la caja. Esperó fuera hasta que ella acabó de pagar la compra.

En cuanto cruzó la puerta y salió a la tarde sombría, Troy se acercó a ella.

—Me gustaría disculparme, Faith.

—¿Por qué? —preguntó al pasar a su lado.

Troy había visto aquella expresión otras veces y sabía que no era buena señal.

—Te he tratado como... como un oso furioso.

—En absoluto —contestó mientras cruzaba enérgicamente el aparcamiento.

Troy la siguió.

—Tenías razón —dijo ella—. Fue una estupidez hablarle de mis planes a Megan. Fue una cobardía, y me arrepentí enseguida de haberlo hecho —se dirigió hacia su coche sin aflojar el paso.

—Querías que me enterara —ella había reconocido que había usado a Megan para informarle de sus planes. Aquello resultaba alentador.

Tal vez Faith había actuado así porque en el fondo esperaba que Troy la disuadiera. Tal vez era su modo de decirle que prefería no marcharse, que quería volver con él. Troy, en cambio, la había atacado. Tenía ganas de abofetearse por ser tan insensible.

—Ya te he dicho que fue un error contárselo a Megan, sabiendo que te lo diría —contestó ella, crispada—. Verás, no quería llamarte directamente porque intentaba evitar contactos innecesarios. Cuanto menos nos veamos, mejor. Estoy segura de que estás de acuerdo conmigo.

Troy apretó la mandíbula.

Faith abrió la puerta del coche y metió dentro las bolsas de la compra.

Sin darle ocasión de responder, se sentó en el asiento delantero y cerró la puerta. El motor cobró vida y ella salió del aparcamiento antes de que Troy pudiera abrir la boca.

En fin, así estaban las cosas: lo suyo con Faith no podía ir peor.

CAPÍTULO 16

Mack McAfee imaginaba que aquél era el momento óptimo para comprar una casa, teniendo en cuenta lo mucho que había bajado el precio de la vivienda. Desde su traslado a Cedar Cove había buscado intermitentemente una oportunidad para invertir. Cuando el agente de la inmobiliaria le enseñó las dos casas pareadas de Evergreen Place, no lo dudó.

Unos años antes se había comprado una casa al norte de Seattle que necesitaba reformas urgentes. La había conseguido a buen precio y se había pasado muchos fines de semana instalando un nuevo tejado, cambiando las encimeras de la cocina, poniendo moqueta nueva y haciendo todo lo necesario para remodelar la casa. Había invertido mucho esfuerzo en las mejoras, la mayoría de las cuales había hecho él mismo. Había tenido oficios muy diversos y con el paso de los años había desarrollado numerosas habilidades.

Cuando acabó de reformar la casa y de acondicionar el jardín, pensó en instalarse en ella. Pero una tarde alguien pasó por allí en coche, se detuvo y se ofreció allí mismo a comprarle la casa. Desde entonces tenía en el banco una buena suma que iba acumulando intereses.

Los pareados eran perfectos para invertir el dinero. Era un edificio antiguo, de dos plantas, con una puerta a cada lado y un camino de entrada común. Estaba en buen estado, pero podían hacerse mejoras. Si daba una buena entrada, podía vivir en una parte de la casa y alquilar la otra. Hizo una oferta y al día siguiente la aceptaron. Acababa de firmar los papeles e iba conduciendo hacia su casa cuando sonó su móvil. Tenía un mensaje de texto.

Esperó hasta detenerse en el aparcamiento de su bloque de apartamentos para mirar el móvil. Al ver el nombre de Mary Jo en la pantalla, se le aceleró el corazón. Mantenían contacto frecuente, sobre todo mediante mensajes. Ella lo mantenía al corriente de los progresos de la pequeña Noelle, a menudo acompañando sus mensajes con fotografías.

Mack procuraba no agobiarla, consciente de que su estado anímico seguía siendo frágil tras su experiencia con David Rhodes. Había estado tentado de mandarle flores el día de San Valentín, pero al final le pareció demasiado.

Estaba dispuesto a darle tiempo. Sabía que quería tener una relación con ella, pero mientras tanto disfrutaba de sus «conversaciones» y de sus visitas ocasionales.

Ese día no le había enviado una foto de Noelle. Era una petición. *¿Podemos vernos esta tarde?* Mack escribió su respuesta, deseoso de ver a Mary Jo y a la niña. *Dime dónde y cuándo.* Por suerte, tenía el día libre. Pulsó el botón de enviar y se quedó sentado en la camioneta, esperando su respuesta. No tardó en llegar: *Tomo el ferry de Bremerton. Llega a las 14:30.*

Voy a recogerte, tecleó Mack lo más rápido que pudo.

Era la una y cuarto. Mack se comió un sándwich a toda prisa, se duchó y se cambió de ropa. Empezó a limpiar el apartamento, pero al ver qué hora era se marchó corriendo.

Cuando el ferry de Bremerton atracó en el muelle, Mack estaba frente a la terminal. Los pasajeros que iban a pie desembarcaron primero, y casi enseguida vio a Mary Jo con el bebé. Ella le sonrió y agitó la mano, y él le devolvió el gesto.

Noelle iba arropada en un cuco portátil que también servía de silla para el coche. Sólo se veía su gorrito de punto por encima de la manta amarilla. Mack corrió al encuentro de Mary Jo para quitarle de las manos el pesado cuco.

Apartó la manta y sonrió a la bebé. Noelle lo miró y lo saludó con un gorgoteo. O, al menos, eso le pareció a Mack. Una sonrisa se extendió por su cara. Estaba seguro de que lo que sentía por aquella niña era amor, lisa y llanamente. Había leído acerca del vínculo que podía crearse con un recién nacido y se preguntaba si era eso lo que le sucedía, puesto que era él quien había traído al mundo a Noelle. Tal vez la pequeña había echado raíces en su corazón al nacer.

Y Mary Jo.... Se descubría pensando en ella más de lo debido. Había salido con muchas mujeres, pero ninguna lo había cautivado como ella. Se daba cuenta de que ella no estaba lista para volver a embarcarse en una relación de pareja, pero quería que comprendiera que él no se parecía en absoluto al padre de Noelle.

—Cuánto me alegro de que hayas venido —le dijo Mary Jo cuando llegaron a la camioneta.

—Yo también —murmuró Mack. Puso el cuco en el asiento de atrás, lo sujetó con el cinturón y ayudó a Mary Jo a subir al asiento del copiloto antes de montar en la camioneta. Cuando estuvieron todos dentro, con la calefacción a tope, esperó a que Mary Jo le contara por qué había sentido la necesidad de escapar en plena semana.

—¿Has venido por alguna razón en particular? —preguntó.

—En realidad, no —respondió ella—. Necesitaba marcharme un rato. Confío en no haber trastocado tus planes. Recordaba que me habías dicho que este mes tienes los martes libres. ¿Ha sido mucha presunción por mi parte?

—En absoluto —quería que ella supiera que siempre disfrutaba de su compañía.

—Es sólo que... bueno, me apetecía pasar la tarde fuera.

—¿Tus hermanos? —preguntó Mack. Linc, Mel y Ned solían ser tema de conversación entre ellos.

Mary Jo se abrochó el cinturón de seguridad y asintió sin mirarlo.

—Me lo imaginaba.

—Espero que no te importe. No he vuelto a Cedar Cove desde la noche en que nació Noelle y... —dejó la frase inacabada. Un momento después, retomó la conversación—: Me he mantenido en contacto con Grace y Cliff. Son estupendos.

Mack compartía su opinión. Empezaba a hacer amigos en Cedar Cove y tenía ganas de conocer mejor a los Harding.

—Me sorprendió recibir tu mensaje, pero me llevé una alegría —le dijo sinceramente.

Ella sonrió, tímida.

—Me alegro. Me gusta escribirte —dijo—. Es como si estuviera hablando con un buen amigo.

—Lo mismo me pasa a mí.

Solía ser ella quien iniciaba sus conversaciones, pero a Mack le parecía muy bien. Sabía que tenía que dejar que fuera ella quien marcara el ritmo.

—¿Te apetece ir a algún sitio? —preguntó.

—¿Te importa que nos pasemos por la biblioteca a ver a Grace?

—Claro que no —Grace le había abierto su casa y su corazón a Mary Jo en Nochebuena. Era lógico que Mary Jo quisiera verla—. Vamos a la biblioteca.

Tardaron media hora en circundar la bahía y Mack invirtió ese tiempo en preguntar a Mary Jo por sus tres hermanos. Ella no le dijo gran cosa, aparte de que la agobiaban con su preocupación. Mack se mostró comprensivo, pero tuvo cuidado de no parecer demasiado crítico.

La niña pasó todo el trayecto dormida. Según Mary Jo, últimamente parecía tener menos cólicos. El médico decía que podían durar hasta los tres meses, pero que rara vez se prolongaban más tiempo.

Cuando entraron en Cedar Cove, Mack aparcó delante de la biblioteca y ayudó a salir a Mary Jo y a Noelle. Luego se fue a dejar el coche en el aparcamiento cercano. Cuando regresó, encontró a Mary Jo en el mostrador, charlando con Grace, la bibliotecaria jefe. Grace le sonrió.

—He llamado a Olivia —dijo— y le he dicho que Mary Jo iba a venir de visita. Me ha preguntado si podía venir.

—Estupendo —intentó aparentar entusiasmo, pero en realidad estaba un poco celoso. Deseaba quedarse a solas con Mary Jo y Noelle.

—He preparado té con pastas en la sala de descanso —añadió Grace—. Espero que te quedes.

Ahora se esperaba de él que asistiera a la merienda. Si sus compañeros del parque de bomberos se enteraban, no pararían de burlarse de él. Todo aquello era tan... femenino.

—¿Qué os parece si os quedáis las tres charlando un rato mientras yo hago unos recados? —sugirió.

Mary Jo le suplicó con la mirada que se lo pensara.

—Quédate, por favor.

—Bueno... está bien. Si no molesto...

—Claro que no —le dijo Grace.

Mary Jo le tocó el brazo, implorándole en silencio, y Mack comprendió que no podía negarse. Sin decir nada más, se reunió con Grace y Noelle en la sala de descanso. Olivia Griffin llegó cuando Mary Jo estaba desarropando a Noelle. Llevaba un pañuelo en la cabeza y, encima, un gorro de lana, pero saltaba a la vista que estaba calva. Pero, a pesar del cáncer y del tratamiento al que estaba sometida, la juez irradiaba vitalidad. Mack la había conocido en Nochebuena, la noche del parto, y sólo había oído cosas buenas de ella. Sus padres la tenían en gran estima, como amiga y como juez. Mack entendía perfectamente por qué. Era una mujer impresionante.

Grace y Olivia prestaron mucha atención a Noelle. La pequeña se reía y ronroneaba, y Mack experimentó una sensación de orgullo paternal que no tenía derecho a sentir. Noelle agarraba su dedo como si no estuviera dispuesta a soltarlo.

—Le pedí a Mack que fuera a recogerme al ferry de Bremerton esta tarde —explicó Mary Jo mientras Grace servía el té—. Necesitaba salir unas horas. Los chicos me están volviendo loca.

—Sus hermanos —explicó Mack, inclinándose hacia delante.

Dejó su té, sacó a Noelle del cuco y la tomó en brazos como si lo hubiera hecho docenas de veces. Mientras las mujeres charlaban, dio vueltas por la habitación acariciando suavemente la espalda de la pequeña. La niña movió la cabeza un poco; luego la apoyó sobre su hombro y poco después se quedó dormida. De vez en cuando Mack y Mary Jo se miraban a los ojos y se sonreían.

–Bueno, ¿qué pasa con tus hermanos? –preguntó Grace, ofreciéndoles un plato de galletas de avena.

Olivia sacudió la cabeza, pero Mary Jo aceptó una. Suspiró.

–Pues... los tres creen saber lo que más nos conviene a la niña y a mí. Antes de conocer a David, yo estaba ahorrando para irme a vivir sola. Tenía ya bastante dinero ahorrado. Luego descubrí que estaba embarazada. Y, con todas las cosas que hubo que comprarle a la niña, no tuve más remedio que quedarme a vivir con mis hermanos.

–¿Te gustaría irte a otra parte?

Mary Jo asintió.

–Sí. Mis hermanos lo hacen con buena intención y les agradezco todo lo que han hecho por mí, pero... ya va siendo hora. Noelle tiene casi dos meses y tengo que pensar en buscar trabajo.

–Es una lástima que no puedas volver a tu antiguo trabajo –dijo Grace.

–¿Por qué no? –preguntó Olivia–. No pueden despedirte por tener un hijo.

–La compañía de seguros tuvo que hacer una regulación de empleo y mi puesto desapareció a principios de año. Me dieron una indemnización, pero no me durará eternamente. Tengo que encontrar un trabajo que me permita mantener a Noelle y seguir siendo una buena madre.

Aunque no estaba interviniendo en la conversación, Mack dio su opinión:

–Siempre podrías mudarte a este lado del estuario –seguramente se le notaba demasiado ansioso, pero no podía refrenar su entusiasmo.

–Sí, podrías hacer eso –convino Olivia.

Grace asintió con la cabeza y se sacudió las manos para quitarse las migas de las galletas.

Mary Jo los miró a los tres.

–Me gustaría, de veras, pero como os decía necesito un

trabajo y un sitio donde vivir, y de momento conseguir todo eso parece imposible.

—La semana pasada vi a mi hermano —dijo Olivia—. Y me dijo que está buscando a alguien que lo ayude a tiempo parcial.

Los ojos de Mary Jo se iluminaron. Luego, de pronto, perdieron su brillo.

—Tendría que trabajar más horas, para pagar los gastos de la casa y a una niñera. Los bebés salen muy caros.

Olivia no pareció desanimarse.

—Will me dijo que el puesto podía ser de jornada completa, si la galería sigue marchando bien. ¿Tienes conocimientos de contabilidad y administración?

—Sí —les dijo Mary Jo—. De hecho, en la compañía de seguros trabajaba en el departamento de contabilidad.

—¡Estupendo! —Olivia dio palmas, encantada.

—Pero está la niñera y el alquiler... ¿Y quién dice que a tu hermano le interesará contratarme?

—Estoy segura de que sí —respondió Olivia.

—En cuanto a la niñera —dijo Grace—, mi hija pequeña me ha dicho esta misma mañana que está buscando una forma de ganar algún dinero para completar sus ingresos. Kelly es ama de casa y tiene un bebé. Cuidar de Noelle sería perfecto para ella.

—Y yo conozco un lugar donde puedes vivir —dijo Mack—. Un chalé pareado que está a punto de quedar libre. El alquiler es muy asequible —no lo había pensado antes de forma consciente, pero tal vez la idea le rondaba desde el principio.

Evidentemente, las cosas iban demasiado deprisa para Mary Jo.

—Tengo que pensarlo.

—Es lo más sensato —dijo Olivia, y Grace asintió—. Se trata de un paso muy importante.

—Pero necesario —murmuró Mary Jo. Miró a Mack, que seguía con Noelle en brazos, y dijo—: Y ahora ya no puedo pensar sólo en mí. Si me mudo, eso también afectará a Noelle.

—En un sentido positivo —dijo Mack.

—Eso espero —contestó Mary Jo, indecisa—. He tomado tantas decisiones equivocadas en mi vida que, si me mudo a Cedar Cove, tendré que tenerlo todo previsto de antemano. Sólo por si acaso...

Las mujeres hablaron diez o quince minutos más; luego, Mack notó que Olivia parecía cansada. Grace también se dio cuenta y se levantó para llevar las cosas del té a la cocina de personal mientras Mary Jo abrigaba a Noelle. Mack le había devuelto de mala gana a la pequeña, que seguía dormida. Tenía esperanzas de volver a abrazarla otra vez.

Cuando salieron de la biblioteca, Mack llevó a Mary Jo y a la pequeña a su apartamento. Era pequeño, pero la vista sobre la bahía era incomparable. Mientras se apresuraba a ordenar un poco la casa, Mary Jo se quedó en el cuarto de estar, mirando melancólicamente el agua, en la que refulgían a lo lejos algunos veleros.

—¿Quieres contarme qué pasa de verdad con tus hermanos? —preguntó él.

Ella se volvió bruscamente para mirarlo.

—Quieren que vaya a por David —dijo.

Mack frunció el ceño.

—¿Que vayas a por él?

—Para que me pague una pensión. Entiendo sus argumentos, y tienen razón. A primera vista, al menos. David tiene el deber de mantener a Noelle. Es su hija y un análisis de sangre lo demostrará.

A Mack se le ocurrió una objeción inmediata, pero logró contenerse. Biológicamente, David era el padre de Noelle. Pero en realidad no era más que un donante de esperma.

—El caso es que no quiero tener ningún contacto con David —dijo Mary Jo con énfasis—. Y tampoco quiero, desde luego, que tenga acceso a Noelle.

—Por lo que he oído, creo que tienes razón.

La expresión de Mary Jo se suavizó.

—Te agradezco mucho que digas eso. Linc está empeñado en que David me pase una pensión. Le he dicho a mi hermano que David tiene problemas constantes de dinero, pero sigue creyendo que debe pagar. ¿Cómo va a pagar una pensión?

—En otras palabras, que no se le pueden pedir peras al olmo.

Mary Jo bajó los ojos.

—Me daría lo mismo que tuviera todo el dinero del mundo. No quiero que se acerque a mi hija.

Mack le dio de nuevo la razón.

—Ben Rhodes ha tenido la generosidad de abrir una cuenta de ahorro para Noelle, como hizo para la otra hija de David. También se ofreció a ayudarme económicamente. Sabía que su hijo no podía, o no querría.

—Sí, lo recuerdo. ¿Seguro que haces bien rechazando su oferta?

—Sí —contestó Mary Jo enseguida—. No me sentiría a gusto si la aceptara.

Mack entendía (y compartía) su punto de vista.

—Me gusta mucho este pueblo —dijo Mary Jo, intentando visiblemente cambiar de tema—. En cuanto me bajé del ferry en Nochebuena, me sentí en paz, como si... como si éste fuera mi sitio. Sospecho que, cuando quise venir esta tarde, en el fondo confiaba en encontrar un modo de que Noelle y yo vivamos aquí.

—Me haría muy feliz que así fuera.

Se miraron a los ojos y Mack sintió crecer la tensión entre ellos. En otras circunstancias, la habría besado, pero temía asustarla. Era, sin embargo, un hombre paciente. Sabía lo que quería, y cada minuto que pasaba con Mary Jo y Noelle le hacía más consciente de ello.

CAPÍTULO 17

Charlotte Rhodes pensaba preocupada en Ben mientras le servía el primer café del día y él recogía el periódico del porche.

Ben se comportaba de forma extraña desde que habían vuelto del crucero. Ni siquiera mostraba interés por la tarta de coco de Charlotte, y eso era sumamente raro.

Al volver del Caribe, Charlotte había supuesto que se trataba de algún achaque físico. Pero durante las semanas transcurridas desde entonces se había dado cuenta de que su dolencia era de carácter emocional. Su marido estaba deprimido.

—La comida para los mayores es hoy —le recordó ella al llevarle el café. Harry, su gato, se había acurrucado en el regazo de Ben. Al principio no había aceptado a Ben, pero con el tiempo se había convertido en el compañero inseparable de su marido.

—¿Te importa que esta vez me la salte? —masculló Ben desde detrás del periódico.

Charlotte hizo amago de protestar, pero se detuvo.

—¿Te encuentras mal? —preguntó al sentarse en el diván, junto a su sillón. Apoyó la mano sobre su rodilla y lo miró. Ansiaba ayudarlo.

Ben bajó el periódico y la miró un momento. Luego se quedó con la mirada perdida.

—No, estoy bien —contestó con una sonrisa desganada—. Pero esta tarde prefiero quedarme en casa.

—Está bien, cariño, si eso es lo que quieres.

—Sí —le apretó la mano—. Gracias por comprenderlo.

Tras quedarse a su lado un momento, Charlotte regresó al dormitorio, donde se arregló. Jamás hubiera imaginado que Ben quisiera saltarse la comida para mayores. Era el hito social de todos los meses, el momento en que veían a sus mejores amigos. La mitad de las viudas del pueblo estaban enamoradas de él, y Charlotte sabía por qué. No sólo era guapo, encantador y ocurrente, sino que además era un hombre íntegro. Tenerlo a su lado era un regalo del cielo.

Todos sus amigos preguntarían por él, y ella no estaba segura de qué contestar. Bueno, ya se le ocurriría algo. Pobre Ben. Charlotte imaginaba que su depresión se debía, al menos en parte, a la indignante conducta de su hijo David. Ojalá supiera cómo ayudarlo a superar aquel trance. Lo único que podía hacer era ofrecerle consuelo y tranquilidad.

En cuanto acabó de vestirse, regresó a la cocina para preparar su contribución a la comida comunitaria. Como en casi todas las casas, la cocina era el centro de actividad. No sólo cocinaba allí, sino que pensaba mejor mientras estaba delante del fregadero, lavando los platos. Las discusiones más serias con sus hijos también habían tenido lugar allí.

¿Qué podía llevar a la comida? Su lasaña de brócoli había sido el gran éxito de enero. Muchas personas le habían pedido la receta. De hecho, aquellas comidas solían acabar en un intercambio de recetas. Algunas de sus preferidas procedían de las comidas para mayores, y también de los velatorios. La mejor receta de estofado que conocía procedía del velatorio de Sam, el mejor amigo de Clyde, su difunto marido. Cada vez que lo hacía, se acordaba de él. De los dos.

—Ben —dijo al salir de la cocina atándose el delantal a la cintura—. ¿Llevo pimientos rellenos o empanada de pollo?

Él tardó en contestar, como si sopesara la respuesta.

—La empanada.

—Muy bien. Yo también me inclinaba por ella.

Él asintió con la cabeza.

—Voy a hacer tres para que haya bastante para ti, y esta tarde les llevaré una a Olivia y a Jack.

—Estupendo —dejó a un lado el periódico para acariciar a Harry, que dormía plácidamente sobre su regazo.

Charlotte regresó a la cocina y sacó la harina y la manteca. Jamás usaba masas precocinadas. Tenía tiempo de sobra y una receta insuperable heredada de su madre.

—Ven a charlar conmigo —le gritó a Ben mientras amasaba la harina y la manteca. La masa era suave y flexible. Su madre siempre le advertía que no la amasara demasiado, pero el tiempo exacto se había convertido en cuestión de instinto. Charlotte suspiró. Su madre, Dios la tuviera en su gloria, era una cocinera maravillosa.

Algunas de las recetas que había recopilado para el nuevo restaurante de Justine procedían de su madre. Había unas cuantas, desde luego, que resultaban un poco difíciles de llevar a la práctica en una cocina moderna... ¡y un cocinero no podía pasarse todo el día preparándolas!

—¿De qué te ríes? —preguntó Ben al sentarse en una silla de la cocina.

—Estaba pensando en mi madre y en sus buñuelos.

—¿Ah, sí?

—Se pasó años diciéndome que era una receta secreta de la familia. ¡Valiente secreto! Harina y agua, ésos eran los dos ingredientes principales.

—¿Nada más?

—Bueno, había un par de cosas más, pero nada del otro mundo. El verdadero secreto es hacerlos con mucho mimo. Eso es lo que decía siempre: con mucho mimo. Me pareció demasiado vago e impreciso para Justine, así que esa receta la dejé fuera.

—¿Se las has dado ya?

—No, pero casi he acabado de recopilarlas —muchas de las recetas originales habían estado perdidas muchos años, o nunca se habían puesto por escrito, y Charlotte había tenido que reconstruirlas de memoria. El proyecto la había ayudado a llenar los sombríos días del invierno. Y como últimamente

Ben estaba tan deprimido, prefería no alejarse mucho de casa.

—Me siento culpable por usar pollo asado de la tienda para la empanada —confesó Charlotte. Había comprado dos pollos el día anterior, porque siempre venían bien y no se echaban a perder.

Ben quitó importancia al asunto.

—Nadie lo notará.

—Yo sí, pero están casi igual de sabrosos y ahorran tiempo.

Ben se levantó y se sirvió otra taza de café.

—Ayer tarde llamó David.

Las manos de Charlotte se detuvieron un momento. David debía de haber llamado mientras estaba haciendo la compra. Esperó a que Ben dijera algo más y, al ver que guardaba silencio, prefirió no decir nada. Ben se lo contaría cuando estuviera listo.

—Quería otro préstamo.

No era de extrañar: su hijo pequeño sólo llamaba cuando necesitaba dinero. David era drogadicto y no sabía administrar el dinero. Además, carecía de escrúpulos. Era capaz de mentir a todo el mundo, incluida a esa pobre chica con la que acababa de tener un bebé. Y a su padre.

—¿Qué le dijiste? —preguntó Charlotte.

—Que no.

—Y se enfadó contigo —aquello era ya una rutina. Ben se había mantenido fiel a su palabra: se negaba a prestar más dinero a su hijo hasta que David le devolviera lo que ya le había prestado. Desde que estaban casados, Ben había recibido un par de cheques de él, los dos sin fondos.

Nada, sin embargo, había disgustado tanto a Ben como enterarse de que David había engendrado una hija y luego había abandonado a la madre. Y eso después de su divorcio. David, naturalmente, negaba cualquier responsabilidad en el embarazo de Mary Jo, pero teniendo en cuenta su historial y la sinceridad de la chica, estaba claro que mentía.

—Discutimos —murmuró Ben, visiblemente apenado.

Charlotte dejó la masa sobre la tabla cubierta de harina.

—A mí también me ha decepcionado mi hijo –dijo, deseosa de tranquilizarlo haciéndole ver que muchos padres afrontaban aquella situación. Rara vez hablaba de Will como una desilusión, pero lo cierto era que las continuas infidelidades de su hijo la habían avergonzado profundamente. Como cualquier madre, quería creer lo mejor de su hijo. Pero, por desgracia, sabía que eso ya no era posible tratándose de Will.

Ben sacudió la cabeza.

—Will tiene muchos defectos, pero no son comparables con los de David.

—Supongo que no... –al menos Will no había intentado robarle, ni a ella, ni a ninguna otra persona, de eso estaba segura. Y se estaba portando como un buen hermano con Olivia durante su enfermedad.

—No dejo de preguntarme qué pude hacer para enmendar a David cuando era joven –dijo Ben.

—No puedes echarte la culpa –se apresuró a contestar Charlotte–, lo mismo que yo no puedo culparme por las... flaquezas de Will.

Ben parecía estar de acuerdo con ella.

—Racionalmente, sé que tienes razón, pero eso no borra mi mala conciencia.

Charlotte le entendía muy bien. Al descubrir que Will se había aprovechado de Grace Sherman, que le había mentido y engañado, había quedado horrorizada. Reconocer los defectos del carácter de un hijo era una experiencia muy penosa para una madre.

—Además, Will ha sentado la cabeza –dijo Ben–. O eso parece.

Charlotte confiaba en que así fuera, pero no podía estar segura. Su hijo nunca le había mostrado aquella faceta suya. En apariencia, era el hijo perfecto. Charlotte, sin embargo, no podía pasar por alto los aspectos más ingratos de su conducta.

—Hablé con él hace poco –dijo– y parece que la galería va bien. Me alegra verlo tan entusiasmado.

–He oído que está saliendo con Shirley Bliss.

Charlotte también había oído aquel rumor. La artista había atraído enseguida la atención de su hijo. Charlotte confiaba en que su relación les hiciera bien a ambos.

Ben volvió al cuarto de estar, con su periódico, y Charlotte siguió cocinando. Tras colocar la masa en tres recipientes distintos, hizo la salsa y añadió el pollo cortado en trozos y las verduras salteadas. Cuando acabó, vertió la mezcla en los recipientes, los tapó con tiras de masa y los metió en el horno.

Puso la lavadora y se reunió con Ben en el cuarto de estar. Su marido estaba haciendo el crucigrama y Charlotte se sentó frente a él y tomó su punto. Pasaron tres cuartos de hora enfrascados cada uno en su tarea, mientras se cocían las empanadas.

Justo antes de las once y media, Charlotte sacó las empanadas del horno, se puso el abrigo y recogió su bolso. Era la primera vez que Ben no asistía a la comida para mayores desde que estaban casados.

Ben llevó la empanada caliente al coche y besó a Charlotte antes de que se marchara.

–Que te lo pases bien.

Ella le dio un beso.

–Volveré en cuanto pueda.

–No hace falta que te des prisa. Harry y yo vigilamos el fuerte.

A pesar de que su marido la había animado a quedarse con sus amigos, Charlotte regresó dos horas después, con la cabeza como un bombo. Ben salió a recibirla a la puerta y le quitó de las manos la fuente vacía.

–¿Te lo has pasado bien?

–Sí, claro, como siempre. Todo el mundo me ha preguntado por ti. Les he dicho que estabas un poco acatarrado –por suerte, había logrado eludir otras preguntas. Algunos amigos le habían pedido detalles, convencidos de que Ben debía de haber caído víctima de un virus muy agresivo que rondaba por la zona. Ella les había asegurado que estaba bien, y físicamente era cierto. Anímicamente, era otra historia.

Ben llevó la fuente vacía al fregadero y miró a Charlotte con el ceño ligeramente fruncido.

–¿Qué ocurre? –preguntó.

–Nada, pero tengo noticias interesantes.

–Siéntate y cuéntamelas.

Charlotte apartó una silla de la cocina.

–El sheriff Davis se pasó por allí para hablar con nosotros –dijo.

Ben tomó la gacetilla que una vez al mes se enviaba a los mayores que pertenecían al centro. Charlotte la había dejado sobre la mesa. Ben le echó un rápido vistazo.

–Aquí dice que la charla de hoy la daba Grace.

–Ah, sí, y lo ha hecho de maravilla –aunque Charlotte trabajaba como voluntaria en la biblioteca, siempre le asombraba cuántos libros había en los que nunca había reparado–. Tuvo la amabilidad de llevar una caja de libros y nos hizo un resumen de cada uno. Y tenían muy buena pinta, Ben. Anoté el título de varios que creo que nos gustarían.

–¿Cuándo habló el sheriff Davis?

–Después de Grace. Apareció sin avisar y pidió dirigirse al grupo –Troy se pasaba por allí una o dos veces al año, normalmente para darles una charla prevista en el programa de actividades. Charlotte siempre le había tenido cariño, y agradecía lo que hacía por los mayores.

–¿Qué os dijo? ¿Volvió a advertiros de que no deis datos personales por teléfono?

–Esta vez, no. Nos pidió ayuda.

–¿Y eso?

Charlotte acercó más su silla a la mesa.

–Recuerdas lo que leímos sobre esos restos que encontraron en la cueva, fuera del pueblo, ¿verdad?

–Claro. Fue poco antes de Navidad. Y desde entonces el asunto ha salido varias veces en la prensa y en la tele.

–Sí. Pues hay novedades. Según el informe del forense, los restos pertenecen a un muchacho que tenía síndrome de Down. El sheriff nos preguntó si alguno se acordaba de una familia que tuviera un hijo con síndrome de Down.

—¿Y alguien se acordaba? —preguntó Ben.

Charlotte negó con la cabeza.

—Estuvimos dándole vueltas al asunto un buen rato. Bess se acordaba vagamente de una mujer que tenía un hijo así. Yo también, pero te aseguro que no recuerdo quién era.

—Seguro que te acordarás, con el tiempo.

Uno de los efectos más fastidiosos de la vejez era el olvido, aquellos odiosos fallos de la memoria. El nombre estaba allí, justo al borde de su conciencia, pero se le escapaba. No descansaría hasta que se acordara.

—Seguro que te viene a la cabeza en plena noche —dijo Ben.

Su confianza en ella tranquilizó a Charlotte.

—Cuando Troy se marchó, Bess y yo estuvimos hablando de quién podía ser. Mentamos un par de nombres, pero ninguno encajaba. Yo creo que esa mujer era familia de alguien que vivía antes aquí. Prima, tía o algo así. ¿Por qué no me acuerdo? —se tocó un lado de la cabeza con el dedo índice.

Ben se reclinó en su silla.

—Dime qué recuerdas. Quizás eso te refresque la memoria.

—Sé que vi al chico una vez.

—¿Sólo una?

—Sí, creo que estaba con su tía. Al menos, eso me parece recordar. Ella se quejó de que su madre casi no lo dejaba salir de casa. La madre, cuyo nombre se me escapa por completo, era muy protectora con él. Quería protegerlo de todo el mundo. Ella también era una especie de ermitaña, creo.

—¿Cuándo fue eso?

Charlotte sacudió la cabeza. Hacía tantos años...

—No estoy segura, hace tres o cuatro décadas. Puede que más. Su tía, o quien fuese, lo llevó al parque del puerto. El chico estaba loco de contento. Ella dijo que seguramente era la primera vez que pisaba un parque.

—¿Qué estaban haciendo?

—Todavía veo al chico en el tiovivo. Se reía, parecía feliz de estar al sol —empezaba a recuperar lentamente aquel recuerdo. Hablar ayudaba, como había dicho Ben.

—Continúa –la instó él.

Charlotte cerró los ojos.

—Su tía parecía encantada con todo lo que hacía –sonrió al recordar, aunque no lograba visualizar claramente a la mujer. ¿Por qué no se acordaba de su nombre?–. La madre quería mucho al chico. Y la tía también. Si le pasó algo, me apostaría cualquier cosa a que ellas no tuvieron nada que ver.

—Pero no hay nada que indique que sea el mismo chico.

—Lo sé –Charlotte asintió. Aun así, sospechaba que era él. Se levantó, ceñuda.

—Deja que tu mente descanse –le aconsejó Ben–. Acabarás por recordar su nombre.

Tenía razón, pero era difícil seguir su consejo. Charlotte conocía a aquella familia, o la había conocido en su momento, y siguió pensando en ello.

—¿No dijiste que querías llevarle una empanada a Olivia?

—Ay, Dios, casi se me olvidaba.

—¿Quieres que te acompañe? –preguntó Ben, y Charlotte se llevó una sorpresa.

Los ojos de su marido habían recuperado su brillo. Charlotte se animó.

—Me encantaría.

—He decidido que no puedo permitir que las debilidades de mi hijo alteren mi vida. Lo único que puedo hacer es esforzarme por ser un buen abuelo –la miró a los ojos y la tomó de la mano–. ¿Nos vamos, cariño?

Iba a recuperarse. Charlotte estaba segura de ello.

CAPÍTULO 18

Casi había acabado la jornada de trabajo. Megan le había pedido que se pasara a verla antes de irse a casa, y Troy había aceptado. Su hija no le había dicho por qué, pero había insinuado que se trataba de algo muy importante.

El teléfono sonó cuando se disponía a salir del despacho. Pensó en no contestar, pero, exhalando un suspiro, estiró el brazo por encima de la mesa y levantó el teléfono.

–Sheriff Davis.

Era Kathleen Sadler, la periodista de Seattle empeñada en avergonzar a Cedar Cove. Quería nuevos datos sobre los restos encontrados en la cueva. Firme pero educado, Troy le dio una respuesta que no le comprometía a nada, se disculpó y colgó. Esa semana había hablado con el grupo de personas mayores del pueblo para pedirles ayuda e información, y gracias a ello había conseguido la pista más prometedora que tenía hasta la fecha. Al presentarse en su reunión mensual, había actuado movido por un impulso. A veces, los delitos se resolvían de la forma más inesperada.

Debido a la llamada de Sadler llegó algo más tarde de lo que le había dicho a Megan. Su hija abrió la puerta antes de que llegara a ella, como si hubiera estado esperándolo mirando por la ventana.

–Creía que no ibas a venir –dijo.

–Te dije que vendría –no entendía por qué era tan importante que fuera a verla un jueves por la tarde. Ella también tenía que haber llegado corriendo del trabajo.

—Ya lo sé, pero es que... —vaciló—. No importa. Pasa. He hecho tus galletas de avena preferidas.

Después del día que había tenido, Troy se alegró de tener una excusa para relajarse. Al dejarse caer pesadamente en una silla de la cocina murmuró:

—¿Qué celebramos?

—Puedes considerarlo un regalo de San Valentín con retraso.

Aquel año, el día de San Valentín había sido un desastre. Troy había comprado una caja grande de costosos bombones para Faith. Jamás habría imaginado que aquellas chucherías costaran tanto. También le había comprado un ramo de rosas rojas. Podrían haber estado bañadas en oro, por lo que le habían costado. Al final, podría haber tirado todo aquel dinero al váter. La víspera del día en que pensaba darle los regalos a Faith, se enteró que ella pensaba marcharse del pueblo.

¡Y él que quería seducirla con bombones y flores!

Las rosas que se estaban marchitando en un jarrón, sobre la repisa de la chimenea, y los bombones los había guardado en la nevera. Si Faith quería volver a Seattle, no pensaba detenerla. De todos modos, no podía hacer nada al respecto. Faith era muy terca, y estaba claro que ya había tomado una decisión.

—¿Quieres café o té con las galletas? —preguntó Megan.

—Café —cualquier cosa era mejor que el café rancio de la comisaría. A menudo era tan negro como el alquitrán e igual de denso.

Su hija le llevó un plato con cuatro galletas y una taza de café con una pizca de leche, exactamente como a él le gustaba.

—Supongo que querrás algo —aquellas golosinas solían tener un precio.

—¡Papá! —Megan apoyó las manos en las caderas y puso cara de indignación—. ¿Cómo se te ocurre tal cosa? Ya casi no tenemos tiempo de hablar.

—Está bien, ¿de qué quieres que hablemos? —Troy cruzó las piernas y se recostó en la silla. Estaba seguro de que aquella conversación conducía a alguna parte.

Antes de que su hija pudiera responder, sonó el timbre.

Una expresión que a Troy le pareció de pánico cruzó el rostro de su hija.

—¿Esperas a alguien? —preguntó.

Ella se encogió de hombros y apartó la mirada.

—Qué va.

Megan corrió a abrir y Troy lo comprendió todo de golpe. Su hija no lo había invitado por casualidad: había decidido adoptar el papel de casamentera. Troy se levantó, apartó las galletas y el café y entró en el cuarto de estar.

—Hola, Faith.

Ella puso mala cara al verlo. Evidentemente, estaba tan sorprendida como él. Quizá más.

—Megan me pidió que me pasara por aquí para enseñarme la manta que ha tejido para el bebé —su tono daba a entender que no tenía nada que ver con aquella encerrona. Pero Troy no necesitaba que nadie le dijera que aquello era cosa de Megan.

—Voy a buscar la manta —dijo su hija alegremente, fingiendo que no notaba la tensión entre Faith y Troy—. ¿Por qué no os sentáis a hablar mientras yo... voy a buscarla?

En cuanto salió de la habitación, el silencio se hizo atronador. Troy se preguntaba cuál de ellos hablaría primero. Había decidido que no sería él. Pero, por lo visto, Faith había tomado la misma decisión. Se quedaron los dos mirando la alfombra, fingiendo ignorarse el uno al otro.

De acuerdo, él tomaría la iniciativa.

—Te pido disculpas —dijo secamente—. No tenía ni idea de que Megan iba a prepararnos una encerrona.

—Yo tampoco —contestó Faith.

Era agradable no discutir. Unos meses antes, solían hablar durante horas y horas. Se reían juntos y compartían recuerdos y sueños.

Troy exhaló un suspiro.

—Mira, sobre lo de la otra noche...

—La semana pasada, en el supermercado... —Faith empezó a hablar al mismo tiempo.

Se pararon ambos y se miraron el uno al otro.

—Las damas primero —dijo Troy, señalándola.

—No, tú primero —ella le devolvió el gesto.

Troy apenas sabía por dónde empezar. Hizo una par de torpes intentos.

—Cuando te vi... —se detuvo—. No debí decirte lo que...

Faith sonrió y su expresión se suavizó.

—¿De veras te estás disculpando, Troy Davis?

Él se rió y asintió con la cabeza.

—Sí.

—¿Siempre se te atascan las palabras en la garganta?

—Contigo, eso parece.

—Qué triste, ¿no?

Él tuvo que darle la razón.

Ella relajó los hombros.

—Reconozco que nadie me altera tanto como tú.

Seguían ocupando sus puestos respectivos: Faith cerca de la puerta y Troy al otro lado de la habitación.

—¿Eso es bueno o malo? —preguntó él.

Ella se lo pensó un momento.

—Un poco ambas cosas, creo.

Aquello pareció agotar la conversación. Volvió a hacerse el silencio. Cuando no pudo soportarlo más, Troy preguntó:

—¿Sigues pensando en mudarte?

Faith apartó los ojos.

—No sé. Creo que tal vez sería lo mejor.

—¿Por mí?

Ella sonrió.

—¿Por qué los hombres siempre creéis que sois la causa de todas las decisiones que toma una mujer?

—No sé. ¿Por qué?

—Lo dices como si esperaras que te contara un chiste —ella sacudió la cabeza, divertida—. Supongo que la respuesta es que os creéis el centro del mundo.

Él no se lo discutió.

—Seguramente tienes razón.

A Troy le pareció ver a Megan asomar la cabeza por la esquina, pero su hija no volvió con la mantita. Notaba el orgullo como un nudo en la garganta. De algún modo logró decir:

—No te vayas, Faith.

Sabía que, si ella se iba, lamentaría haberle pedido que se quedara. Se arrepentiría de haber intentado detenerla. Pero, para su asombro, los ojos de Faith se llenaron de lágrimas. Troy ignoraba qué había dicho para provocar aquella reacción. Cada vez que abría la boca, le daba un disgusto. Y eso era lo último que quería.

Sintiéndose completamente indefenso, se acercó a ella y la estrechó en sus brazos. Ella se resistió al principio. Luego, Troy sintió que su resolución se debilitaba y se apoyó contra él. Troy la abrazó con fuerza.

Megan carraspeó al entrar en la habitación. Se separaron como un par de adolescentes avergonzados.

—Aquí está la manta —anunció su hija levantando la voz más de lo necesario.

—A ver —dijo Faith con más entusiasmo del debido. Se apartó de Troy casi con brusquedad y se acercó a Megan.

Troy notó que se había puesto colorada. Mientras ella admiraba la manta de Megan, a Troy le daba vueltas la cabeza, llena de esperanza y emoción. Hacía semanas que no se sentía tan contento.

En el fondo, estaba convencido de que Faith lo quería tanto como él a ella. Su separación era absurda. Él sabía lo que quería, y era compartir su vida con Faith. Estaban hechos el uno para el otro. Estaba seguro de que, con el tiempo, ella también acabaría por reconocerlo.

—Megan, has hecho un trabajo espléndido.

Su hija sonrió, radiante.

—¿Te has fijado en el error que cometí aquí? —preguntó, señalando un pequeño defecto de la manta.

—No, y tampoco lo notará nadie.

—Yo sí, pero tengo que buscarlo. ¿Recuerdas lo que me dijiste cuando empecé a hacer punto? —Faith arrugó el ceño y se encogió de hombros ligeramente—. Dijiste —le recordó Megan— que, si un error me molestaba, debía deshacer la labor y corregir el error, pero que si era muy pequeño y apenas se notaba, debía olvidarme de él.

–Recuerda que hay tres formas de tejer: del derecho, del revés y...

–Cortando la lana –concluyó Megan–. Eso no es técnicamente una forma de tejer, pero yo lo hago, desde luego.

–Lo hace todo el mundo –dijo Faith, y ambas se rieron.

Faith hizo un par de comentarios halagüeños sobre la manta mientras Troy esperaba pacientemente.

–Debería irme –dijo él enfáticamente cuando Megan sacó una madeja nueva que había comprado. Saltaba a la vista que Faith y ella se habían hecho buenas amigas y estaban a gusto juntas.

Faith se volvió y lo miró a los ojos.

–Yo también. Uy, mira qué hora es –dijo–. Craig llegará pronto, ¿no? Y querréis cenar.

–Como quieras –dijo Megan. Troy la supuso convencida de que había cumplido con su deber.

Le sostuvo la puerta a Faith y estaba a punto de seguirla cuando Megan le puso la mano en el brazo y lo detuvo.

–No estás enfadado conmigo, ¿verdad?

Troy miró a Faith y vio que estaba junto a su coche, esperándolo.

–No, nada de eso.

–Había que hacer algo, y está claro que tú eres demasiado terco.

–¿Terco, yo? –protestó Troy–. ¿Y Faith? Ella sí que es terca.

–Puede que sí, aunque lo dudo –Megan se puso de puntillas para darle un beso en la mejilla–. No dejes que se te escape, papá.

–No lo haré –prometió él.

–Bien –le dio un suave empujón–. Pero ¿qué haces aquí parado? Ve a hablar con Faith.

–Eso es justamente lo que pienso hacer –bajó los escalones y se reunió con Faith en el camino de entrada.

Pero lo que pensaba decirle se le atascó en la garganta.

–¿Te apetecería pasarte por casa un rato? –preguntó ella cuando Troy llegó a su lado.

Él logró asentir de milagro.

—¿En quince minutos, digamos?
—¿En diez? —sugirió él.
Faith se rió.
—¿En cinco?
—¿Por qué no te sigo a casa?
Ella asintió con la cabeza.
Troy echó a andar hacia su coche.
—Nos vemos allí.
—¿Troy? —Faith lo detuvo. Parecía indecisa.
—¿Sí? —se volvió para mirarla de nuevo.
Ella se quedó callada un momento.
—Quiero que se resuelvan nuestras... nuestras diferencias.
—Yo también.
—Es sólo que... En fin, no sé...
—Faith —dijo Troy suavemente, acercándose a ella—, no hace falta que decidamos nada ahora. Vamos a hablar con franqueza, abiertamente, si los dos llegamos a la conclusión de que no tiene sentido estar juntos, zanjaremos la cuestión de una vez por todas. ¿Te parece?

Ella lo miró. Sus ojos tenían una expresión vulnerable. Dejaban entrever todo lo que había en su corazón.
—Sí —musitó.
Troy le tocó la mejilla y volvió apresuradamente a su coche.
Durante el breve trayecto, se sentía casi ebrio. Borracho de amor y esperanza. Rompió a reír sin razón aparente. Por fin iban a aclarar la situación.

Pero, al doblar la esquina de Rosewood Lane, vio las sirenas de dos coches patrulla. Estaban aparcados frente a la casa de Faith. Troy salió del vehículo antes de que Faith llegara al camino de entrada a la casa.
—¿Qué ocurre? —preguntó al ayudante Weaver, que salió a su encuentro.
—La compañía de seguridad ha telefoneado. Al parecer, alguien ha entrado en la casa.
Faith corrió hacia él con expresión asustada.
—¿Qué ha pasado, Troy?
—Parece que ha entrado alguien en la casa —intentando cal-

marla, le pasó un brazo por los hombros–. La empresa de la alarma llamó a mi oficina.

–También llamó un vecino al número de emergencias –añadió el ayudante Weaver.

Faith se tapó la boca con ambas manos.

–¿Cuándo va a parar esto? –sollozó–. ¿Qué quiere esa gente de mí?

Troy, por desgracia, no sabía la respuesta. Tras conferenciar con sus ayudantes, entró en la casa con Faith. Los desperfectos eran de poca importancia: una ventana rota, una lámpara en el suelo y un jarrón volcado. Pero bastaba con eso. Faith sofocó un gemido y Troy le tendió la mano para sostenerla.

Troy se quedó con ella mientras sus ayudantes concluían el atestado. Cuando se marcharon y la casa quedó de nuevo en silencio, se volvió hacia ella.

–Te ayudo a ordenar todo esto.

–No –contestó ella sacudiendo la cabeza–. No puedo enfrentarme a esto ahora. Me voy a pasar la noche a casa de Scott.

Troy entendía que estuviera tan alterada. Habría dado cualquier cosa por resolver aquello y averiguar por qué alguien estaba acosando a Faith.

–Me parece –dijo ella con voz trémula– que, aunque tú quieres que me quede en Cedar Cove, hay alguien que quiere que me marche.

CAPÍTULO 19

Era el primer martes de marzo y Christie había ido en su coche seminuevo a casa de Teri. Intentaba ir a ver a su hermana cada pocos días, sobre todo ahora que Teri apenas salía de casa.

Llevó la tetera al cuarto de estar, donde Teri estaba sentada con los pies en alto.

—Estás guapísima —le dijo a su hermana. A pesar de todo (de su evidente malestar y de los inconvenientes del reposo forzoso), era cierto.

—Me siento como una ballena —Teri apoyó las manos sobre su vientre hinchado—. Me quedan casi dos meses para salir de cuentas. Cuando llegue el momento de hacerme la cesárea, van a tener que usar una carretilla elevadora para moverme.

Christie se rió. ¡Trillizos! Sólo a Teri le pasaba una cosa así. Trillizos. Y sin fármacos para estimular la fertilidad.

—Pero estás bien, ¿no? —Christie puso la bandeja con la tetera y dos tazas sobre la mesa baja y se sentó en el sofá.

—Me siento como Sigourney Weaver en esa película. Ya sabes, en la que da a luz un alien. No sabes lo que es tener a tres futbolistas dándote patadas en las costillas y...

—¡Ay, Teri!

—No te rías.

Christie no podía evitar sonreír.

—Te lo vas a pasar tan bien con tus niños...

Su hermana se encogió de hombros.

—Sí, puede ser.

—Yo pienso pasármelo en grande con ellos. Me va a encantar ser tía —sabía que seguramente nunca sería madre, así que los niños de Teri también serías los suyos.

Teri y Bobby estaban locos de contento, y Christie nunca había visto un marido tan atento y cariñoso como Bobby. Había hecho realmente feliz a su hermana. Teri le había dicho a Christie que su felicidad de antaño no era nada comparada con la que sentía ahora.

Durante un tiempo, Christie había creído encontrar esa misma felicidad con James Wilbur, pero, como siempre, se había equivocado. James era como todos los hombres a los que había querido, sólo que había tardado más en revelar su verdadera cara.

Teri la miró reflexivamente, como si adivinara lo que estaba pensando.

—James...

—No empieces —le dijo Christie.

Teri parecía convencida de que Christie podía ser tan afortunada como ella. Pero Christie sabía que no era así. Sirvió el té con menta y le dio una taza a su hermana. Teri la aceptó agradecida.

—No puedes ignorar a James eternamente.

—¿Por qué no? —cruzó las piernas y comenzó a mover el pie para disimular su nerviosismo.

Teri la miró con tristeza.

—Estás enamorada de él y lo sabes. No sabía que fueras tan cabezota.

—Claro que lo sabías —replicó Christie, acordándose de su juventud. Su hermana conocía sus defectos mejor que nadie—. Me parece bien que quieras defender a James, pero yo ya he tomado una decisión.

—¡James te quiere!

—Sí, ya. Por eso me dejó.

—Estaba asustado —repuso Teri, defendiéndolo—. Eso no tuvo nada que ver contigo.

—Ajá —eso demostraba que ella tenía razón: cuando tenía

problemas, cuando había necesitado ayuda, no se le había ocurrido confiar en ella, en la mujer a la que, supuestamente, amaba.

Pero Christie no quería discutir con su hermana. Ya habían discutido bastante en el pasado.

—¿Te importa que no hablemos de James? —preguntó.

Una sola mirada le bastó para comprender lo desilusionada que estaba Teri.

—Deja que te cuente lo de mis clases —añadió.

Para sorpresa suya, le gustaban los cursos. La fotografía suponía un reto muy interesante, cuyos rudimentos ya dominaba. Había estado practicando con una cámara que le había prestado la escuela, pero pensaba comprarse una propia. Una o dos veces había coincidido con Jon Bowman, el yerno de Grace Sherman. Tal vez él pudiera recomendarle una cámara digital. Y como iba a crear un negocio propio, tenía que aprender contabilidad. Había descubierto que le encantaban las clases y que los deberes no le daban ningún problema. Siempre se le habían dado bien las matemáticas, incluso de niña. Se aprendía los números de teléfono con sólo oírlos una o dos veces. Su habilidad con los números, entre otras cosas, le había permitido encontrar trabajo como cajera en Wal-Mart. Y hacer el balance de su cuenta bancaria tampoco le daba problemas. Sobre todo porque normalmente daba como resultado cero.

—Le devolviste su regalo de San Valentín —Teri hizo una pausa—. Las flores eran preciosas. Lo sé porque acabó dándomelas a mí.

Christie exhaló un fuerte suspiro.

—¿Otra vez vas a empezar con eso?

Teri le lanzó una mirada suplicante.

—Explícamelo.

—¿Explicarte qué?

—Por qué no lo perdonas. Por qué no aceptas que, cuando salió a la luz la noticia, James tuvo la necesidad de escapar. Seguro que puedes ponerte en su lugar.

—No —replicó Christie—. No puedo.

—No te creo —dijo Teri—. El pobre James...

—Escapó de Bobby y de ti y a mí me dejó, como todos los hombres a los que he querido.

—Christie, tienes que darte cuenta de que James no es como los demás. Es James. Su infancia fue un infierno. Sus padres lo condujeron al colapso mental, hasta el punto de que acabó en un hospital psiquiátrico. Cuando quedó claro que ya no podía jugar al ajedrez, le dieron la espalda. ¡A su propio hijo! Si no fuera por Bobby, no sé qué habría sido de él.

—Pues no parece que le esté muy agradecido —contestó Christie—. Se marchó cuando Bobby lo necesitaba.

—Quieres decir que se marchó cuando lo necesitabas tú.

—Sí —respondió Christie—. Creía que James era distinto. Creía que podía confiar en él. Fui una idiota.

—Volvió por ti —dijo Teri con calma.

—Pues peor para él, porque no me interesa.

Teri fingió no haberla oído.

—Se dio cuenta de que las historias sensacionalistas que sacara a relucir la prensa no importaban. Decidió dejar de esconderse —hizo una pausa, como si esperara que Christie reconociera lo duro que había sido para James enfrentarse a su pasado.

De acuerdo, Christie podía entender sus temores. Pero eso no justificaba que la hubiera abandonado.

—¿Te imaginas lo que ha sido para él? —preguntó Teri retóricamente—. Ha permanecido en el anonimato todos estos años y luego, de pronto, sin quererlo él, se convierte en noticia. Fue una pesadilla para él. Huyó por instinto. ¿Quién sabe lo que habríamos hechos nosotras en su situación? Pero, en cuanto tuvo las cosas claras, volvió, y la primera persona a la que pidió ver fuiste tú.

Christie seguía en sus trece.

—Todo esto me ha enseñado una cosa importante sobre mí misma —dijo—. Que no necesito a ningún hombre.

Era una convicción liberadora. Después de cada ruptura, se lanzaba de inmediato en busca de una nueva relación, temerosa de estar sola. Temía, al mismo tiempo, no ser suficiente para el otro. Los hombres con los que se emparejaba eran siempre del mismo tipo: borrachos, drogadictos, fracasados de una clase u otra. Hombres a los que creía poder rescatar con amor, empatía y comprensión. Por no hablar de dinero.

En las horas de soledad posteriores al abandono de James, había llegado a ciertas conclusiones. En primer lugar, ella era una persona valiosa, y ningún hombre la haría sentirse completa o realizada. Eso tenía que surgir de su interior. En segundo lugar, tenía una necesidad excesiva de sentirse necesitada. Ahora se daba cuenta, y no estaba dispuesta a caer en la misma trampa.

Aunque disfrutaba de su trabajo, quería más. Con aquellos cursos de fotografía y contabilidad, iba a labrarse una carrera. Al principio haría encargos en sus horas libres; de ese modo, contaría con un sueldo fijo. Y, costara lo que costase, no iba a permitir que ningún hombre arruinara sus oportunidades ni se interpusiera en su camino.

—Sé que estás dolida —dijo Teri—, pero me gustaría que le dieras otra oportunidad a James.

Christie sacudió la cabeza, inflexible.

Cuando por fin logró que dejaran de hablar de James, disfrutó de la visita a su hermana. Aunque Teri parecía contenta y no se quejaba, Christie sabía que el embarazo le estaba pasando factura. Su hermana era una persona muy activa y extravertida, y estar encerrada en casa se le hacía muy difícil. Aunque Christie prefería evitar todo contacto con James, Teri la necesitaba. Prometió pasarse por allí de nuevo un día o dos después.

Bobby la acompañó a la puerta, lo cual era poco frecuente. Christie dedujo que quería decirle algo de lo que no deseaba que se enterara su mujer. Su cuñado miró furtivamente hacia el cuarto de estar, donde Teri seguía sentada.

—Teri está bien —dijo Christie para tranquilizarlo.

—Son los tres niños —anunció Bobby sin preámbulos.

—¿Ya lo sabéis?

Bobby asintió con la cabeza.

—Vi la ecografía. Teri no quiso mirar, pero yo sí.

—Tres niños —repitió Christie, sonriendo.

—Teri quiere una niña —dijo él con el ceño fruncido.

—Eso no va a ser una desilusión para ella, créeme —le dijo Christie.

—Querrá quedarse embarazada otra vez, hasta que tenga una niña. Y no sé si debe.

Christie sabía que estaba preocupado por la salud de Teri y el desgaste físico de aquel embarazo. Pero sabía también el poder que Teri tenía sobre él.

—Lo que quieres decir es que, si mi hermana quiere algo que está en tu mano darle, lo harás. ¿No es eso?

Bobby bajó los ojos. Christie tuvo que esforzarse por no echarse a reír. Bobby adoraba tanto a Teri que no podía negarle nada. ¡Ay, si ella tuviera un hombre que la quisiera tanto! Confiaba en que Teri supiera lo afortunada que era.

—Créeme —repitió—, cuando nazcan los niños, lo último que se le pasará por la cabeza a Teri será quedarse embarazada otra vez.

Bobby pareció alarmado.

—Pero seguirá... ya sabes... —se interrumpió como si diera por sentado que ella le entendía.

Y así era. Sólo Bobby podía preguntar algo así.

—Bueno, supongo que seguirá siendo tan cariñosa como siempre. Posiblemente más aún.

Bobby bajó los hombros, aliviado.

Christie se inclinó, lo besó en la mejilla y salió. Cuando llegó a su coche y abrió la puerta, sofocó un grito de sorpresa. Allí, en el asiento, había una rosa roja de tallo largo.

Christie se puso furiosa. Tomó la rosa y cruzó el camino en dirección al garaje. Antes, James vivía en el apartamento de arriba. Era de suponer que habría vuelto allí. Christie subió la escalera hecha una furia. Cuando llegó al descansillo estaba sin aliento.

Golpeó la puerta con el puño. De pronto se dio cuenta de lo que había hecho, pero ya no había tiempo para dar marcha atrás. James estaba allí, en la puerta. Sonrió al verla, con una mirada cálida y... amorosa.

Christie olvidó lo que quería decirle. Verlo cara a cara había sido un error. Un error enorme.

De pronto se apoderaron de ella las ganas de llorar, pero por suerte se le pasaron enseguida, y un nuevo arrebato de ira ocupó su lugar. James ya había usado el truco de la rosa otras veces. Cada vez que Teri lo mandaba a buscarla o a llevarla a casa, había una rosa esperándola en el asiento. Al principio, Christie pensó que las flores las dejaba su hermana. Más tarde descubrió que eran de James.

–Christie... –su voz era suave, casi un susurro.

Ella seguía mirándolo con enfado, aunque sospechaba que parecía una idiota. Arrojó la rosa a sus pies, dio media vuelta y bajó a toda prisa la escalera.

James la siguió con más calma.

Ella echó a correr con intención de montar en el coche y marcharse de allí a toda velocidad. Pero cuando se disponía a abrir la puerta descubrió que la había cerrado con llave. Furiosa al ver que no se abría, se echó hacia atrás y tropezó con el pecho de James. Él la agarró de los hombros.

Christie se apartó gritando:

–¡No me toques!

–La verdad –dijo él con calma– es que pienso constantemente en tocarte.

–Pues no lo hagas –se apartó el pelo de la cara, tomó torpemente las llaves del coche y las dejó caer al suelo.

–Permíteme –dijo James educadamente, y se agachó para recogerlas.

–No vuelvas a traerme una rosa. ¿Entendido?

Él le devolvió las llaves.

–Entendido. Lo siento, pero no sé si seré capaz de parar.

–Pues oblígate –se apartó de él y metió la llave en la cerradura.

–Te quiero –sus palabras sonaron suaves. Sinceras.

–¡Me da igual!

Se suponía que aquello no debía ocurrir. Tenía pensado demostrarle una fría indiferencia. Y sin embargo él la había turbado de tal modo que estaba a punto de llorar y no lograba hablar con coherencia. Tomó aire, se atragantó y no pudo articular palabra.

Comprobó horrorizada que las lágrimas comenzaba a rodar por sus mejillas. Luego, de pronto, el nudo que tenía en la garganta se aflojó y pudo respirar de nuevo. Y hablar.

−Yo no te quiero −pronunció cada sílaba con énfasis.

−Embustera.

La avergonzaba que James adivinara tal fácilmente sus verdaderos sentimientos.

−Reconozco que antes te quería, pero ya no −dijo.

−No te creo.

−Piensa lo que quieras −montó en el coche y cerró la puerta. No estaba dispuesta a enzarzarse en una discusión inútil. Cegada por las lágrimas, puso en marcha el motor y dio marcha atrás sin mirar por el retrovisor. Si James era tan tonto como para no quitarse de en medio, sería culpa suya si lo atropellaba.

Cuando llegó a casa, tardó una hora en dejar de temblar. Estuvo paseándose de un lado a otro y mordiéndose las uñas, una costumbre que detestaba. Luego encendió la televisión y se sentó a verla. Pasados treinta segundos, volvió a levantarse.

Esa noche no pudo dormir.

Seguía haciendo el turno de primera hora de la mañana en el trabajo para poder asistir a clase por las tardes. Todavía era de noche cuando salió al aparcamiento de su casa, al día siguiente. Su aliento dejaba nubecillas en el aire gélido, y se frotó las manos para ahuyentar el frío. Abrió la puerta del coche y, al encenderse la luz interior, vio otra hermosa rosa roja de tallo largo.

Cerró los ojos, exasperada. Luego tomó la rosa, la arrojó al suelo y la pisoteó.

CAPÍTULO 20

Grace llevaba casi dos semanas preparando aquella sorpresa para Olivia. En cuanto se lo dijo a Peggy Beldon, ésta llamó a Corrie McAfee. Poco después, Faith también se sumó al plan. A los pocos días, Charlotte había hecho correr la noticia entre las amigas de Olivia, y Grace tenía más voluntarias de las necesarias. Todo el mundo que la conocía quería a Olivia.

Lo único que necesitaban era un día sin lluvia. En el noroeste del Pacífico, el mes de marzo era extremadamente húmedo. El viernes por la mañana, sin embargo, Grace vio al levantarse que el cielo estaba despejado y brillaba el sol. Tras semanas de continua llovizna, se agradecía el cambio.

El hombre del tiempo predijo que brillaría el sol el resto del día y que por la noche volverían los nublados y la lluvia. Grace calculó que unas pocas horas de sol bastarían para lograr lo que se proponía.

Levantó el teléfono de la cocina y se disponía a marcar el número de Peggy cuando Cliff entró en la cocina para servirse una taza de café. Ya había estado en el establo, dando de comer a los caballos. Nunca se quedaba en la cama más allá de las siete. Sus caballos no se lo permitían.

—Buenos días, cariño –dijo.

Bebió un sorbo de café, dejó la taza y se acercó a ella por detrás para frotar la nariz contra su cuello.

—Cliff... –le reprendió ella, riendo–. Tengo que llamar a Peggy.

Respiró hondo. Cliff olía a heno fresco y a cuero, una mezcla que le parecía inmensamente viril. Siempre asociaba aquellos olores con su marido.

—Anoche no te quejabas —le recordó él mientras ella marcaba. Tenía razón.

—Anoche no estaba hablando por teléfono.

—Buenos días, Thyme and Tide —dijo Peggy con su amabilidad habitual. Tenía un don para hacer que la gente se sintiera valorada, incluso por teléfono.

—Nos vemos en la ferretería a las nueve y media —dijo Grace, intentando ignorar el movimiento de las manos de su marido—. ¿Puedes... puedes avisar a Corrie?

—Claro —le dijo Peggy—. Nos vemos allí.

—Estupendo —consiguió decir Grace mientras Cliff le mordisqueaba el cuello. Suspiró aliviada al colgar el teléfono. Luego se giró en los brazos de su marido—. Te estás buscando problemas, Cliff Harding.

—Ajá —la besó sonoramente en los labios.

A Grace le encantaban sus juegos, y respondió con entusiasmo.

Unos minutos después, Cliff la soltó, a pesar de que todavía tenía los ojos cerrados.

—Haces que me sienta inmensamente feliz de estar casado.

—Me alegro. Recuérdalo hasta que vuelva a casa esta tarde.

—Lo haré.

Grace abrió la nevera y sacó un frasquito de yogur. Era lo que desayunaba, junto con un café.

—¿Qué os traéis entre manos Peggy y tú? —preguntó Cliff. Tomó el frasco de mantequilla de cacahuete y metió dos rebanadas de pan integral en la tostadora.

—Es por Olivia, ¿recuerdas? —al ver que parecía desconcertado, explicó—: Vamos a quedar unas cuantas para plantar flores en el jardín de Olivia. Es como si fuéramos a regalarle un ramo de flores para que se ponga bien, pero a lo grande.

—Sí, ya me acuerdo. Pero ¿no es un poco pronto para plantar flores? —preguntó su marido.

—A algunas variedades les va bien este tiempo, y cuando llegue abril estarán en plena floración.

Las tostadas acabaron de hacerse y Cliff las puso sobre la encimera y las untó con una gruesa capa de mantequilla de cacahuete. Grace abrió el armario y le dio un plato. Él lo aceptó sonriendo de soslayo.

—Si te empeñas.

—Sí, me empeño.

Cliff se apoyó en la encimera y dio un mordisco a su desayuno mientras Grace sacaba una cuchara del cajón de los cubiertos y se sentaba a la mesa. Años atrás había leído un libro de dietética que decía que jamás había que comer de pie. Y seguía aquel consejo desde entonces.

—Volviendo a Olivia —continuó Cliff—, está superando el cáncer, ¿verdad?

—Creo que sí, pero es muy pronto para saberlo. Creo que esto puede levantarle el ánimo. Lo ha pasado muy mal últimamente, y he pensado que le vendría bien alegrarse un poco —según Jack, la segunda sesión de quimioterapia y la tercera habían sido más duras que las anteriores—. Peggy y Corrie querían ayudar —continuó Grace—, y luego también se apuntó Faith. Charlotte va a llevarnos la comida.

Cliff apartó una silla y se sentó frente a ella.

—Eres una amiga estupenda, Grace.

Grace sacudió la cabeza, quitando importancia a su halago.

—Olivia es mi mejor amiga. Es lo menos que puedo hacer por ella.

—A mí también me gustaría ayudar —se ofreció Cliff.

Ella sonrió, agradecida.

—Gracias, cielo, pero creo que ya lo tenemos todo.

—Está bien, pero avísame si necesitáis algo.

—Lo haré —prometió ella mientras acababa su yogur. Dejó el frasquito en la basura y estaba a punto de marcharse cuando Cliff la detuvo.

—Imagino que no habéis avisado a Jack, ¿no? —preguntó.

—Eh... —no, no le habían avisado.

Cliff sonrió.

—Anda, vete. Yo me ocupo de eso.

—Gracias.

A las nueve y media, Grace y sus compinches se encontraron junto a la ferretería del pueblo. Peggy llegó en su camioneta, con Corrie a su lado. Faith fue en su coche y Charlotte estaba esperándolas en el aparcamiento, junto con Ben. Cuando Grace aparcó junto a la camioneta de su amiga, Peggy se bajó y le dio un abrazo.

—Bob ha construido cuatro jardineras para el porche de Olivia.

—Qué maravilla —dijo Grace, encantada.

—Roy también quería contribuir —dijo Corrie—, así que las ha pintado. Son blancas y han quedado muy bonitas. A Olivia le van a encantar.

—¡Estupendo!

—Charlotte trae tanta comida en el asiento de atrás que podría alimentar a todo un regimiento —les dijo Ben.

—¿Cómo puedes decir eso, Ben Rhodes? —masculló Charlotte—. Espero haber traído suficiente. Con tanto esfuerzo, las chicas van a tener hambre.

Entraron en la tienda y cada una agarró un carrito. Tras elegir lo que necesitaban y seleccionar diversas semillas, lo cargaron todo en la camioneta de Peggy y se pusieron en marcha.

Llegaron a la casa de Olivia en Lighthouse Road poco antes de las diez y media. Jack salió a recibirlas al porche.

—¡Hola a todas!

—Supongo que te ha avisado Cliff —dijo Grace al acercarse a él.

—Es una idea fabulosa.

—¿Lo sabe Olivia?

—Todavía no —contestó Jack—. He pensado que era mejor que se lo dijerais vosotras.

Grace subió corriendo los escalones del porche.

—¿Qué tal está hoy?

Jack titubeó.

—Ha pasado mala noche.

Grace sospechaba que Olivia dormía mal últimamente. El día anterior, cuando habían hablado por teléfono, Olivia parecía cansada. La última sesión de quimioterapia la había debilitado, dejándola exhausta.

—¿Puedo ayudar en algo? —preguntó Grace.

Jack la miró a los ojos.

—Creo que ya lo estás haciendo.

Grace pasó a su lado y entró en la casa.

—¡Olivia! —llamó, y su voz resonó en el cuarto de estar—. ¿Dónde estás?

—¡Aquí atrás! —oyó la voz débil de Olivia al fondo del pasillo.

Grace la encontró en el dormitorio de atrás, donde su amiga había instalado una máquina de coser. Había decidido hacer una colcha para su nieta mayor. Llevaba semanas trabajando en ella. Hacía un poco cada día, hasta que se cansaba y no podía seguir. Aquel proyecto le había dado un objetivo y la ayudaba a olvidar lo que le estaba ocurriendo.

Estaba sentada a la máquina de coser, pálida y encorvada. Grace intentó disimular su impresión. La cabeza calva de Olivia relucía con la luz. Alrededor de los hombros llevaba una toquilla que le había tejido una señora de la parroquia.

—¿Me dijiste que ibas a venir? —preguntó, sorprendida, como si pudiera haberlo olvidado—. Pero, por el amor de Dios, ¿qué haces vestida así? —señaló los vaqueros rotos y la sudadera descolorida de Grace.

—Sal a verlo tú misma.

—¿Ver qué?

—Prefiero enseñártelo —insistió Grace.

Olivia se levantó despacio, intentando mantener el equilibrio, y siguió a Grace hasta el cuarto de estar. La habitación estaba abierta de par en par.

—¿Qué está pasando aquí? —preguntó Olivia.

—Ven a ver —Grace la hizo salir. En el césped de delante de la casa esperaban Peggy, Corrie y Faith, provistas de palas y rastrillos. Habían vaciado la trasera de la camioneta. Alrededor del césped había un montón de macetas con plantas de diverso tipo.

—¿Para qué son todas estas flores? —preguntó Olivia.
—¿No lo adivinas?
Olivia miró a Grace, esperando una explicación.
—No.
—Hemos venido a limpiar tu jardín y a traerte un poco de primavera —contestó Grace.

Olivia parpadeó rápidamente, pero no pudo evitar que los ojos se le llenaran de lágrimas.

—¡Que voy! —dijo Jack, cargado con una enorme caja que había sacado del maletero del coche de Charlotte y Ben. Ben iba detrás, con otra caja igual de grande, llena de cuencos tapados y recipientes.

—Tu madre ha traído el almuerzo.

A Olivia parecía costarle hablar.

—Dios mío —murmuró por fin—. ¿De quién ha sido la idea?
—¿Tú qué crees? —dijo Jack al reunirse con ellas en el porche. Pasó un brazo por los delgados hombros de su mujer y la atrajo hacia sí.

—Grace. ¡Oh, Grace! —Olivia abrazó con fuerza a su amiga.

—Vamos, vamos, entra en casa, aquí hace frío —dijo Grace—. Nosotras tenemos que hacer cosas aquí fuera. Te llamaremos cuando hayamos acabado para que inspecciones nuestro trabajo.

Olivia se secó las lágrimas y asintió.

En cuanto volvió a entrar en casa, Grace y compañía se pusieron manos a la obra. Tardaron sólo una hora en limpiar los parterres y plantar las flores. Peggy, que era una jardinera consumada, removía la tierra y añadía mantillo; luego, Corrie metía los plantones en la tierra abonada.

Con ayuda de Jack, Grace y Faith colocaron las jardineras alrededor del porche delantero y plantaron en ellas hiedra y pensamientos.

Charlotte y Ben estaban dentro, preparándolo todo para la comida.

Justo cuando iban a parar para comer, el coche patrulla

del sheriff Davis dobló la esquina y se detuvo al otro lado de la calle. Troy salió y se acercó a ellos.

—Han denunciado disturbios en esta calle —dijo en broma.

Todos se rieron, pero aunque había hablado para el grupo en general, Troy buscó con los ojos a Faith. Grace miró a su compañera, que parecía haberse sonrojado de placer. Que Grace supiera, Troy y Faith habían roto su relación. Pero, a juzgar por el rubor de Faith y por la intensa mirada de Troy, se habían reconciliado. Ninguno de los dos, sin embargo, parecía dispuesto a decir nada. Grace pensó que era hora de intervenir.

—Hola, sheriff —dijo mientras se quitaba los guantes—. ¿Qué podemos hacer por ti?

—He pasado a ver si podía ayudaros en algo. Me he... enterado de lo que ibais a hacer y me gustaría participar.

—Lo tenemos todo bajo control, pero gracias por ofrecerte.

—Íbamos a parar para comer —dijo Jack—. ¿Te apetece acompañarnos?

Troy dudó.

—¿Seguro que habrá suficiente? —preguntó, indeciso.

—La comida la ha hecho Charlotte —le dijo Jack—. Créeme: hay más que de sobra.

—En ese caso, gracias, me gustaría quedarme.

—Estupendo —dijo Grace, entusiasmada. Faith, obviamente, era de la misma opinión. Grace se preguntó qué había pasado entre ellos.

Se lavaron por turnos. Cuando acabaron, Charlotte los invitó a entrar en el comedor. Grace sonrió al ver su delantal amarillo con girasoles.

—Hemos preparado un bufé —anunció Charlotte, moviendo los brazos ampliamente.

—No puedo creer que hayáis hecho esto —dijo Olivia, de pie junto a su madre—. Todos vosotros.

—Queríamos que supieras cuánto te queremos —dijo Peggy mientras rodeaba la mesa con un plato en la mano—. ¡Vaya! ¡Mirad qué comida tan fabulosa!

Había tres clases distintas de ensaladas, huevos rellenos y sándwiches de pan recién hecho con jamón, pavo y queso en lonchas. Charlotte había llevado también conservas de su huerto: pepinillos agridulces, pepinillos en vinagre, remolacha, diversas mermeladas, peras y melocotones en almíbar.

–Dios mío, casi se me olvida –dijo Grace. Corrió a la puerta–. Me he dejado una cosa en el coche. Enseguida vuelvo.

Regresó dos minutos después con una caja de tarta.

–Goldie, la de la pastelería, nos ha mandado esto.

Olivia sonrió, encantada.

–¿Es de crema de coco?

–¿De qué, si no?

Se sirvieron y se sentaron en círculo alrededor de la habitación, con los platos sobre el regazo.

–Creo que soy la mujer más afortunada del mundo –dijo Olivia. De nuevo parecía al borde de las lágrimas.

–Te queremos y queremos que te pongas bien –le dijo Corrie.

–Y que vuelvas al juzgado, que es donde debes estar –añadió el sheriff Davis, sentado al lado de Faith.

Grace se sobresaltó al oír que llamaban a la puerta. Antes de que Jack se levantara a abrir, entraron Cliff, Bob Beldon y Roy McAfee.

–Confiaba en que llegáremos justo a tiempo para el almuerzo –dijo Cliff.

–Servíos, chicos –dijo Charlotte. Se levantó y les dio a cada uno un plato y una servilleta, mientras Jack y Ben les llevaban tres sillas de la cocina. Los recién llegados llenaron sus platos y se unieron al corro.

–No sé cómo daros las gracias –dijo Olivia.

–No necesitamos que nos las des –contestó Grace–. Queríamos hacerlo. De hecho, llevamos semanas planeándolo. La verdad es que se ha ofrecido tanta gente que a muchos he tenido que decirles que no. Eres muy querida, Olivia. Sólo queríamos que lo supieras.

–Pues yo diría que lo habéis conseguido con creces –Olivia paseó la mirada por la habitación. Se enjugó las lágrimas de las mejillas y lanzó a Grace una sonrisa trémula–. Voy a tomar un trocito de esa tarta de coco.

CAPÍTULO 21

—¡Tengo trabajo! —la voz de Mary Jo resonó entusiasmada en el móvil de Mack.

Mack, que estaba en la sala de descanso del parque de bomberos, se apartó de sus compañeros para concentrarse en el teléfono. No esperaba que lo llamara Mary Jo y se había sobresaltado. Casi siempre se comunicaban mediante mensajes de texto.

—Eso es genial —revisó mentalmente sus últimos mensajes y no recordó que ella le hubiera hablado de ninguna entrevista de trabajo.

—Seguramente no debería haberte llamado al trabajo, pero estoy tan contenta que no puedo estarme quieta. Tener trabajo lo cambia todo.

Mack supuso que el trabajo era en Seattle, y se desanimó. La entrevista con Will Jefferson no había dado resultado: el dueño de la galería de la calle Harbor sólo podía ofrecerle un puesto de media jornada. Will no podía decirle cuándo podría ser de jornada completa, y Mary Jo pensó que lo mejor era olvidarlo.

Mack no se lo reprochaba, aunque estaba desilusionado. Conocer a Will Jefferson, sin embargo, había dado seguridad a Mary Jo, que había decidido empezar a buscar trabajo en otra parte, seguramente en Seattle. No le había dicho dónde exactamente.

—Cuéntame —dijo él, intentando disimular su falta de entusiasmo. Desde que había hablado con Mary Jo de su traslado a Cedar Cove, había creado un escenario ideal. Se imaginaba a Mary Jo y Noelle viviendo en la puerta de al lado, y a los tres pasando tiempo juntos. Muchísimo tiempo...

–Voy a trabajar en el bufete de un abogado –estaba diciendo Mary Jo–. Y me parece perfecto, porque, bueno, ya sabes...

Aquello parecía dar a entender que de ese modo tendría a quien recurrir si David Rhodes intentaba interponerse entre Noelle y ella.

–No pagan tanto como en Seattle, pero vivir en Cedar Cove es mucho más barato, ¿no?

Eran las cuatro de la tarde y en el parque de bomberos estaba teniendo lugar el cambio de turno. Mack dijo adiós a sus compañeros con la mano y, sin despegarse el teléfono de la oreja, salió a la calle.

–¡Espera! –no lo entendió hasta que estuvo cerca de su coche–. ¿Me estás diciendo que has encontrado trabajo aquí, en el pueblo? ¿En Cedar Cove?

–Sí –parecía sorprendida por la pregunta, como si ya tuviera que saberlo–. Voy a trabajar para Allan Harris.

–¿Dónde estás?

–En el Mocha Mama –le dijo ella–. Lo estoy celebrando con un café con leche.

–Dentro de diez minutos estoy ahí –dentro de cinco, si podía.

Cerró su teléfono y corrió hacia su coche. Tenía planes, pero podían esperar: ver a Mary Jo era más importante. No tenía que volver al parque de bomberos hasta el viernes, así que tenía dos días enteros para acabar de pintar los pareados. En cuanto hubiera acabado, podría alquilar uno de ellos. Él ya se había mudado, pero de momento vivía más o menos en el caos.

Sabía perfectamente a quién quería como inquilina. Mary Jo iba a necesitar un sitio donde vivir... ¿y qué mejor sitio que su casa? Se lo había mencionado una vez, pero de forma muy vaga, sin identificarse como el propietario. No se sentía del todo cómodo con aquel engaño, pero no estaba seguro de cuál sería su reacción si lo sabía. Mary Jo era muy cauta e insegura con los hombres. Y, teniendo en cuenta su historia personal, Mack lo entendía muy bien. Le habría gustado encontrarse con David Rhodes en un callejón oscuro alguna vez, pero era improbable que eso ocurriera. Evidentemente, Rhodes evitaba aparecer por Cedar Cove.

Mack aparcó cerca del Mocha Mama. Mientras corría entre la llovizna en dirección a la puerta, vio a Mary Jo sentada junto a la luna del local, bebiendo un café con leche. Ella le sonrió cuando entró.

—Hola —dijo Mack mientras se sacudía la humedad de la chaqueta y el pelo.

—Hola —contestó con una amplia sonrisa. Su felicidad saltaba a la vista. Mack no la había visto tan contenta desde la noche en que nació Noelle.

De pronto se dio cuenta de que la niña no estaba con ella.

—¿Dónde está Noelle?

—La está cuidando una amiga mía. Es la primera vez que me separo de ella y noto como si me faltara algo. Jenna me ha dicho que deje de llamar, porque cada vez que llamo despierto a la niña.

Mack miró hacia atrás.

—Voy por un café y enseguida estoy contigo.

Vio que era Shaw quien estaba tras la barra. Se saludaron y Shaw le sirvió un café doble. Al volver a la mesa, Mack se sentó frente a Mary Jo y dejó la chaqueta en la silla vacía que tenía detrás.

—Bueno —dijo, inclinándose hacia ella—, dime cómo te enteraste de ese trabajo en el bufete.

—Kelly Jordan me dijo que el señor Harris estaba buscando una ayudante y...

—Perdona, ¿quién es Kelly Jordan?

—La hija de Grace Harding. ¿Recuerdas que Grace dijo que tal vez su hija pudiera cuidar de Noelle? Fue el día que nos vimos en la biblioteca —sonrió—. Emma Grace, la hija de Kelly, está empezando a gatear.

—Ah, sí —guardaba un vago recuerdo de la conversación; había estado tan ocupado con Noelle que no había prestado atención—. Entonces, ¿encontraste a alguien que se ocupara de la niña antes de tener trabajo? Muy bien pensado.

—Bueno, sí. Tenía que estar a gusto con la persona que iba a cuidar de Noelle antes de empezar a pensar en encontrar trabajo.

Mack asintió con la cabeza.

—Los hombres no pensáis en esas cosas —continuó ella—. Linc, por ejemplo, no le daba importancia. Claro que mi hermano puede ser muy obtuso.

—Ah, sí, tu hermano. ¿Qué tal le va últimamente?

El hermano de Mary Jo la protegía tanto que podía resultar un incordio, y a ella le molestaba su actitud dominante. Mack se compadecía de ella, pero también comprendía el punto de vista de Linc.

Mary Jo removió su café.

—Como podrás imaginar, no está muy contento conmigo en este momento.

—¿Por qué? —naturalmente, Mack intuía el motivo. Si había encontrado trabajo en Cedar Cove, era lógico que Mary Jo dejara la casa de su hermano... y escapara a su control.

—No le parece buena idea que me vaya de Seattle —dijo ella cansinamente—. Según él, la familia ha de permanecer unida.

—Yo también lo creo —le dijo Mack—, pero eso no significa que todo el mundo tenga que vivir en la misma casa.

Ella suspiró.

—Linc no entiende por qué siento que me agobia. Parece dar por sentado que, en cuanto me pierda de vista, me sucederá algo horroroso.

Mack no se molestó en recordarle que había conocido a David Rhodes mientras vivía con sus tres hermanos. Se preguntaba dónde estaba Linc entonces. Sospechaba que ella no les había hablado de David hasta que ya estaba embarazada.

—De todos modos, no quiero hablar de Linc —dijo Mary Jo—. Hay muchas otras cosas de las que hablar.

—Por mí, vale —Mack se puso cómodo, recostándose en la silla y estirando las piernas.

—¿Te he dicho que el abogado es Allan Harris?

—Sí —arrugó el ceño al intentar recordar de qué le sonaba aquel nombre—. ¡Claro! Detuvieron a su ayudante justo antes de Navidad.

—¿Qué? —Mary Jo se llevó la mano a la garganta—. El señor Harris no me ha dicho nada.

—No, claro. Su pasante le robó las joyas a un cliente. Por lo visto, Geoff Duncan, el pasante, intentó inculpar del robo al pastor Flemming.

—Ah —Mary Jo se quedó pensativa—. Eso explica muchas cosas.

—¿En qué sentido? —preguntó él.

—Estuve a punto de no presentarme para el puesto porque no tengo ninguna formación jurídica. Pero el señor Harris me dijo que quería contratar a alguien que estuviera dispuesto a aprender mientras trabajaba. Supongo que es así como piensa mantener vigilado a su empleado. Pero de todas formas me alegro de que me haya dado una oportunidad. Dijo que había entrevistado a bastantes candidatos y que tenía la impresión de que yo era quien mejor me adaptaría al trabajo —había una chispa de emoción en sus ojos—. Te he interrumpido, perdona —añadió.

Mack estaba tan absorto mirándola que no recordaba de qué estaba hablando.

—El ayudante del señor Harris —dijo Mary Jo.

—Ah, sí. Geoff Duncan. Por suerte, el sheriff Davis descubrió lo que pretendía. Según mi padre, Allan Harris se quedó de piedra. No tenía ni idea de lo que estaba haciendo Geoff. No sólo cometió un delito, sino que intentó implicar a un hombre inocente.

—Pero ¿por qué hizo esa estupidez? Era natural que lo pillaran tarde o temprano, ¿no crees?

Mack se encogió de hombros.

—No estoy seguro. La gente dice que intentaba impresionar a su novia.

—¿Robando?

—Bueno, Lori Bellamy es de familia rica. Los Bellamy son propietarios de una finca enorme en la península de Kitsap. Geoff debía de tener problemas de liquidez y no quiso decirle a Lori que no podía permitirse las cosas que ella quería. Le entró el pánico. Supongo que pretendía comportarse como si tuviera tanto dinero como ella. Quizá temía que ella lo dejara si no le daba el tren de vida al que estaba acostumbrada. Tengo entendido que empeñó las joyas para conseguir dinero. Y ahora está entre rejas —Mack había hablado del caso con su hermana mayor, Gloria, que trabajaba en la oficina del sheriff. Había descubierto la existencia de Gloria hacía apenas unos años, y desde entonces se esforzaba por mantener una relación fluida con ella. Como ahora vivían los dos en el pueblo, se veían para cenar o tomar una copa al menos una vez al mes. Pero, pese a ello, Mack sentía cierto recelo por parte de Gloria. Una reserva difícil de explicar. No les había dicho nada a sus padres, pero no podía evitar preguntarse si ellos también lo notaban.

—Entonces, ¿cuándo empiezas a trabajar? —le preguntó a Mary Jo.

—El lunes.

Tenía menos de una semana para organizarlo todo.

—No es mucho tiempo —murmuró él.

Ella asintió con la cabeza.

—Ahora lo que tengo que hacer es encontrar un sitio donde vivir.

Mack se preguntó si se acordaba de la sugerencia que le había hecho aquella tarde de febrero en la biblioteca. Sospechaba que no.

—Podría venir desde Seattle con Noelle todos los días, si fuera necesario —dijo ella—, pero el día se me haría eterno.

Mary Jo acababa de ofrecerle la excusa perfecta. Lo único que temía era que no quisiera alquilarle la casa si se enteraba de que el dueño de la casa era él. Una relación casero-inquilino podía complicar las cosas.

Decidió evaluar la situación lanzando un comentario.

—Puede que ya te lo haya dicho, pero hace poco me mudé a un chalet pareado y el de al lado está vacío.

—¿En serio?

Mack se lanzó de cabeza.

—Además, el alquiler es muy razonable.

—¿Cómo de razonable?

Él mencionó una cifra que era más o menos la mitad de lo que costaba un alquiler normal.

—¿Cuánto? —Mary Jo se irguió en la silla—. Debe de pasarle algo a la casa.

—No, de veras. Bueno, le vendría bien una mano de pintura y una limpieza, pero nada más —luego añadió, tentando su suerte—: El dueño es muy majo. Ahora mismo está... de viaje, pero puedes conocerlo más adelante, si quieres. Yo le hago de administrador —era una idea inspirada, se dijo, no una mentira. A fin de cuentas, era el administrador. Y el propietario podía volver de su «viaje» más adelante. Mack no tenía intención de engañarla mucho tiempo. Su objetivo era conseguir que se mudara a Cedar Cove. En cuanto hubiera hecho la transición, encontraría un modo de contarle lo del propietario. Entre tanto, haría que extendiera los cheques del alquiler a nombre de Zachary Cox, su contable.

Mary Jo se lo pensó mientras se mordisqueaba el labio.

—¿No sería un problema? Ya sabes, tenernos a Noelle y a mí tan cerca.

—¿Un problema? —repitió él—. Para mí, no. ¿Y para ti?

Ella sacudió la cabeza.

—Creo que sería genial. Pero no quiero molestarte.

—No creo que eso sea posible —de hecho, tenía que esforzarse por no demostrarle la ilusión que le hacía tenerlas como vecinas.

Mary Jo seguía pensativa, como si su intuición le dijera que aquello no era lo más sensato.

—¿Quieres ver la casa? —preguntó él con la esperanza de distraerla.

—Eh... claro.

—Estaba pintando antes de entrar a trabajar, así que está bastante desordenada.

—¿Por qué estabas pintando? —preguntó ella—. ¿Eso no es cosa del casero?

—Normalmente, sí —contestó Mack con aparente naturalidad—. Pero me ofrecí a hacerlo a cambio de que me bajara el alquiler. Quiere, eh, una fianza de dos meses.

—Tengo dinero ahorrado, así que eso no me preocupa.

Acabaron de tomarse el café y Mack la llevó al 1022 de Evergreen Place. Mary Jo miró la calle de arriba abajo.

—El barrio es bonito —dijo.

A Mack también se lo parecía, por eso había comprado la casa. Era un buen lugar para fundar una familia.

—Lo que no entiendo es por qué es tan bajo el alquiler —añadió Mary Jo con el ceño fruncido.

—Como tú has dicho —se apresuró a explicar él—, el coste de la vida es mucho menor a este lado del estuario de Puget.

—No tenía ni idea de que hubiera tanta diferencia.

Mack empezaba a pensar que tal vez había exagerado.

—Bueno, puedes mirar otros alquileres.

—Sí —dijo ella—, pero esto me gusta.

Mack se relajó.

—Además, tengo entendido que hay un soltero muy apetecible por aquí cerca.

En cuanto pronunció aquellas palabras, se arrepintió de haberlas dicho. Mary Jo se hallaba en un estado anímico muy frágil, y no quería asustarla haciéndole sospechar que quería otra cosa que una amistad. Mack sentía que estaba manipulándola, pero intentó ignorar su mala conciencia. En cualquier caso, Mary Jo no respondió a su broma. Se quedó mirando por la ventanilla. Al cabo de un momento dijo:

—Voy a tardar mucho en salir con alguien.

Era una advertencia velada, una señal. Mack pensó en tranquilizarla, pero ello habría desembocado en nuevas mentiras, o medias verdades. Así que preguntó:

—¿Quieres echar un vistazo dentro?

—Sí, por favor.

Quería darle una oportunidad de llegar a conocerlo y confiar en él. Ser vecinos y amigos era la forma de conseguirlo. A los hermanos de Mary Jo no les gustaría, pero eso era problema suyo.

Mack la ayudó a bajar de la camioneta.

—Tengo la llave —le dijo—. Estarías en la casa B —abrió la puerta y le indicó que entrara. Sobre el suelo del cuarto de estar había una sábana con un cubo de pintura encima, un rodillo y varias brochas. El olor de las paredes recién pintadas les dio la bienvenida. Por consejo de su madre, Mack había elegido un amarillo pálido que daba a las pequeñas habitaciones una sutil calidez.

—Tengo muy pocos muebles —dijo Mary Jo mientras pasaba de una habitación a otra. La cocina era pequeña, pero práctica. Los dos dormitorios estaban uno frente al otro, en distintos lados del pasillo.

—¿Hay un solo baño?

Mack asintió con la cabeza.

—Y un lavadero.

—No tengo lavadora, ni secadora.

—Van incluidas con la casa.

O así sería, cuando ella se mudara.

—Tengo los muebles de mi dormitorio, claro, y están también la cuna de Noelle y su cambiador —se detuvo como si calcularse qué más podía llevarse—. También tengo una mecedora, pero quedaría mejor en el cuarto de estar.

—¿Y tele?

Mary Jo sacudió la cabeza.

—Tenía una vieja en mi cuarto, pero no merece la pena que me la lleve.

—Yo tengo dos. Puedo prestarte una.

Mack la vio vacilar de nuevo.

—Gracias, pero prefiero que no.

—Podría vendértela barata —dijo él impulsivamente.

Aquello pareció interesarla.

—¿Cómo de barata?

—Barata —mencionó un precio que seguramente ella se podía permitir—. Por cincuenta pavos.

Mary Jo se rió.

—Vendida.

—¡Estupendo! Estaba deseando librarme de ese viejo cacharro.

—¡Mack!

Él levantó las manos.

—Es broma.

—Más te vale.

Mack se relajó con la conversación.

—¿Quieres que llame al dueño y le diga que tiene otro inquilino?

Mary Jo le sonrió.

—Bueno, está bien.

—Y, oye, te no preocupes: no voy a darte la lata —quería asegurarse de que Mary Jo lo entendía.

—Me preocupa más que te la dé yo a ti.

Mack, por el contrario, estaba convencido de que tener a Mary Jo y a Noelle tan cerca iba a ser lo mejor que le había pasado en muchísimo tiempo.

CAPÍTULO 22

El viernes por la mañana, cuando acabó de afeitarse, Troy hizo algo que no solía hacer: se puso una loción de afeitado con olor a limón con la esperanza de que, esa noche, Faith notara aún su perfume. Era posible que alguien en la oficina se burlara de él si notaba aquel olor, pero valía la pena intentarlo.

Tras varias conversaciones telefónicas de corta duración, Faith había aceptado por fin cenar con él, y Troy estaba deseando que llegara el momento. Tenían muchas cosas de las que hablar, pero la principal era su proyecto de mudarse. Troy no quería que volviera a desaparecer de su vida; tenía, por tanto, que hacerle entender lo que sentía por ella con toda claridad.

Estaba bastante animado. Cada vez que habían hablado, había acabado abrigando esperanzas. Tenía la impresión de que Faith estaba dispuesta a empezar de nuevo. Y daba por sentado que esa noche, durante la cena, decidirían de una vez por todas retomar su relación donde la habían dejado.

Cuando llegó a la oficina, todavía se sentía optimista. Pero la realidad no tardó en asestarle el primer golpe.

No llevaba más de diez minutos en su despacho cuando recibió la visita de Gloria Ashton, la ayudante que llevaba menos tiempo en el cuerpo. Gloria era hija del detective privado Roy McAfee y de su mujer, aunque los McAfee la conocían desde hacía sólo cuatro años. Por lo visto, Roy y Corrie habían roto durante un tiempo mientras estaban en la universidad, sin saber que Corrie estaba embarazada. Ella dio a la niña en adopción. Años después, siendo ya adulta, Gloria buscó a sus padres. A Troy no dejaba de asombrarle lo mucho que se parecían padre e hija, tanto en carácter como en intereses. Los dos habían ingresado en las fuerzas de seguridad, aunque Roy, que había trabajado en la policía de Seattle, estaba ya retirado.

—Buenos días, sheriff —Gloria entró en su despacho con las manos unidas delante de ella.

—Siéntate —dijo él, señalando una de las sillas de delante de su mesa.

—Prefiero quedarme de pie, si no le importa.

—Como quieras.

Parecía incómoda y Troy se preguntó por qué. Tenía los hombros erguidos y la espalda recta, y procuraba no mirarlo a los ojos.

—He pensado que debía informarle personalmente de un arresto que hice anoche.

—Muy bien —saltaba a la vista que no se trataba de un asunto rutinario—. Tú dirás.

Ella volvió a esquivar su mirada.

—Vi un coche con un faro fundido. Di la vuelta y lo seguí, y el conductor intentó darme esquinazo.

—¿Le hiciste parar?

—Sí —hizo una pausa—. Me di cuenta enseguida de que estaba bebido. Le pedí que saliera del coche y se apartara de él, y obedeció sin vacilar. Tras hacer las comprobaciones de rutina, le hice el test de alcoholemia, y su tasa de alcohol en sangre excedía el 0,08. Lo arresté en el acto.

De momento, aquel asunto no tenía nada de particular que exigiera la atención de Troy.

—¿Hay algún motivo por el que querías contármelo personalmente? —preguntó.

—Sí —ella asintió con la cabeza brevemente.

En ese momento saltaba a la vista que Gloria era hija de Roy McAfee. La tensión de su mandíbula, la línea implacable de su boca, eran de Roy.

—El conductor era el alcalde Louie Benson.

A Troy le dieron ganas de gruñir en voz alta. Pero, en fin, la ley era la ley.

—Entiendo.

—Llamó enseguida a su abogado —continuó Gloria.

Troy no esperaba menos.

—Su hermano Otto es abogado. Supongo que Louie lleva su número grabado en el móvil.

Ella asintió de nuevo.

—Su abogado se presentó en comisaría.

Aquello era muy violento, pero no era la primera vez que Troy se enfrentaba a una situación embarazosa.

—Gracias por avisarme.

Ella lo miró a los ojos y Troy vio su expresión de duda.

—Quería que supiera...

—¿El alcalde Benson te dijo quién era, o lo reconociste tú?

—Ambas cosas —respondió ella—. Me di cuenta de quién era en cuanto salió del coche. Luego me lo dijo él. El caso es... —titubeó y apartó de nuevo los ojos—. Al principio, se puso muy agresivo.

—Ya veo.

Troy conocía a Benson desde hacía años, aunque nunca habían sido amigos íntimos. El alcalde había sido muy amable cuando, al morir Sandy, insistió en que Troy se tomara todo el tiempo que necesitara. Troy no recordaba haberle visto nunca con una copa en la mano, ni siquiera en las celebraciones a las que solían asistir los dos. Aquella conducta parecía completamente impropia de él.

Gloria parecía esperar que hiciera algún comentario.

—Quería hablar de esto con usted para asegurarme de que hice lo correcto al detener a Benson.

—Hiciste lo correcto.

Por embarazosa que fuera la situación, Gloria no tenía la culpa de que un político local hubiera cometido la estupidez de pasarse de la raya. A veces, los cargos públicos creían hallarse por encima de la ley.

—El alcalde me pidió que le diera un poco de margen

—Gloria unía y desunía las manos—. Comprobé su historial de tráfico y está limpio. No tiene ni una multa de aparcamiento.

Troy asintió con la cabeza. Pero eso no significaba gran cosa. Quizás en el pasado algún ayudante había hecho la vista gorda, o Benson había tenido suerte de que no lo pillaran.

Gloria fijó la vista en el suelo.

—Dijo que, si lo denunciaba, se encargaría de que me quedara sin trabajo.

—Dicho de otra manera, te amenazó —Troy tenía que suponer que Louie no sabía lo que decía. Podía denunciar al alcalde también por aquello, pero no quería hacerlo, ni por él, ni por Gloria.

Gloria frunció el ceño ligeramente, como si no tuviera intención de decir aquello.

—Creo que... que estaba tan borracho que no se acordará de todo lo que dijo. El caso es, sheriff, que me gusta trabajar en Cedar Cove y que odiaría que este incidente empañara mi carrera en la policía o, peor aún, que le pusiera fin.

Eso no iba a ocurrir. Al menos, mientras él fuera el sheriff.

—No tienes de qué preocuparte, Ashton. Tú hiciste tu trabajo. Si esto trae cola, yo me ocuparé.

Sintió, más que verlo, que su ayudante se relajaba.

—Luego pensé que debí llamarlo en el momento del arresto.

—No te cuestiones lo que hiciste. Tomaste la decisión correcta —aunque, a decir verdad, Troy habría preferido que lo llamara. El resultado, sin embargo, habría sido el mismo. Benson habría acabado entre rejas de todos modos. Pero Gloria se habría quedado más tranquila. Había pasado, en cambio, la noche en vela, preocupada por cómo reaccionaría Troy a la noticia.

—Como te he dicho, hiciste tu trabajo —miró su reloj—. ¿No ha acabado ya tu turno?

—Sí.

—Entonces, ¿qué haces aquí todavía? —la boca de Gloria se tensó en una media sonrisa—. Gracias otra vez por avisarme. A partir de ahora, me encargo yo.

—Gracias —era evidente que estaba aliviada.

Cuando Gloria salió del despacho, Troy decidió que convenía hablar con el alcalde inmediatamente. Si no, aquel asunto podía estallarle en la cara. Se preguntó fugazmente si Louie bebía en secreto. En todo caso, Troy no era de los que se plegaban a la influencia política o la intimidación. Los motivos que explicaban la conducta del alcalde eran, de todos modos, irrelevantes. Louie había hecho mal, de eso no había duda.

Cuando llamó al calabozo descubrió que el alcalde había salido en libertad bajo palabra.

Aquel enfrentamiento no iba a ser agradable. Últimamente, Troy parecía estar en desacuerdo con el alcalde por diversos motivos. Aquello no iba a mejorar su relación, desde luego.

Encontró a Benson en su despacho del ayuntamiento. El alcalde levantó la vista cuando anunciaron a Troy y luego apartó los ojos. Tenía mala cara. Estaba pálido, despeinado y tenía los ojos enrojecidos. Troy dedujo de su apariencia que no había dormido mucho.

—Parece que la gente de tu departamento disfruta avergonzándome —dijo, tomando la ofensiva antes de que Troy abriera la boca.

—Yo diría que para eso te bastas tú solo —contestó.

Louie se levantó para cerrar la puerta del despacho. Cuando se volvió para mirar a Troy, tenía la boca crispada.

—Quiero que se eche tierra sobre este asunto. Confío en que seas capaz de conseguirlo.

—Por desgracia, eso no está en mi mano.

Benson pareció no oírle.

—Esa ayudante tuya se pasó de la raya. Fue a por mí porque soy el alcalde.

—Eso no es verdad, sencillamente. Ashton es una buena agente. Es...

—Sólo superaba mínimamente el límite permitido, sheriff. La agente se negó a avenirse a razones. ¿Tienes idea de lo humillante que es que te esposen y te lleven al calabozo?

—Infringiste la ley.

—Por unas décimas —dijo él, dando un golpe sobre la mesa.

—Fuiste tú quien decidió que estabas lo bastante sobrio para conducir. No eches la culpa a los demás —tras hacer una pausa, añadió—: Si quieres armar jaleo, quizá deba recordarte que no sólo infringiste la ley, sino que amenazaste a uno de mis ayudantes.

El alcalde ignoró su comentario mientras se paseaba nerviosamente por el despacho. Parecía estar sopesando sus opciones. Por fin suspiró y sacudió la cabeza.

—Está bien, como quieras. Tienes razón: no debí ponerme al volante. Acepto toda la responsabilidad. Pero esto podría ser mi ruina, si sale a la luz.

—Posiblemente —Troy no quería restarle importancia a la situación.

—Pero eso no es problema tuyo, ¿no? —preguntó el alcalde con petulancia.

—Eres tú quien debe afrontar las consecuencias políticas de este asunto.

El alcalde regresó a su mesa y apoyó las manos en el borde.

—Nunca había hecho nada parecido. Yo... nunca bebo si tengo que conducir.

—Me alegra saberlo.

Benson se quedó callado un momento. Luego miró a Troy.

—¿Tienes alguna sugerencia sobre cómo afrontarlo?

Troy no esperó invitación: se sentó y lo miró a los ojos sin vacilar.

—Creo que lo mejor es la sinceridad. Reconoce que cometiste un error y que asumes plenamente la responsabilidad de tus actos.

El alcalde se dejó caer lentamente en su sillón de cuero.

—Eso es más difícil de lo que crees —masculló.

—Es conveniente que el público sepa lo fácilmente que pasan estas cosas —Troy se enfrentaba a menudo con casos similares. Un par de cervezas o copas de vino después del trabajo, y luego la gente se iba a casa en coche, sin darse cuenta de cómo les afectaba el alcohol. El alcalde Benson no era el único.

Pero, por lo visto, no le gustó el consejo de Troy. Frunciendo el ceño, dijo:

—Así que quieres que convierta esto en una especie de campaña publicitaria institucional.

Troy no creía que aquello mereciera respuesta.

—Eres tú quien debe decidir qué explicación darles a tus votantes —dijo desapasionadamente.

Louie pareció palidecer aún más.

—Tienes razón. Es sólo que... —se detuvo. Suspiró de nuevo y agachó la cabeza—. Supongo que el mejor modo de afrontar esto es dar la cara. Contactaré con Jack Griffin, del periódico, para contárselo antes de que lo publique por su cuenta.

—Buena idea.

Jack, el director del *Chronicle*, era el mejor interlocutor posible, y no sólo por razones obvias. Jack se estaba recuperando de su dependencia del alcohol; sólo llevaba un par de años sobrio. Si el alcalde tenía problemas de alcoholismo, lo mejor que podía hacer era hablarlo con Jack Griffin.

Se despidieron amigablemente. El arresto era muy humillante para Louie, pero tal vez fuera el aldabonazo que necesitaba. Lo que sucediera a partir de ese momento, dependía por completo de Louie.

Tras empezar el día con aquel tropiezo, Troy confiaba en que la tarde transcurriera sin contratiempos. Por desgracia, no fue así.

Faith llamó a eso de la una. Troy no pudo disimular su alegría al oír su voz.

—¡Faith! Qué agradable sorpresa.

—Perdona —dijo ella con voz extraña—, pero voy a tener que cancelar nuestra cita de esta noche.

Troy se desanimó de golpe.

—¿Ah, sí? —intentó aparentar despreocupación, como si fuera una desilusión de poca monta. Pero no lo era.

—Anoche alguien me rajó las ruedas del coche.

—¿Qué? —Troy rechinó los dientes, furioso—. ¿Lo has denunciado?

—¿Para qué? —sollozó ella—. He denunciado los otros incidentes y no ha servido de nada.

Troy estaba tan alterado que no podía hablar de aquello por teléfono.

—Voy para allá.

—Troy...

—Nos vemos dentro de diez minutos —colgó, agarró su sombrero y su chaqueta y salió.

Aunque aquello no era técnicamente una emergencia, puso las luces, pero no la sirena. Habría deseado saber por qué alguien estaba acosando a Faith... y cómo impedirlo. Costara lo que costase, iba a poner fin a aquello.

Cuando abrió la puerta, Faith estaba pálida, demacrada y ojerosa. Troy deseó estrecharla en sus brazos y reconfortarla, pero se recordó que estaba allí en calidad de policía, no de amigo... o futuro novio.

—Dime qué ha pasado —dijo en tono autoritario.

Faith lo llevó al cuarto de estar y se dejó caer en el sofá.

—Esta mañana tenía que ir a trabajar, pero cuando salí vi que... que tenía rajadas las ruedas del coche.

—¿Las cuatro?

Ella asintió con la cabeza.

No era un gasto pequeño.

—Llamé a la clínica y les dije que no podía ir. Luego llamé al seguro. Tuvieron que llevar el coche en una grúa al taller. No lo tendré hasta mañana.

—Lo siento, Faith —como sheriff del pueblo, Troy se sentía responsable—. ¿Los vecinos vieron algo?

Faith negó con la cabeza.

—Ya se lo he preguntado. Debió de pasar después de medianoche, que fue cuando los McCormick, los vecinos de la casa de al lado, se fueron a la cama. Nadie vio ni oyó nada.

Troy cerró los ojos, enfadado.

—Estaba tan disgustada que llamé a mi hija Jay Lynn y se empeñó en que pasara el fin de semana con ellos. Francamente, Troy, necesito alejarme de aquí. Ya no aguanto más. Hay alguien que quiere que me vaya de este pueblo y después de esto... lo único que puedo decir es que yo tampoco quiero estar aquí.

—No lo dices en serio —dijo él.

—Sí. Cometí un gran error el día en que me mudé a Cedar Cove.

Troy apretó el ala del sombrero, aplastando el fieltro.

—Para mí, en cambio, fue uno de los días más felices de mi vida.

—Por lo visto tienes poca memoria —replicó ella, y le sonrió débilmente—. Fue una sorpresa vender la casa de Seattle tan rápidamente. Y más aún que me dijeras que no debíamos vernos más.

Si hubiera podido retirar aquellas palabras, si hubiera podido desdecirse, Troy lo habría hecho. Romper con Faith había sido una de las mayores meteduras de pata que había cometido, y estaba pagando por ello desde entonces.

—Mira —dijo Faith—, no quiero que volvamos a discutir de cosas pasadas. Estoy cansada y triste y me sentará bien pasar el fin de semana fuera.

Troy estaba de acuerdo, aunque habría preferido que Faith fuera a visitar a su hijo y no a Jay Lynn. Scott, al menos, vivía en el pueblo.

—¿Puedo hacer algo? —preguntó.

Ella lo miró apesadumbrada.

—Nadie puede hacer nada. Lo mejor es que me vaya del pueblo.

—No —contestó él con vehemencia.

—A pasar el fin de semana —puntualizó ella—. Después, ya veremos. Ahora no es momento de decidir si... si puede haber algo entre nosotros.

Troy no estaba de acuerdo con ella. Quería estar con Faith. Deseaba casarse con ella. Pero primero tenía que convencerla de que tenían un futuro juntos. Un futuro en Cedar Cove.

CAPÍTULO 23

Linc Wyse se oponía al proyecto de Mary Jo. Le parecía bien que su hermana quisiera marcharse de casa; era libre de hacerlo cuando quisiera. Pero, dicho esto, el momento que había elegido le parecía absurdo.

Mary Jo era una madre joven: necesitaba un hogar para su hija. Naturalmente, estaba resentida con él por su actitud. Pero lo mismo podía decirse de él. Linc sabía que hoy en día era perfectamente normal que una madre volviera al trabajo tres meses después de dar a luz. Su madre, sin embargo, había sido ama de casa, y él tenía opiniones muy firmes al respecto. Quizá la suya no fuera una postura muy popular (no era, desde luego, la de su hermana), pero cuando él fuera marido y padre...

Linc ahuyentó al instante aquella idea. Era muy improbable que un hombre tan chapado a la antigua como él llegara a casarse. Ello le entristecía, pero convenía que lo fuera asumiendo.

Ver a Mary Jo hacer el equipaje y mudarse al otro lado del estuario de Puget le había costado más de lo que esperaba. A pesar de todo, le gustaba bastante Cedar Cove. Se había pasado el día de Nochebuena dando vueltas por la zona, buscando a Mary Jo, y en general se había llevado una buena impresión del lugar. Sus últimas visitas habían confirmado esa impresión. Era un pueblo bonito, agradable y acogedor. La única pega era la distancia. Sólo en la última semana, Linc había hecho cuatro viajes a la península de Kitsap para ver a su hermana y a la niña. Para comprobar cómo estaban.

Según Mary Jo, ninguno de esos viajes había sido necesario. Linc, sin embargo, no habría podido dormir por las noches si no se hubiera cerciorado de que su hermana y su sobrina estaban bien. Siempre se había tomado muy a pecho sus responsabilidades familiares.

Lo lógico era que fuera a visitar a Noelle el día de su primer San Patricio. Sus ancestros eran, como los de muchos norteamericanos, de muy diverso origen. Había entre ellos, que él supiera, ingleses, franceses y alemanes. Pero estaba seguro de que también tenía que haber algún irlandés. Sólo por si acaso, le había comprado a la niña un duendecillo de peluche vestido de verde.

Tenía, además, una excusa aún mejor para justificar su visita: había encontrado un sofá y un sillón nuevos en una tienda que liquidaba existencias. Quería llevar los muebles él mismo, para ahorrarse el gasto del porte.

Lo cierto era que estaba deseando darle una sorpresa a su hermana. Mary Jo lo consideraba una especie de ogro, y eso no era cierto. Confiaba en que aquel ofrecimiento de paz ayudara a mejorar las cosas.

Cuando aparcó delante de los adosados, vio a Mack McAfee subido en una escalera, limpiando los canalones. Linc no sabía aún qué pensar de McAfee. Mack había acompañado a Mary Jo durante el momento más crítico de su vida. Aun así, le chocaba que viviera justo en la casa de al lado. Y no estaba seguro de que le gustara.

Había cometido el error de decir lo que pensaba, y Mary Jo se había puesto hecha una furia. Desde entonces, procuraba mantener la boca cerrada. Al parecer, en lo tocante a McAfee, su hermana no quería sus consejos. Muy bien. Se guardaría sus opiniones... y vigilaría de cerca a McAfee.

—Hola, Linc —dijo Mack. Se bajó de la escalera y le tendió la mano, que Linc estrechó.

—Supongo que mi hermana no está en casa —Linc ya sabía la respuesta. Preguntaba solamente porque quería saber hasta qué punto conocía el bombero los movimientos de Mary Jo. Era una situación complicada: quería que Mack cuidara de Mary Jo y, al mismo tiempo, pretendía asegurarse de que no le prestaba más atención de la debida. La frontera entre ambas cosas era una raya muy fina, y Linc pensaba pasarse por allí lo suficiente para asegurarse de que Mack no la cruzara.

—Mary Jo está en casa.

—Qué bien.

—Veo que le has traído unos muebles.

Bueno, por lo menos era observador, pensó Linc con cierta sorna.

—Seguro que le gusta el sofá —dijo Mack.

Eso esperaba Linc. Con su hermana, era difícil saberlo. O con cualquier mujer, pensó. Había tenido varias relaciones de pareja a lo largo de los años, y todas habían acabado abruptamente. Linc tenía el convencimiento de que la culpa era suya. Mary Jo le decía a menudo que era demasiado terco y dominante y, para colmo, machista. Él se había esforzado por cambiar, había intentado ser más sensible y comprensivo, pero eso tampoco funcionaba. A su modo de ver, estaba destinado a quedarse soltero.

Hasta el nacimiento de Noelle, nunca le había inquietado la idea de no tener hijos.

Ahora, en cambio, le inquietaba.

Quería a su sobrina mucho más de lo que había previsto. Ahora que Mary Jo y Noelle vivían en Cedar Cove, la casa le parecía extrañamente silenciosa y vacía. Mel y Ned siempre estaban atareados. Paraban poco por casa. No tenían los problemas con las mujeres que tenía él. Los dos tenían novia y Linc suponía que se casarían pronto.

Él, cuando no estaba en casa, estaba trabajando. Llevaba el taller mecánico fundado por su padre casi cincuenta años antes. Como era el mayor, se consideraba en la obligación de sacar adelante el negocio familiar y mantener a la familia unida. Desde la muerte de sus padres había hecho todo lo posible por llevar el taller, mantener la paz y asegurarse de que todos estaban bien.

—¿Qué tal está Mary Jo? —preguntó.

—¿Por qué no me lo preguntas a mí directamente? —dijo ella. Estaba en la puerta de su casa, con los brazos cruzados—. No vivo en China, ¿sabes?

—Ya —Linc se metió las manos en los bolsillos, temiendo decir o hacer algo que la irritara.

—Ya que lo preguntas, estoy muy bien, gracias.

—¿Y Noelle?

—Noelle también.

Linc carraspeó y se volvió hacia Mack. La mirada que le devolvió éste le hizo comprender que estaba solo. Señalando hacia su camioneta, dijo:

—Te he traído un regalo para la casa.

—¿Otro?

—Eh... He pensado que te vendría bien.

Mary Jo sonrió.

—Eres muy amable.

Linc sintió que la tensión abandonaba sus hombros y su nuca. Le dio a su hermana el duende de peluche, que fue a parar al creciente montón de juguetes de Noelle. Luego, con ayuda de Mack, metió el sofá y el sillón en el cuarto de estar de su hermana. Mary Jo les dijo dónde los quería y luego cambió de idea no una, sino dos veces. A Linc no le importó, ni tampoco a Mack.

Noelle se despertó después de que colocaran los muebles. Linc se sentó en el sillón nuevo, tomó en brazos a su sobrina, que olía deliciosamente a polvos de talco y champú, y le besó la frente. Ella bostezó y arqueó la espalda levantando los codos. Los bebés fascinaban a Linc. Al principio, cuando Mary Jo llevó a Noelle a casa, le daba pánico hacer daño a la niña: que se le cayera al suelo, o apretarla demasiado. Después, poco a poco, empezó a relajarse. Ahora, podía tenerla en brazos durante horas y horas sin cansarse.

—¿Quieres darle de comer? —le preguntó Mary Jo tras acompañar a Mack a la puerta.

—Creía que... Bueno, ya sabes, que le dabas el pecho —balbució él, poniéndose colorado.

—Como ahora trabajo, estoy usando un sacaleches.

De algunas cosas era mejor no hablar entre hermanos. Los sacaleches eran una de ellas.

—Creo que... es mejor que se lo des tú —sabía que sonaba hosco, pero no podía evitarlo.

Noelle le sonrió y él le devolvió la sonrisa. Linc no miró a su hermana al mascullar:

—¿Ves mucho a tu vecino?

Ella dudó un momento.

—¿Por qué lo preguntas?

Linc alzó los hombros, contento de que no se hubiera ofendido.

—Es que parece que siempre está por aquí cuando vengo.

—Vive en la casa de al lado. ¿Qué esperabas?

El tono de su respuesta le advirtió que no debía insistir. Aunque le costó refrenarse, Linc no preguntó nada más. Tal vez no fuera malo que su hermana se liara con el vecino. Siempre y cuando Mack fuera consciente de que él no iba a permitir que otro hombre se aprovechara de ella. Sabía, sin embargo, que Mary Jo no volvería a hablarle si le preguntaba a McAfee cuáles eran sus intenciones. Pero aun así quería saberlas.

Mary Jo le dijo que se quedara a cenar, pero él declinó el ofrecimiento. Ya se había quedado demasiado. Era hora de ponerse en camino. Tras darle las gracias por los muebles, Mary Jo lo acompañó a la camioneta.

—Conduce con cuidado, ¿de acuerdo?

—Sí —prometió él.

—Sabes que no hace falta que vengas a verme todos los días, ¿verdad?

Él se encogió de hombros.

—Ni siquiera cada dos días.

Linc sonrió.

—Ya no hace falta que mantengas unida a la familia, Linc. Somos todos adultos. Y podemos decidir por nosotros mismos y aprender de nuestros errores. Eres un cielo por querer protegerme, pero no es necesario, de veras.

Entonces, para su asombro, Mary Jo se puso de puntillas, tomó su cara entre las manos y le dio un beso en la mejilla.

Por el camino, Linc pensó en lo que le había dicho su hermana. En el fondo, sabía que Mary Jo tenía razón. A Mel y a Ned tampoco les gustaba que los vigilara constantemente.

En lugar de tomar el ferry para volver a casa, decidió cruzar el puente de los estrechos. Había recorrido menos de dos kilómetros por la autopista cuando vio un coche aparcado en la cuneta. Tenía las luces de emergencia puestas. Al parecer, había sufrido una avería. Junto al coche había una mujer que parecía estar esperando que alguien se detuviera. Los coches pasaban a toda velocidad. Linc no quería parar. Había tenido un día muy largo, era ya de noche y estaba cansado. Además, aún le quedaba una hora y media de viaje. Pero mientras se acercaba a la mujer, comprendió que su conciencia no le permitiría pasar de largo.

Aparcó la camioneta, se apeó y se acercó a la mujer. Era rubia, menuda, de aspecto delicado. Era incluso más baja que Mary Jo, que medía un metro sesenta.

—¿Qué le ocurre? —preguntó.

La mujer lo miraba como si hubiera salido de una película de *Viernes 13*. Abrió los ojos de par en par, aterrada. Linc sabía que su aspecto podía ser imponente, aunque no lograba imaginar qué creía aquella mujer que podía hacerle en la autopista, con tantos coches pasando a toda velocidad.

—Me llamo Linc Wyse y soy mecánico —explicó, confiando en tranquilizarla.

—Ha... ha dejado de funcionar, así, por las buenas. Iba camino de Gig Harbor y de pronto se paró. Por suerte pude sacarlo de la carretera antes de que se parara del todo.

—¿Ha llamado al seguro? —preguntó él.

—Eh, no. Bueno, sí, y me han dicho que mi póliza había expirado. He... tenido algunos problemas sentimentales últimamente, y se me habrá pasado pagarla —parecía a punto de romper a llorar—. Pero eso no es asunto suyo, perdone.

En eso tenía razón. No le interesaban sus problemas personales.

—¿El coche hizo algún ruido antes de pararse?

Ella sacudió la cabeza.

—He intentado mirar debajo del capó, pero no sé cómo se abre.

Típico. Las mujeres, en general, no tenían ni idea de cómo funcionaba un coche. Ella pareció adivinar lo que estaba pensando porque añadió:

—No soy tonta, ¿sabe?

Linc prefirió no responder. Se inclinó, pulsó la palanca del capó y rodeó el coche hasta su parte delantera. Levantó el capó y echó un rápido vistazo. A su lado, la mujer observaba el motor.

—No es del todo cierto —dijo.

—¿Perdón? ¿A qué se refiere?

—A eso que he dicho que no soy tonta —miró más allá de él, hacia el tráfico—. Ha sido usted muy amable y se lo agradezco.

Desconcertado por el cumplido, Linc prefirió ignorarlo.

—No veo que le pase nada al motor.

—Es increíble que me pase esto ahora, además de todo lo demás.

—¿De todo lo demás? —Linc se preguntó si iba a arrepentirse de haber preguntado.

—Mi prometido, Geoff. Mi ex prometido, debería decir. Es un ladrón —se mordió con fuerza el labio inferior—. He roto con él y mi familia está muy disgustada, no porque haya anulado la boda, sino porque no me di cuenta de que el hombre al que quería era un completo fracaso como novio y como ser humano —exhaló un profundo suspiro—. Le pido disculpas. Nada de eso tiene que ver con el coche. Francamente, no sé qué habría hecho si no hubiera parado usted. Llamar a mi padre estaba descartado.

Linc la miró con detenimiento por primera vez... y vio que era aún más guapa de lo que creía.

—Uno cree que conoce a alguien y que quiere a esa persona, y luego averigua la verdad y es tan... tan desgarrador descubrir que la persona a la que quieres no es quien tú creías...

Linc empezó a apartarse del vehículo.

—¿Cuánto hace que no pone combustible?

Ella frunció la frente.

—¿Cree que me he quedado sin gasolina?

—Déjeme ver.

La mujer parecía incapaz de pensar con coherencia. Linc se sentó detrás del volante y giró la llave. Efectivamente, la aguja indicaba que el depósito estaba vacío. Al parecer, la propietaria del coche estaba atravesando una crisis. Qué suerte la suya, tropezar con ella. Eso era lo que pasaba por hacer de buen samaritano. No había buena acción que quedara impune, y todo eso.

La mujer se deslizó en el asiento del copiloto y cerró la puerta. Empezó a temblar. Linc dedujo que intentaba controlar el llanto.

—Lo siento mucho. Es usted muy amable y yo me estoy poniendo histérica. Qué idiotez, no haberme dado cuenta de que me había quedado sin gasolina —cerró los ojos y bajó la cabeza.

—A todo el mundo le pasa alguna vez —dijo Linc en lo que esperaba fuera un tono reconfortante.

La mujer se volvió hacia él. Tenía la nariz roja y los ojos llenos de lágrimas.

—¿Alguna vez ha sentido que no hacía nada bien? —le preguntó.

A pesar de que tenía la impresión de haber aparecido de pronto en una teleserie, Linc asintió con la cabeza.

—Yo también.

Aquello empezaba a volverse ridículo.

—Llevo una lata de gasolina en la trasera de la camioneta —dijo, ansioso por seguir su camino—. Voy a ir a una gasolinera, a comprar unos litros. Con eso tendrá suficiente para llegar adonde vaya.

—¿Va a dejarme aquí?

—Eh... ¿Quiere venir conmigo?

—¿Puedo?

La mente de Linc voló en diez direcciones distintas al

mismo tiempo. No podía creer que se hubiera ofrecido a llevarla, ni que ella se lo hubiera pedido.

Para no gastar batería, apagó el contacto y le pasó las llaves del coche.

—Me llamo Lori Bellamy —dijo ella, y le tendió la mano.

Al estrechársela, a Linc casi le sorprendió la suavidad de su piel.

—Linc Wyse.

—Hola, Linc.

—Hola —volvía a sentirse violento. Sentía aquella misma inquietud siempre que estaba con una mujer. Sobre todo, si era menuda. Las mujeres bajitas como Lori le hacían sentirse torpe y... gigantesco.

Linc salió del coche, corrió a su camioneta y despejó el asiento del copiloto.

Ella se puso el cinturón de seguridad nada más montar (con su ayuda) y le sonrió.

—¿Siempre eres tan amable?

—Tengo una hermana —contestó él—. Si se le averiara el coche, me gustaría que alguien se parara a ayudarla.

Puso en marcha el motor y se incorporó al tráfico. Guardaron silencio mientras conducía, pero Linc ya no se sentía incómodo, ni sentía la necesidad de conversar. Pasados unos minutos, ella murmuró:

—Es muy fácil hablar contigo.

—¿Conmigo? —preguntó, sorprendido.

Ella asintió con la cabeza.

—Me has escuchado pacientemente a pesar de que estaba diciendo cosas completamente ridículas.

—¿Como qué?

Ella hizo una mueca.

—Lo de Geoff. Te has parado a ayudarme con el coche, no a oír mis penas.

—A veces es bueno hablar con un desconocido —Linc no lo sabía a ciencia cierta, pero tenía sentido.

—Bueno, la verdad es que no tenía intención de contarte los detalles más humillantes de mi vida —soltó una risa breve y avergonzada—. El que me haya quedado sin gasolina confirma que mi vida va de mal en peor —se encogió de hombros cansinamente—. Supongo que lo de Geoff demuestra que no tengo mucho criterio respecto a los hombres.

Linc sonrió.

—Entonces estamos igual, porque, en lo tocante a relaciones de pareja, yo soy un completo desastre —animado, decidió arriesgarse y apartó los ojos de la carretera el tiempo justo para mirarla—. ¿Te apetecería cenar conmigo?

—¿Esta noche?

—Eh... claro —cualquier noche le venía bien. A fin de cuentas, no tenía la agenda repleta de citas—. Esta noche estaría bien —dijo aparentando naturalidad.

—Está bien, pero sólo si dejas que pague yo, por todas las molestias que te estás tomando.

Linc titubeó, temiendo estar a punto de arruinar el encuentro más prometedor que tenía desde hacía años.

—Perdona, pero no puedo. No es eso lo que me enseñó mi padre —añadió, intentando bromear un poco. Se detuvo para calibrar su reacción—. Llámame antiguo, si quieres, o machista, o lo que quieras, pero pienso pagar la cena. Soy yo quien te ha invitado, ¿recuerdas?

—Antiguo —repitió ella—. Prefiero «antiguo». De todos modos, el término «machista» ya está desfasado, ¿no?

—¿Quieres decir que es antiguo? —preguntó él, y los dos se rieron.

Linc encontró una gasolinera y pidió indicaciones al dependiente para llegar al restaurante más cercano. Era una hamburguesería familiar. Pidieron hamburguesas, patatas fritas y refrescos y hablaron sin parar durante dos horas. Lori le contó lo de Geoff y él le habló del traslado de su hermana a Cedar Cove. Linc le describió su taller y ella le contó que trabajaba en una tienda de ropa cerca del centro comercial y que se había mudado hacía poco a Cedar Cove.

Se habrían quedado más tiempo, si Linc no hubiera notado signos evidentes de que estaban cerrando el local. No quería que se acabara la noche. Con Lori se sentía cómodo y relajado. Su conversación le interesaba. Al parecer, a ninguno de los dos se le daba bien hablar de tonterías, y cuando él se lo hizo notar, ella contestó:

–¿Y qué? Entonces hablaremos de cosas importantes.

Y eso habían hecho.

Todo cambió cuando estuvieron de nuevo en la camioneta y Linc la llevó a recoger su coche. De pronto, el silencio parecía cargado de tensión. Linc no entendía por qué y se preguntaba si había dicho algo que la había ofendido. Decidió averiguarlo, pero no sabía cómo sacar a relucir el tema, cómo preguntarle qué era lo que la molestaba.

–Linc... –ella puso la mano sobre su brazo–. ¿Te importa que nos quedemos aquí sentados un momento? –él había aparcado en la cuneta, a unos metros de su coche.

–No. Quiero decir que... No, claro que no me importa.

Lori se volvió y le miró con los ojos más grandes y castaños que Linc había visto nunca.

–Te cuesta mantener una relación de pareja, ¿verdad?

Él asintió con la cabeza.

–A mí también. Pero contigo me siento distinta.

Él asintió de nuevo, sin saber cómo explicar sus sentimientos.

–Eres una buena persona. Te paraste a ayudarme cuando todos los demás pasaban de largo –señaló su coche–. A nadie le importó, excepto a ti.

Él deseó quitarle importancia a lo que había hecho, pero ella parecía tan emocionada que no se atrevió a hablar por miedo a destruir aquel instante.

–También te preocupas por tu familia, y has conseguido mantener en marcha el negocio de tu padre. Te admiro por eso –Lori cerró los ojos y volvió a abrirlos–. Estoy harta de todo.

–¿De qué? –preguntó él, sorprendido por aquel súbito giro de la conversación.

–De salir con hombres.

–¿Eso significa que no quieres salir conmigo otra vez? –no pudo evitar que se notara su desilusión.

—No... Mira, no digas nada todavía, pero me gustaría sugerirte una cosa tan rara que seguramente saldrás de un salto de la camioneta y te irás corriendo a las colinas.

—¿Qué?

Ella se mordió el labio inferior.

—No, es una locura. Da igual.

Linc no conseguía adivinar qué quería sugerirle y deseó que lo soltara de una vez, y al diablo las consecuencias.

—Yo también estoy chapada a la antigua —ella hizo una pausa—. Igual que tú.

Linc estuvo de acuerdo. Eso le gustaba de ella.

—Parece que te cuesta mantener relaciones de pareja y a mí me pasa lo mismo.

Él asintió de nuevo.

—Estás tan harto de ese juego como yo, ¿no?

—Sí.

Lori respiró hondo.

—¿Quieres que nos lo saltemos?

—¿Cómo... cómo dices? —se había perdido algo.

Ella miraba fijamente al frente, aunque Linc no veía a qué.

—¿Te interesaría saltarte todo ese rollo que conduce al... matrimonio?

El silencio parecía retumbar.

—Lori —dijo él con cautela—, puede que me equivoque y, si es así, si estoy siendo un presuntuoso, te pido perdón, pero... —tragó saliva—. ¿Me estás pidiendo que me case contigo?

Ella se aclaró la garganta.

—Sé que seguramente es lo más absurdo e impulsivo que has oído nunca, pero tengo que preguntártelo.

—¿Hablas en serio?

—Sí —contestó, muy seria—. Los dos queremos casarnos, ¿no?

Eso era cierto. Linc notó que se le aceleraba el pulso. Lori prosiguió:

—Tú estás harto. Y yo también. ¿Por qué no nos olvidamos de todas esas chorradas? Casémonos y ya está. ¿Estarías dispuesto?

–No esperaba que una mujer me pidiera en matrimonio, pero puesto que lo has hecho...

–¿Te he asustado? –preguntó ella.

Sí, aunque Linc no fuera a admitirlo.

–¿Quieres que te conteste ahora?

–Por favor.

Él exhaló un rápido suspiro.

–Está bien. Estoy dispuesto a intentarlo, si tú lo estás.

La sonrisa de Lori iluminó toda su cara. Lo agarró del brazo.

–¡No puedo creer que vayamos a hacer algo así! ¡Es un disparate!

–Supongo que sí.

Ella apoyó la cabeza sobre su hombro y suspiró como si se hubiera quitado un gran peso de encima.

–Entonces, vamos a casarnos –dijo Linc.

–Vamos a casarnos –repitió ella.

–¿Pronto? –preguntó él.

–Sí, pronto.

CAPÍTULO 24

Últimamente, Ben había vuelto a ser el de siempre, lo cual suponía un enorme alivio para Charlotte. Ella sabía que había hablado dos veces con David en las últimas semanas. La primera llamada le había alterado, pero después de la segunda parecía más tranquilo. Durante los días siguientes, su ánimo mejoró considerablemente.

Ben no le había contado sus conversaciones con David, pero Charlotte sabía que poco después de hablar con su hijo se había puesto en contacto con Roy McAfee. Al principio, le apenó que su marido no confiara en ella. Después cambió de parecer. Ben era muy considerado, y no quería que se viera mezclada en aquel nuevo embrollo con su hijo.

—Ben —dijo mientras se ponía el sombrero delante del espejo. Rara vez llevaba sombrero, pero iban de fiesta, y para una fiesta no había nada mejor que un sombrero. La última vez que habían hablado, Olivia le había dicho que ella también iba a ponerse uno (por motivos distintos, claro), y por eso Charlotte había decidido ponerse el suyo: para que su hija no se sintiera avergonzada. Olivia tenía una peluca muy bonita, pero le resultaba incómoda y le daba mucho calor, así que su familia y sus amigos la animaban a no ponérsela.

—¿Estás listo? —le preguntó a Ben.

—Falta casi una hora para la gran inauguración —contestó él alzando la voz.

Charlotte se sujetó el sombrero de fieltro con un bonito alfiler que había pertenecido a su madre.

—Ben, cariño, no quiero llegar tarde.

—Charlotte —dijo él al entrar en el dormitorio—, sólo tardaremos cinco minutos en llegar al salón de té.

—Pero habrá mucha gente.

Ben la abrazó por la cintura.

—Muy bien, amor mío. Si así estás más tranquila, nos vamos ya.

—Gracias, cielo.

Tras meses en obras, el Salón de Té Victoriano de su nieta iba a abrir sus puertas. El edificio, pintado de rosa y con una cenefa de color lavanda, era la comidilla del pueblo, y no era de extrañar: no había ningún sitio como aquél en Cedar Cove.

Para ayudar a su nieta en su nueva empresa, Charlotte había recopilado sus recetas más queridas. Ben la había ayudado a pasarlas a máquina. Luego, con mucha pompa, le habían ofrecido la carpeta a Justine. A Charlotte le había entusiasmado ver que la carta del salón de té incluía muchas de sus recetas.

Charlotte se puso un poco de colonia. Noche en París, su favorita de toda la vida. Justo cuando había acabado, sonó el timbre. ¡Vaya, qué oportuno!

Al entrar en el cuarto de estar vio a Roy McAfee con la chaqueta aún puesta y un maletín en la mano, hablando con Ben.

—Roy, qué alegría verte —dijo amablemente.

Esperó a que Ben anunciara que se tenían que ir a la inauguración. La familia y los amigos más cercanos iban a reunirse en el salón de té antes de que abriera al público para una ceremonia de bendición. El pastor Flemming pediría a Dios su amparo para aquella empresa, y Charlotte no quería perderse ni un instante. Pero en lugar de abreviar la visita de Roy, su marido lo invitó a sentarse.

—No tardaremos mucho —le dijo Ben, que parecía haber adivinado lo que estaba pensando su esposa.

–¿Queréis que haga café? –les preguntó ella.

–No, gracias –dijo Roy–. Sólo tengo que darle un informe a Ben.

Estaba claro que Ben había contratado a Roy para que hiciera alguna averiguación, relacionada sin duda con David. Ben señaló el espacio vacío que quedaba en el sofá.

–Siéntate con nosotros, por favor.

Charlotte se sentó a su lado. Él tomó su mano y se la apretó con fuerza. Charlotte notó lo tenso que estaba, lo harto de tratar con David y sus problemas, y le apretó los dedos para reconfortarlo.

–Como seguramente sabrás –comenzó a decir Roy, sentado frente a ellos–, Ben me pidió que comprobara la historia de David.

Ben se volvió hacia ella y dijo:

–La última vez que hablamos, David me contó que le había dicho a Mary Jo que quería que se hicieran pruebas de paternidad. Ella se oponía, pero, como yo se lo pedía, accedió. Los análisis demuestran que Noelle es hija de David. Ya no hay duda al respecto.

–¿David va a aceptar su responsabilidad?

–Dijo que sí –contestó Ben–. Me explicó que había dejado su trabajo en la compañía de seguros y que ahora trabajaba en un banco. Me dijo que estaba intentando cambiar de vida y me pidió ayuda.

–¿Ayuda económica? –preguntó Charlotte.

–No, y eso me animó. Sentí por primera vez desde hacía años que tal vez mi hijo había escarmentado y estaba dispuesto a convertirse en el hombre que siempre creí que podía ser.

Charlotte miró a Roy. No lograba adivinar por qué Ben había recurrido a él.

–El caso es que David me ha engañado otras veces –prosiguió su marido–. Me cuesta saber si es sincero: soy su padre y, naturalmente, tiendo a confiar en él. Pero esta vez, en lugar de aceptar su palabra a ciegas, le pedí a Roy que comprobara si su historia era cierta.

Roy se inclinó para abrir su maletín.

—Tengo aquí un informe por escrito —les dijo el investigador, pasándoles una carpeta.

—Andamos un poco apurados de tiempo —dijo Ben—. ¿Te importaría resumírnoslo?

—Claro que no.

Charlotte notó que había tensado la espalda, como si temiera que Ben le pidiera aquello.

—David decía la verdad al afirmar que había dejado su empleo, aunque no fue por elección propia. La empresa lo despidió con motivo. Al parecer, había una denuncia de acoso sexual contra él. No le dieron indemnización.

Charlotte no se sorprendió de que lo hubieran despedido.

—Pero ya tiene otro trabajo, ¿no? —preguntó Ben.

—No, me temo que eso es mentira —contestó Ben—. Lleva tres meses sin empleo.

Consciente de la mala situación económica de David, Charlotte se sintió impelida a preguntar:

—¿De qué vive, entonces?

Roy miró a Ben como si le pidiera permiso para responder. Ben asintió ligeramente con la cabeza.

—David se ha mudado a vivir con una... con una persona.

—¿Hombre o mujer? —inquirió Ben, ceñudo.

—Mujer.

Charlotte sintió la decepción de su marido.

—En otras palabras —dijo Ben sin desvelar emoción alguna—, que mi hijo está dejando que lo mantenga una mujer.

Roy asintió con la cabeza.

—Eso parece.

—¿Y todo eso de que quería ser un padre para Noelle, ayudarla económicamente y tener una relación con ella? —Charlotte miró a Ben.

—Supongo que me dijo lo que yo quería oír, para intentar convencerme de que era sincero.

—Hay algo más que tal vez te interese —dijo Roy tras vacilar un momento.

—¿Sí? —Ben volvió a mirar al detective.

—David vive actualmente en Seattle.
—¿En Seattle? —repitió Ben—. ¿Desde cuándo está tan cerca?
—Por lo que he podido averiguar, desde hace un par de meses.

El hijo de Ben vivía a escasa distancia de allí y no se había molestado en avisar a su familia. Ni siquiera había intentado ver a su hija, que hasta hacía poco tiempo también vivía en Seattle. Aquello era un mazazo, y Charlotte sabía que Ben se lo tomaría mal.

—Entiendo —dijo su marido pasado un momento. Había hecho un esfuerzo evidente por asimilar la impresión que le había producido aquella revelación.

—Ojalá tuviera mejores noticias —dijo Roy.

Ben sacudió la cabeza.

—No te preocupes. Prefiero saber la verdad ahora que descubrirla más adelante.

Charlotte puso una mano sobre la de su marido. Tenía ganas de llorar. En apenas unos minutos, Ben parecía haber envejecido varios años.

—¿Hay algo más que deba saber? —preguntó Ben.

Roy se encogió de hombros.

—Como os he dicho, todo está en el informe. Así tendrás una idea más clara de la vida que lleva tu hijo.

—¿Quieres decir que hay algo más? —preguntó Ben—. Si es así, dímelo ahora.

Roy le lanzó a Charlotte una mirada interrogativa.

—Ben necesita saber la verdad —dijo ella suavemente.

—¿Está metido en la droga? —preguntó su marido.

—No. Parece que David tiene problemas con el juego.

Ben cerró los ojos un momento.

—Me lo temía. ¿Y el alcohol?

Roy hizo una mueca.

—Siento darte tan malas noticias, sobre todo en un día tan importante como hoy.

—¿Hoy? —preguntó Ben.

—El día de la inauguración del salón de té.

—Ah, sí —dijo Ben con voz débil—. Lo había olvidado.

Charlotte y yo estábamos a punto de irnos cuando has llegado.

Parecía estar en trance. Se levantó y se quedó con la mirada perdida mientras Charlotte acompañaba a Roy a la puerta.

—Lo siento, Charlotte. ¿Puedo hacer algo? —dijo Roy en voz baja.

—No, pero gracias por preguntar.

Charlotte se quedó en la puerta y lo vio bajar los escalones y cruzar la calle, hasta su coche. Entre tanto, intentó descubrir cómo podía ayudar a su marido a encajar aquel nuevo golpe infligido por su hijo pequeño.

Cuando se dio la vuelta, vio con sorpresa que Ben estaba tras ella. Su marido la miró a los ojos y sonrió.

—¿Quieres quedarte en casa? —preguntó ella.

Ben negó con la cabeza.

—Mi hijo está empeñado en autodestruirse. Odio ver cómo destroza su vida, pero no puedo hacer nada por impedírselo —exhaló lentamente y le tendió el brazo—. No puedo permitir que David me arrastre con él, ni puedo vivir su vida por él. Confiaba en que fuera más sensato, pero parece que no es así.

—¿Seguro que quieres ir? —preguntó ella.

Ben le devolvió una sonrisa tierna.

—No voy a permitir que David nos arruine este día maravilloso. Vamos a reunirnos con los demás en el salón de té para la bendición del pastor Flemming. Y luego tú y yo estaremos entre los primeros clientes de Justine —miró su reloj—. Llegaremos justo a tiempo.

CAPÍTULO 25

Shirley Bliss estaba sentada en su taller, al que sus hijos llamaban «la Mazmorra». Haciendo los trabajos preparatorios para una nueva pieza, había perdido la noción del tiempo. Las sombras empezaban a extenderse por las paredes soleadas del sótano, y Shirley comprendió que la tarde declinaba.

Tanni volvería pronto del instituto.

O eso esperaba.

Era difícil saber lo que haría su hija. Cada vez que Shirley se atrevía a preguntarle dónde había estado, Tanni se mostraba arisca y rebelde. Pasado un tiempo, Shirley dejó de preguntar. Vigilaba lo mejor que podía las idas y venidas de su hija, e intentaba mantenerse informada de sus amistades, que últimamente parecían haberse reducido a Shaw.

Uno de los problemas que tenía con su hija era que Tanni la culpaba del accidente de moto que se había cobrado la vida de su padre. Quizá fuera ilógico, pero desde el punto de vista de una adolescente Shirley era la responsable. Era ella quien había capitulado por fin y había accedido a que Jim fuera a trabajar a Seattle en su Harley. Tanni estaba convencida de que, si se hubiera mantenido firme, su padre aún estaría vivo. Pero ese interrogante seguiría por siempre sin respuesta.

Shirley dejó escapar un suspiro y, mientras subía las escaleras, se dio cuenta de que se había saltado la comida. Le ocurría a menudo cuando empezaba a trabajar en un nuevo proyecto. Había pasado el día eligiendo telas y diseñando una colcha para la que emplearía ante, estampados de algodón, seda, lino e hilo, así como cordones y cintas. Cuando la inspiración se apoderaba de ella, ni siquiera se acordaba de comer. Sus mejores piezas eran el resultado de largas jornadas de trabajo que a menudo llegaban hasta la madrugada. Jim y los chicos estaban acostumbrados a lo extraño de sus horarios. Ahora, ya sólo quedaba Tanni en casa. Jim había muerto y Nick estaba fuera, en la universidad.

Para Shirley, el arte era un refugio y una vía de escape. Para Tanni también lo había sido, aunque últimamente no le enseñara a nadie sus dibujos. Eso era bueno, posiblemente, porque a Shirley le preocupaban la amargura y la ira que dejaban traslucir los bocetos de su hija. Tanni se había vuelto introvertida, se había alejado de la mayoría de sus amigos y se había negado a hablar con su madre, con un psicólogo, con su pastor, con todo el mundo.

Las cosas cambiaron cuando empezó a salir con Shaw, aunque la transición se operó poco a poco. A pesar de sus recelos, Shirley se alegraba de que Tanni hubiera encontrado en Shaw alguien con quien compartir sus sentimientos. Al igual que hija, Shaw era un artista. Pero, a diferencia de Tanni, él no había recibido educación artística.

Tenía talento, no había duda. Shirley se había desvivido por ayudarlo a conseguir la formación que necesitaba si quería ganarse la vida como pintor. Era la primera en admitir que sus motivos no eran del todo altruistas. Le preocupaba que los dos adolescentes, cargados ambos por multitud de problemas, intimaran demasiado y empezaran a mantener relaciones sexuales. Temía que Tanni acabara embarazada o, como mínimo, con el corazón roto y devastada por otra pérdida irreparable. El hecho de que Shaw y ella hubieran encontrado el esqueleto de la cueva había reforzado su vínculo. Desde entonces eran casi inseparables, y Shirley conocía los peligros que entrañaba eso. Sabía adónde podía llevar. Quería proteger a su hija de las dolorosas consecuencias de una relación de pareja demasiado íntima siendo todavía tan joven.

En un esfuerzo por allanarle el camino a Shaw, había accedido a salir con Will Jefferson. Por suerte, Will le caía bastante bien, y era muy atractivo, desde luego. Pero, aun así, desconfiaba de él. Lo importante, de todos modos, era que Will tenía amistad con Larry Knight, un pintor al que ella admiraba mucho. A instancias suyas, Will había hablado con Knight para intentar conseguirle una beca a Shaw en alguna escuela de renombre.

Shirley había intentado disimular su alivio cuando Shaw fue aceptado en el Instituto de las Artes de San Francisco. Quedaban dos días para que se fuera: iba a trabajar para un amigo de Larry Knight antes de que empezara el curso de verano, en mayo. Aunque no habían hablado de la marcha de Shaw, Shirley se daba cuenta de que su hija se sentía dividida. Aquélla era una gran oportunidad y Tanni estaba feliz por Shaw, pero al mismo tiempo le preocupaba lo que ello supondría para su relación.

La puerta se abrió y entró Tanni. Dejó su mochila en el suelo y se quitó los zapatos con los pies. Sin mirar a su madre, se dirigió a su cuarto. Unos segundos después, el ruido de su puerta al cerrarse retumbó en el pasillo.

Shirley deseó regañar a su hija: por su mala educación, por ignorar las muchas veces que le había pedido que llevara la mochila a su habitación y por ser tan desconsiderada con los sentimientos de los demás. Tenía mil motivos para hacerlo. Pero lo cierto era que no se atrevía a suscitar una discusión en ese momento. Temía demasiado que Tanni hiciera algo impulsivo, que cometiera alguna estupidez.

Abrió el armario de la cocina y sacó una lata de sopa de pollo con fideos. Las latas y los congelados eran fáciles y rápidos de hacer. Shirley no tenía paciencia para cocinar.

Cuando sacó la sopa del microondas, se sentó a la mesa de la cocina. Acababa de tomar la primera cucharada cuando entró su hija. Tanni miró a su alrededor, vio a su madre, dio media vuelta y volvió a salir. Típico de ella.

—¿Qué tal las clases? —preguntó Shirley alzando la voz.
—Bien.
—¿Tienes hambre?

—No. Me voy a mi cuarto.
—Está bien.

A Shirley no le sorprendió la áspera reacción de su hija. Pero tenía que intentarlo.

Tras acabarse la sopa, dejó el cuenco en el fregadero, puso las noticias y tomó sus agujas y su madeja de lana. Había empezado a tejer últimamente. Nada artístico, ni complicado. Todo lo que tejía, casi siempre bufandas o tapetes, iba a parar a la beneficencia. Tejer dejaba libre su mente. Al final del día, la relajaba hacer una labor repetitiva y gratificante, y hacer punto le permitía reflexionar sobre los acontecimientos de su vida.

Para su sorpresa, cuando llevaba un cuarto de hora viendo las noticias, Tanni entró en el cuarto de estar y se sentó en el sillón, junto a ella. Shirley abrió la boca para darle la bienvenida, pero en el último momento decidió no hacerlo. Si hablaba, tal vez Tanni se marchara. No, era mejor esperar a que fuera ella quien tomara la iniciativa.

—Va a conocer a otras chicas, ¿sabes? —dijo Tanni por fin.

Shirley no necesitaba que le aclarase a quién se refería.

—Sí, seguramente. ¿Te da miedo que conozca a otras?

Tanni se encogió de hombros, lo cual quería decir que sí. Sabía que se arriesgaba a una ruptura cuando Shaw se marchara a estudiar Bellas Artes.

—¿Quieres que se quede en Cedar Cove?

Tanni la miró y esbozó una media sonrisa, como si la pregunta le hiciera gracia.

—No.

—Pero tampoco quieres que se vaya, ¿no?

—Piénsalo, mamá. Shaw es el único amigo de verdad que tengo. Lo voy a echar mucho de menos.

—Sí, claro —tal vez, sólo tal vez, eso la forzaría a buscar otros amigos: los que tenía antes del accidente, los amigos a los que había abandonado.

—Dice que me quiere.

—Y tú lo quieres a él —Shirley no quería restar importancia a la intensidad de los sentimientos de ambos chicos. El problema era que eran demasiado jóvenes y no tenían suficiente experiencia para gestionar una emoción tan intensa.

—Quiero a Shaw más que a nada en el mundo. Más que a mi vida.

Un estremecimiento de miedo recorrió a Shirley. Intentó disimularlo, y tardó un momento en darse cuenta de que las palabras de Tanni eran simplemente un modo de hacerle entender la hondura de lo que sentía por Shaw.

—Dice que me mandará un e-mail o me llamará todos los días.

—Seguro que sí.

—Sí, pero me pregunto cuánto durará.

Shirley también, aunque habría sido una estupidez reconocerlo.

—Volverá en vacaciones.

—Eso no es suficiente —se lamentó Tanni—. Todo va a cambiar, y yo no quiero que eso pase.

Parecía una niña pequeña necesitada del consuelo de su madre.

—¿Quieres que te dé un abrazo? —se arriesgó a preguntar Shirley.

Su hija la miró como si la hubiera ofendido.

—No te haría ningún mal —añadió Shirley.

Tanni se encogió de hombros.

—Supongo que no.

Shirley dejó su punto, se levantó y se acercó a su hija. No recordaba la última vez que Tanni le había permitido que le demostrara su afecto. Dejó escapar un suspiro involuntario al estrecharla entre sus brazos.

Para su sorpresa, Tanni también la abrazó.

—Vas a estar perfectamente —le dijo Shirley—. Y Shaw también.

Tanni apoyó la cabeza en el hombro de su madre.

—Eso espero.

—Ya verás como sí.

—Pero tengo miedo —susurró Tanni—. ¿Y si tiene tanto éxito que dejo de interesarle?

Shirley no estaba segura de cómo reconfortarla. No podía prometerle que eso no iba a ocurrir, y en parte confiaba en que así fuera.

Tanni se apartó e irguió la espalda. Shirley volvió a su punto. Tanni se quedó en el cuarto de estar. Pasados unos minutos dijo:

—En el colegio han pasado una circular de Grace Harding, la directora de la biblioteca.

—¿Una circular sobre qué?

—La biblioteca está buscando voluntarios para trabajar con niños y perros —le dijo Tanni.

—¿Perros, en una biblioteca?

—Eso ponía. La señora Harding va a llevar perros de la protectora de animales para que los niños con dificultades de aprendizaje les lean libros. A muchos chicos de la escuela les parece una bobada, pero yo creo que es una gran idea.

—¿Y para qué necesitan voluntarios? ¿No tienen ya unos cuantos?

—No estoy segura, pero me gustaría probar.

—Bueno. Parece interesante.

—Hay una reunión la semana que viene y quiero ir.

—Ya me contarás. Tengo curiosidad.

—Sí, ya te diré —Tanni hizo amago de irse. Cuando estaba en medio de la habitación, se detuvo y miró hacia atrás. Luego, en tono despreocupado, dijo—: Gracias por escucharme, mamá.

A Shirley se le llenaron los ojos de lágrimas.

—De nada —musitó.

Un año después de perder a su padre, casi tenía la impresión de haber recuperado a su hija.

CAPÍTULO 26

El sábado por la noche, tras pasar ocho horas de pie delante de la caja registradora, Christie estaba cansada. Muy cansada. Desde hacía meses, día tras día, no hacía otra cosa que trabajar y estudiar. Ni siquiera recordaba cuándo había ido por última vez al Pink Poodle.

Esa semana había tenido exámenes y pensó que se merecía una pequeña recompensa. Había hecho todos los trabajos de clase, había estudiado duro y había aprobado ambos cursos. No le vendría mal tomar una cerveza, y sería agradable reencontrarse con los amigos.

Al aparcar, vio por el rabillo del ojo una limusina al fondo del aparcamiento.

No. No podía ser. ¿James? ¿Había ido a buscarla? ¿Estaba esperándola, por si daba la casualidad de que aparecía? Pues quizá no fuera la primera vez que se pasaba por el Pink Poodle, pero desde luego sería la última.

Christie se bajó del coche, cerró de un portazo y se dirigió hacia la limusina aparcada. Tocó con fuerza en las ventanillas ahumadas del coche. Después se dio cuenta de que estaba vacío. Se frotó los nudillos. Si James no estaba en la limusina, estaría probablemente en el bar. Pues muy bien. Se pondría a coquetear con sus amigos y pasaría de él. Aquella perspectiva la llenó de renovada energía.

Al entrar en el bar, vio primero a Kyle, un fontanero divorciado. Había también otros hombres, casi todos sentados a las mesas. Varios de ellos estaban jugando al billar.

—Eh, mirad quién está aquí —Kyle levantó su jarra de cerveza para saludarla.

—¡Christie! —Bill se bajó del taburete para darle un abrazo.

Larry, que atendía la barra, le sirvió automáticamente una cerveza. Christie no tardó en localizar a James. Estaba sentado, solo, en un rincón del local, bebiendo no una cerveza, ni una copa, sino un refresco.

—¿Dónde te has metido? —preguntó Kyle cuando Christie se sentó en un taburete de la barra, junto a su viejo amigo.

—Bueno, he estado por ahí.

—He oído que estabas yendo a la universidad —comentó Larry al poner la jarra de cerveza delante de ella.

—Sí, decidí que era hora de buscarse un oficio de verdad.

James no daba muestras de haberla visto. Bill se sentó a su lado.

—¿Qué le pasa a ese tío del fondo? —preguntó ella, señalando a James.

—Lo llamamos el Profesor —susurró Larry.

—¿Viene a menudo?

Kyle se encogió de hombros.

—Una o dos veces por semana.

—Lleva viniendo un par de meses. Nunca abre la boca. No sabemos ni cómo se llama.

—Es James Wilbur —dijo ella automáticamente. No tenía intención de contarles que lo conocía. Su problema, uno de tantos, era su incapacidad para mantener la boca cerrada.

—¿Os conocéis?

En lugar de mentir, Christie prefirió tomar un sorbo de cerveza mientras intentaba dar con una respuesta razonable.

—La verdad es que no. Hace tiempo creía que sí, pero me equivoqué —no sabía si aquello tenía mucho sentido, al menos para ellos.

—Eh, espera un momento —Kyle miró a Christie y a Bill, y luego a Larry. Levantó un dedo—. Me acuerdo de él.

—¿Sí? —preguntó Bill.

—Es el que rondaba por el aparcamiento antes de Navidad.
Larry asintió con la cabeza.
—¡El de la limusina!
—¿La limusina está fuera? —preguntó Kyle. Bill y él corrieron a la puerta—. Sí —les dijo un momento después—. Claro que está.
—Parece que por fin se ha atrevido a entrar —comentó Christie, siguiéndoles el juego.
Los tres hombres se echaron a reír y un par de clientes se volvieron a mirarlos.
—A lo mejor quieres decirle hola —dijo Larry.
Christie sacudió la cabeza.
—¿Para qué?
—Has dicho que lo conocías. Y está muy callado, ahí sentado, con su Coca-cola *light*.
Una Coca-cola *light*. Estaba flaco como un espárrago ¿y bebía Coca-cola *light*? Por razones que no podía explicar, aquello la puso furiosa.
—Claro, Christie, ve a decirle hola —dijo Kyle.
—Apuesto a que ha estado esperándote todo este tiempo —añadió Bill, burlón.
—Vamos, por favor.
Los tres sonrieron.
—Oye, tiene cara de que le vendría bien una amiga.
Hablar con James no entraba en sus planes, pero cuando los chicos la animaron a hacerlo la idea le pareció irresistible. No sabía qué iba a decirle. Seguramente, alguna estupidez. Pero ni siquiera eso bastó para detenerla.
James no levantó la mirada al acercarse ella, lo cual arruinó en cierto modo su diversión. Christie no esperó invitación para apartar una silla y sentarse a su lado.
—¿Qué haces tú aquí? —preguntó.
Él contestó levantando su refresco y dándole un sorbo.
—¿Qué pasa, es que se te ha comido la lengua el gato?
—No.
James siempre había sido hombre de pocas palabras, pero nunca hasta ese punto.

—Los chicos dicen que llevas viniendo una temporada. ¿Por algún motivo en particular?

—Por ti.

Ella hizo girar los ojos. Odiaba su laconismo.

—¿Te importaría explicarte?

—Sí.

—Está bien. Si eso quieres —se sentó de lado en la silla, cruzó las piernas y comenzó a mover el pie en círculo. Era agradable sentarse, después de pasar tantas horas de pie.

James la ignoró, y ella lo ignoró a él. Pasados unos minutos, Christie comprendió que aquello no llevaba a ninguna parte, así que empezó a levantarse. Él estiró el brazo y la detuvo.

—¿Qué? —preguntó ella al desasirse. Si él quería limitar sus respuestas a monosílabos, ella haría lo mismo.

—Quédate.

—¿Por qué? —se preguntó cuánto tiempo iba a seguir aquello. No mucho, pensó—. ¿Para qué? Me tratas como si fuera tu perro.

—Quédate, por favor.

Tres palabras. Bueno, era una mejora, aunque fuera pequeña.

El silencio se extendió entre los dos. Fue James quien lo rompió.

—Empecé a venir porque aquí me sentía cerca de ti.

—Espero que no creas que, si no he venido, ha sido por ti.

—No, ya lo sé. Has estado dando clases de contabilidad y fotografía. Me lo dijo Teri.

La traidora de su hermana.

James la miró fijamente.

—¿Tanto te cuesta perdonarme? —preguntó en voz baja.

Ella se limitó a asentir con la cabeza.

James tensó la boca.

—Lo siento por ti.

Christie se llevó una mano al pecho.

—¿Por mí?

James sacudió la cabeza con tristeza.

–¿Aún no te has dado cuenta de que ningún hombre va a quererte tanto como yo?

–Sí, ya –masculló ella con sarcasmo–. Muchos hombres me han jurado amor eterno, igual que tú, y luego se largaron. Tú no eres distinto y lo has demostrado.

–Si me das otra oportunidad, te demostraré lo contrario.

–Lo siento, pero no pienso dar más oportunidades a nadie –parecía decidida y segura de sí misma, pero notaba que su resolución iba debilitándose.

Él vaciló; luego se encogió de hombros, resignado.

–Es una lástima.

–Sí, ya, y voy a arrepentirme, ¿verdad? Pues te equivocas, James Wilbur, o como te llames. Eso se acabó. Ya no me queda arrepentimiento. Se me agotó el día que te marchaste.

Él asintió con la cabeza y se levantó. Christie dio un respingo involuntario cuando alargó el brazo para tocarle la mejilla. Su contacto fue ligero, como una caricia.

–Habríamos tenido unos hijos preciosos –con ésas, se marchó.

Christie deseó gritarle que aquélla era una frase de película de serie B, pero estaba paralizada. El aliento se le había atascado en los pulmones. Cuando logró exhalar, se levantó de un salto y corrió fuera. James estaba cruzando el aparcamiento.

–¡Espera un momento!

James se volvió sin decir nada. Christie le clavó un dedo en el pecho.

–Eso ha sido un golpe bajo y una... una crueldad, y tú lo sabes.

Porque le había tocado en su punto flaco: su deseo de tener hijos. James lo sabía porque había sido sincera con él: le había confiado todas sus esperanzas, sus fracasos y sus sueños. Aquello era justamente lo que tenía que decir para que ella corriera tras él. De no haber estado tan enfadada, habría roto a llorar. Llevaba tantos años sofocando su deseo de ser madre que, cada vez que afloraba, el dolor se hacía insoportable.

James la observó, y a la luz tenue de las farolas ella vio la ternura de su mirada. Aunque intentó resistirse, él la rodeó con sus brazos y la atrajo hacia sí. Cuando ella se rindió por fin y se apoyó en él, James le susurró al oído:

—Christie, Christie, ¿cuándo vas a darte cuenta de que yo no soy como los demás?

Ella ansiaba creerle, pero sabía que no podía. La habían engañado muchas veces. No podía arriesgarse de nuevo.

Aun así, cuando él se inclinó para besarla, no se resistió. Deslizó los brazos alrededor de su cuello y se rindió a su beso. Sus labios eran cálidos y húmedos. La levantó del suelo, y su ternura hizo que a Christie se le acelerara el corazón y se le aflojaran las rodillas.

Cuando la soltó, le sorprendió poder mantenerse en pie.

—Te estaré esperando —dijo James—. Estaré aquí cuando estés lista. No voy a ir a ninguna parte, Christie.

Ella quiso responder, pero no pudo.

James volvió a acariciarle la mejilla y luego la dejó allí, sola, en el aparcamiento del Pink Poodle.

CAPÍTULO 27

Troy no habría adivinado que ocurría algo extraño en el 204 de Rosewood Lane de no ser porque sabía que a Faith le habían rajado los neumáticos hacía dos semanas y le habían destrozado la casa en enero. Pero, desde entonces, las agresiones habían sido intermitentes. Troy no lograba explicar por qué Faith se había convertido en blanco de aquellos ataques. Ella no era de esas personas que se granjeaban enemigos; todos los que la conocían se sentían de inmediato atraídos por ella. A Troy lo sacaba de quicio que ni él ni sus ayudantes hubieran podido descubrir al culpable.

De pie delante de la casa, recordaba la mañana en que fue a hablar con Grace Sherman.

Dan había desaparecido y en aquel momento nadie sabía la trágica verdad: que la depresión que había arrastrado de por vida, debido a un incidente en Vietnam, lo había conducido al suicidio. Troy tenía un recuerdo muy vívido de aquella visita y de la de un año después, cuando fue a decirle a Grace que habían encontrado el cuerpo de Dan.

Sandy aún vivía cuando desapareció Dan Sherman. Troy le contó el caso. Para entonces ella apenas podía comunicarse verbalmente, pero su mirada expresiva había revelado la compasión que sentía por Grace.

Troy suspiró. Le sorprendía lo a menudo que pensaba en Sandy. Ojalá pudiera hablar con ella ahora. Su mujer siempre había sido una buena oyente, y aunque parecía extraño que quisiera hablar con ella de sus sentimientos por otra mujer, tenía la impresión de que, de haber conocido a Faith, Sandy y ella se habrían hecho amigas.

La puerta se abrió de pronto y Faith salió al porche y se quedó allí parada, en medio de la tarde lluviosa. La primavera había empezado oficialmente hacía una semana y, como decía el antiguo refrán, marzo lluvioso, abril florido. ¿O era abril lluvioso, mayo florido? En todo caso, el cielo todavía tenía un aspecto invernal, gris y sombrío, pero los días eran notablemente más largos.

—Troy —dijo Faith con los brazos cruzados sobre el pecho—, ¿qué haces aquí?

Él sonrió y echó a andar hacia la casa.

—Sólo quería cerciorarme de que estabas bien.

—Tengo la sensación de que lo compruebas muy a menudo.

Él no lo negó. Se había convertido en costumbre, pasar por allí al menos una vez al día, a veces más, aunque no quería que Faith supiera cuántas.

—No hay forma de librarse de mí, ¿eh?

Faith sonrió, y su cara encantadora lo pareció aún más.

—¿Te apetece un descafeinado?

Troy no pensaba privarse de pasar un rato con Faith. La quería. Y sabía que ella le correspondía. Habían resuelto casi todas sus diferencias, pero su relación seguía siendo precaria. Aunque se conocían prácticamente de toda la vida, los reveses del año anterior habían destruido casi por completo la posibilidad de una relación duradera entre ellos.

Troy la siguió a la casa y vio que había estado haciendo punto. La televisión estaba puesta en un canal de noticias, y un olor a guiso impregnaba el aire. Fuera lo que fuese, olía de maravilla.

Troy tomó asiento y Faith le llevó una taza.

—A ti te pasa algo —le dijo con naturalidad—. Pero sé que, sea lo que sea, no tiene que ver conmigo.

Tenía razón en ambas cosas, y su facilidad para interpretar sus reacciones le recordó a Sandy. A pesar de que él pusiera cara de póquer, su mujer siempre sabía cuándo estaba preocupado por un caso, y Faith parecía tener aquel rasgo en común con ella.

Ella se sentó delante de él.

—¿Puedes hablar de ello? —preguntó.

Él sacudió la cabeza. No podía desvelar aquella información. Era probable que la visita que le había hecho Charlotte Rhodes esa tarde le hubiera dado la solución a uno de sus casos más difíciles. Pero, pese a todo, ignoraba cómo afrontar la situación, sobre todo porque involucraba a alguien a quien conocía bien.

—Ojalá pudiera, pero no puedo.

—No importa —dijo Faith a su manera tranquilizadora.

Troy sujetó su café con ambas manos y dejó que su calor disipara el frío de la tarde.

—¿Cómo sabes que me pasa algo? —preguntó, curioso.

Faith tomó su punto y miró hacia la luz parpadeante que desprendía la chimenea.

—No estoy segura.

Troy se quedó mirando su café.

—Eso no es cierto, Faith.

Ella se rió.

—¿Cómo lo sabes?

—*Touché* —sería muy fácil quedarse allí sentado, con Faith, el resto de la tarde. ¿A quién pretendía engañar? Nada le gustaría más que estar con ella el resto de su vida. De pronto, un bienestar que le había esquivado toda la tarde se apoderó de él.

—Está bien, me explico —dijo ella mientras manejaba el hilo—. Tienes un tic.

—¿Un tic?

—Sí —contestó ella, animándose—. He estado viendo ese programa de póquer en la tele. No sé cómo empecé, pero ahora estoy enganchada.

—¿Y qué es un tic? —Troy sabía muy bien lo que quería decir, pero quería oír cómo lo definía ella y cuál creía que era su tic.

Faith respondió con entusiasmo.

—¿Te has fijado en que muchos jugadores de póquer llevan gafas oscuras? Según los comentaristas, es porque otros jugadores adivinan lo que están pensando por su mirada y saben si van de farol o no. Vi a un jugador que movía sus fichas cada vez que tenía una buena mano. Noté que llevaba buenas cartas por sus gestos.

—En otras palabras, que sabes lo que me pasa por mis gestos, como con ese jugador.

—Sí —contestó ella, orgullosa de sí misma.

Troy se estaba divirtiendo.

—¿Sería pedir demasiado que me digas cuál es mi tic?

Ella sonrió de nuevo y dejó de tejer un momento. Inclinándose ligeramente hacia delante dijo:

—Entornas los ojos.

—De eso nada —dijo Troy.

—Oh, claro que sí, Troy. Achicas los ojos y frunces el ceño. Como si intentaras leer una letra muy pequeñita.

Como para demostrarle lo contrario, Troy abrió los ojos de par en par, y Faith se echó a reír.

—¿Cuándo te fijaste por primera vez en ese tic mío?

—En Navidad.

Troy sólo recordaba que se hubieran visto en el vivero de árboles de Navidad, adonde Megan y Craig lo habían llevado a rastras. Faith estaba allí con su hijo y sus nietos.

—¿Puedes concretar un poco más?

Ella bajó los ojos como si de pronto su labor exigiera toda su atención.

—Fue la tarde que nos encontramos en el vivero —dijo.

Así que él tenía razón.

—Ah, sí.

—En cuanto te vi, me di cuenta de que no querías estar allí.

Eso era cierto. Sólo había ido por Megan. Elegir y cortar un árbol era tradición en su familia desde hacía mucho tiempo, y aunque él había intentado librarse, su hija se había empeñado en que fuera.

—Que yo recuerde, estabas furiosa conmigo.

—Sí, lo estaba —contestó ella.

—Pero ya no lo estás, ¿no?

Faith lo miró sacudiendo el dedo índice.

—No vas a distraerme. Estábamos hablando de tu tic, ¿recuerdas?

Él la señaló.

—Continúa, por favor.

—Como iba diciendo —dijo Faith, esbozando una sonrisa—, entornas los ojos. Y esa noche, cuando me viste, los entornaste.

—Y tú fingiste que no me habías visto.

—Pero no tuve éxito —repuso ella, divertida.

Él también sonrió.

—Supongo que esto significa que no debo jugar al póquer —dijo en tono ligero.

—Conmigo no, desde luego —le dijo ella mientras sus dedos se movían rápidamente sobre las agujas.

Troy nunca le había preguntado qué estaba tejiendo. Pensó en los calcetines que le había hecho; todavía se los ponía, pero nunca sin sentir una punzada de nostalgia... y de mala conciencia.

Dejó de mala gana su taza de café.

—Por aquí no ha pasado nada raro, ¿no?

Faith apartó la mirada.

—Nada de importancia.

—Faith...

Ella suspiró y se quedó mirando su punto.

—Alguien, seguramente algún chico que intentaba hacer una trastada, volcó mi cubo de basura. Pero no pasó nada.

Troy se frotó la cara.

—Ojalá supiera por qué te han convertido en blanco de esas gamberradas.

—Sí, ojalá.

—Si pudiéramos...

—He hecho todo lo que me sugeriste —lo interrumpió ella, un poco a la defensiva—. Scott se pasó por aquí este fin de semana para montar las luces con sensores de movimiento encima del garaje. No te preocupes, Troy: no ha pasado nada desde que me rajaron las ruedas del coche.

—Bien —se levantó y miró hacia la puerta—. ¿Me llamarás si ocurre algo?

—Sí —prometió ella.

—Lo digo en serio, Faith.

Ella lo acompañó a la puerta y lo rodeó con los brazos. Troy la abrazó con fuerza. No quería apartarse de ella. Deseaba besarla, pero necesitaba una señal, una indicación de que ella también lo deseaba. Llegó unos segundos después, cuando alzó los labios hacia él. Sus bocas se encontraron suavemente. Fue un beso dulce y reconfortante. Habían conocido la pasión, pero aquella ternura era distinta y en cierto modo aún mejor, aunque Troy no lo creyera posible.

Al dejar de besarla, Troy apoyó la barbilla sobre su pelo y aspiró su perfume, preguntándose cuándo volvería a verla. ¿O tendría que encontrar otra excusa para visitarla?

Diez minutos después, Troy aparcó frente a su casa. No recordaba ni un solo detalle del trayecto entre la casa de Faith en Rosewood Lane y la suya en el número 92 de Pacific Boulevard. Su conversación de esa tarde con Charlotte Rhodes agobiaba su mente. Necesitaba tiempo para sopesar la información que le había dado Charlotte, para pensar aquello despacio.

Al salir del coche, se dio cuenta de que había otro coche aparcado frente a su casa. Las puertas se abrieron y salieron dos hombres. Como era de noche y la luz del porche apenas alumbraba, Troy no los reconoció enseguida. Luego se dio cuenta de que uno de ellos era el alcalde; el otro era su hermano, el abogado.

—Louie —dijo, tendiendo la mano al alcalde—. Otto.

—Quiero que sepas —dijo Otto con hosquedad— que, como abogado de mi hermano, me opongo a esto, pero él insiste.

Troy asintió con la cabeza.

—¿Quieres que vayamos a comisaría? —le preguntó al alcalde.

–No.
Estaba pálido y tenía la frente manchada de sudor.
–Quiero hablar contigo –añadió–. En privado.
Troy titubeó.
–Nos conocemos hace mucho tiempo. Si vas a pedirme...
–Mi hermano no se ha reconocido culpable de ningún delito.
–Otto –bramó Louie–, deja que se lo diga yo. Si tiene que detenerme, que lo haga. No voy a pedir ningún favor personal –miró directamente a Troy–. Prefiero que hablemos aquí, si no te importa. Si quieres que te repita en comisaría lo que voy a contarte, lo haré.
–Conforme –Troy les hizo entrar en la casa helada, encendió las luces y puso la calefacción. Luego les indicó que tomaran asiento.
Louie se sentó al borde del sofá y Otto se acomodó a su lado, con la espalda muy tiesa y una expresión de recelo.
–No sé muy bien por dónde empezar –dijo el alcalde, mirando a Troy. Sus manos colgaban entre sus rodillas separadas.
–Viste a Charlotte Rhodes pasarse por mi oficina esta tarde, ¿no es eso?
–No –contestó Louie–. Vino a verme después y me sugirió que hablara contigo –exhaló un largo suspiro–. Supuse que o venía a hablar contigo yo mismo y te lo contaba, o esperaba a que fueras a buscarme. Prefiero aclarar esto de una vez por todas. No quiero seguir llevándolo sobre mi conciencia.
–A mi hermano no se le puede responsabilizar de...
Louie levantó una mano para hacer callar a Otto.
–Deja que hable yo. Te agradezco que hayas venido, Otto, pero quiero hacer esto a mi modo.
–Yo...
Louie acalló de nuevo a su hermano, esta vez con una mirada. Troy se recostó en el sillón y esperó.
–Me casé con mi primera esposa cuando estaba en la universidad –dijo Louie.
Troy no sabía que el alcalde había estado casado más de una vez. Donna era su esposa desde que él podía recordar.

—Mi matrimonio con Beverly no fue bien —le dijo Louie—. Mi esposa tenía... problemas de salud.

—Lo que mi hermano intenta decir —terció Otto— es que Beverly tenía problemas emocionales. O, más bien, psiquiátricos.

—Tenía agorafobia —dijo Louie como si su hermano no hubiera dicho nada—. Al principio, todo parecía ir bien. Beverly era tímida y no le gustaba estar con mucha gente, pero a mí eso no me molestaba. Después de casarnos me di cuenta de que aquella tendencia suya era algo más que una simple aversión. Para ser justo, te diré que pasamos algunos meses muy buenos juntos —hizo una pausa y suspiró antes de continuar—. Yo estaba a punto de acabar la carrera y decidimos que era hora de tener familia.

—Entonces fue cuando empezaron los problemas —dijo Otto—. Y...

Louie le lanzó otra mirada de enfado y Otto no acabó la frase.

—Como iba diciendo —prosiguió—, Beverly se quedó embarazada casi enseguida, pero abortó al tercer mes. Perder el bebé la dejó destrozada.

Troy recordaba lo duro que había sido para ambos el aborto de Sandy, y lo doloroso que había sido para Megan perder su bebé. Asintió con la cabeza compasivamente.

—Después de aquello, se encerró completamente en sí misma. No conseguía que saliera de casa.

Otto se inclinó hacia delante y añadió:

—Louie hizo todo lo que pudo por ella, pero no sirvió de nada. No pudo convencerla de que viera a un psiquiatra, y el problema fue agravándose.

—Para entonces, Beverly y yo casi no nos relacionábamos. Algunos días, ella ni siquiera salía de la cama —Louie se frotó las manos para calentárselas—. La cosa empeoró cuando su hermana pequeña, que estaba soltera, se quedó embarazada. El padre era un marinero al que conoció en Seattle, durante la Feria del Mar. Aquí hoy y mañana allí. Por lo visto, Amber no se molestó en preguntarle su nombre. No quería el bebé, pero Beverly sí. Le dijo que nosotros lo criaríamos. Yo estaba dispuesto a adoptar al niño de Amber —añadió Louie—, con la esperanza de que un bebé me devolviera a la mujer con la que me había casado.

—¿Lo adoptasteis legalmente?

—No —contestó él con un nuevo suspiro—. Para eso, Beverly tendría que haber salido de casa, y se negó.

Troy asintió con la cabeza y le indicó que continuara.

—El niño nació con síndrome de Down, pero a Beverly no le importó. Se convirtió en una madre para él, le dio todo su amor y sus atenciones.

—Pero nada cambió —dijo Otto—. Beverly siguió siendo una reclusa.

—Su única alegría era el hijo de su hermana —continuó Louie—. Mimaba al crío, lo quería con locura, le daba todos los caprichos...

Troy lo interrumpió con una pregunta.

—¿Seguisteis casados?

Louie apartó la mirada. Luego, por fin, sacudió la cabeza.

—Pasado un tiempo, nos divorciamos.

—Mi hermano hizo todo lo que pudo por salvar el matrimonio —insistió Otto.

Louie levantó la mano.

—Eso no importa ahora. A Beverly no pareció importarle que nos divorciáramos. Timmy era todo su mundo.

Presintiendo que la historia no acababa ahí, Troy se volvió hacia Otto, que, curiosamente, permaneció callado.

—Unos años después de mi divorcio conocí a Donna —dijo Louie bajando la voz—. Yo vivía en Seattle por entonces. Nos prometimos. Ella sabía que yo era divorciado, pero no le dije nada de Timmy.

—Louie se mantenía en contacto con Beverly y Timmy y se ocupaba de todas sus necesidades.

—Le hacía la compra una vez por semana y me aseguraba de que pagaba sus facturas y estaba bien —explicó Louie—. Si no, no sé qué habría sido de ellos. Aunque estábamos divorciados, seguía sintiéndome responsable de ella y de Timmy. A menudo me dieron ganas de llamar al Servicio de Protección a la Infancia, pero lo más probable era que se llevaran a Timmy, y eso habría destrozado a Beverly por completo. Supongo que, oficialmente, era como si el chico no existiera. Ningún organismo oficial sabía de su existencia, y yo no dije nada.

–¿Qué fue de Beverly? –preguntó Troy.

–A eso voy. Cuando Timmy era un adolescente, noté que ella había empezado a perder peso. Pronto me di cuenta de que se trataba de una dolencia física. Se quedó en los huesos y pasaba prácticamente todo el día en la cama. Le supliqué que fuera a ver a un médico, pero se negó en redondo.

Otto volvió a tomar la palabra.

–Louie me llamó para pedirme ayuda. Yo tenía un buen amigo que estudiaba medicina. Se pasó por su casa para examinarla, a pesar de que ella protestó, y le diagnóstico un cáncer. Un cáncer de estómago.

–Era evidente que, si no recibía tratamiento inmediato, se moriría, y, francamente, creo que eso era lo que quería. La vida se había vuelto demasiado penosa para ella –la expresión de Louie se volvió atormentada–. Hice todo lo que pude por convencerla de que buscara ayuda médica. Por el bien de Timmy, le rogué que fuera a un hospital.

Troy asintió ligeramente con la cabeza. Creía a Louie, pero no sabía nada de todo aquello porque en aquel momento se encontraba en el ejército.

–Ella siguió negándose –añadió Otto–. Yo estuve allí con él más de una vez y todo lo que dice es cierto. Beverly no soportaba la idea de salir de casa. Era una situación muy triste y complicada –sacudió la cabeza–. Al final, cuando estaba demasiado débil para resistirse, hicimos que una ambulancia la llevara a Seattle. No duró mucho más.

–¿Y el chico? –preguntó Troy.

–Me pasé por la casa un par de veces antes de que ella muriera y Timmy no estaba –se inclinó hacia delante y apoyó los codos sobre las rodillas.

–¿Te dijo Beverly dónde estaba?

Louie asintió con la cabeza.

—Dijo que su hermana había ido a llevárselo —tragó saliva visiblemente—. Beverly sabía que se estaba muriendo y que ya no podía cuidar de él.

—¿Lo comprobaste?

—No. Sé... sé que debí hacerlo. No sabes cuántas noches he pasado sin dormir, preguntándome qué habría sido de él. Beverly me dijo que Amber había prometido llevárselo a una tía suya que vivía cerca de Cedar Cove. Esa tía, a la que yo no conocía, los visitaba de vez en cuando, por lo visto.

Troy se quedó pensando un momento antes de preguntar:

—¿Volviste a ver a Amber?

—No, nunca.

Otto dijo:

—Murió un año después que Beverly, en un accidente de tráfico.

—Yo no me enteré hasta siete años después —aclaró Louie—. Para entonces ya me había casado con Donna, habíamos vuelto a Cedar Cove y teníamos hijos.

—Entonces, crees que el cadáver de la cueva es el de Timmy —dijo Troy.

Louie se quedó mirando el suelo.

—Sospecho que sí. El esqueleto llevaba la... la gorra de béisbol que yo le regalé. Le encantaba esa gorra. La llevaba siempre.

—Necesitaremos registros dentales para confirmar su identidad —dijo Troy, y luego hizo una pausa—. Supongo que los habrá.

—Sí —contestó Louie—. Fue al dentista una o dos veces. Cuando tenía ocho años se rompió un diente y yo mismo lo llevé al doctor Hudson.

—Está bien. Le pediré su historia a Hudson y se la mandaré al patólogo.

—Es Timmy —insistió Louie—. Puedes cotejar su dentadura, si quieres, pero yo sé que es Timmy.

—Charlotte Jefferson sabía lo de Timmy. Conoció a la tía de Amber y Beverly en el parque.

Louie cerró los ojos y asintió.

—Entonces, ¿crees que fue la tía quien lo mató? —preguntó Troy.

—No sé qué creer —contestó Troy con voz entrecortada—. Me inclino a pensar que Amber llevó al chico a casa de su tía para que viviera con ella. Pero hay que recordar que Timmy no se había separado de Beverly prácticamente nunca. Era imposible que comprendiera qué ocurría y por qué había tenido que dejar el único hogar que conocía.

—Yo creo que se escapó —dijo Otto—. Encontró la cueva y se escondió allí...

—¿Creéis que su tía lo buscó o que denunció su desaparición? ¿Vive todavía? —preguntó Troy con urgencia.

Louie negó con la cabeza.

—Un par de años después me enteré de que murió de un infarto repentino unas dos semanas después que Beverly. Pensé que el chico habría ido a parar a un colegio de acogida o algo parecido. Supongo que... supongo que eso es lo que quería creer.

—Timmy murió debido a una trágica concatenación de acontecimientos —Otto se levantó—. Mi hermano no es culpable de ningún delito.

—Puede que no, pero debí asegurarme de que Timmy estaba bien, de que se encontraba en un sitio seguro y era feliz. Lo cierto es que yo era joven y egoísta, y que fue un alivio poder desentenderme del chico. Ahora me horroriza pensar que mi egoísmo pudo contribuir a su muerte. La noche en que me detuvieron por conducir borracho, ya no podía negar lo que sospechaba desde el principio: que el de la cueva era Timmy.

Troy sabía que nadie sería más duro con el alcalde que él mismo.

—Si crees que debes presentar cargos contra mí, hazlo —dijo Louie con voz trémula.

—¿Con qué base? —preguntó Otto.

—Por negligencia —susurró Louie—. Amber no era de fiar y yo lo sabía. Consentí que se llevara a Timmy a vivir con esa tía suya y luego, cuando me enteré de que la tía había muerto, no lo busqué, ni intenté averiguar qué había sido de él.

—Preferiríamos que el nombre de Louie no apareciera en la prensa —dijo Otto—. Cuando murió Timmy llevaba varios años divorciado de Beverly.

—No creo que mencionar su nombre tenga ninguna relevancia para el caso. No tenías obligaciones legales hacia el chico.

—Quizá legales no, pero sí morales. No debí desentenderme de él de esa manera.

Troy estaba de acuerdo en que, moralmente, Louie había hecho mal, aunque no tuviera responsabilidad legal. Pero, a su modo de ver, el alcalde ya había sufrido bastante.

—En cuanto tenga la confirmación del patólogo —dijo—, redactaré un breve comunicado de prensa informando simplemente de la identificación de los restos. ¿Cómo se apellidaba Timmy? —preguntó de pronto—. ¿Benson?

—No, Amber le puso su apellido y el de Beverly: Gilbert.

—Está bien. Identificaré el cadáver como el de Timothy Gilbert.

—¿No mencionarás a Louie? —preguntó Otto—. ¿Podemos contar con ello?

Troy asintió con la cabeza.

—No veo que sacar a relucir su nombre sirviera de ninguna ayuda.

Louie agachó la cabeza y susurró:

—Gracias.

—Has sido un buen padre y buen marido desde entonces —repuso Troy, pensativo—. Y has servido bien a tus conciudadanos. Sugiero que dejemos las cosas como están.

—Me gustaría enterrar a Timmy —dijo Louie—. Es lo menos que puedo hacer.

—Me encargaré de que te entreguen el cuerpo.

—Creo que a Beverly le habría gustado que los enterraran juntos.

Troy estuvo de acuerdo.

CAPÍTULO 28

Mack supo que algo iba mal en cuanto llegó a casa del trabajo. Mary Jo abrió su puerta como si estuviera esperándolo. Se quedó allí, pequeña y asustada, y Mack se acercó a ella sin molestarse en entrar en su casa. Ella se mordía nerviosamente el labio inferior.

—¿Qué ocurre? —preguntó Mack.

A Mary Jo parecía costarle hablar, y él notó que estaba al borde de las lágrimas.

—¿Noelle está peor?

La pequeña, que ya tenía tres meses, se había resfriado a principios de esa semana, pero no parecía nada serio.

—He visto a... a David.

Mack se tensó al instante.

—¿Cuándo?

—Hace unos minutos, aquí. Acababa de volver a casa con Noelle —eran las cinco y media, así que David tenía que saber que en torno a esa hora Mary Jo salía del bufete e iba a recoger a su hija. Mack dedujo que no le habría costado encontrar sus señas. Seguramente lo único que necesitaba era un ordenador.

La tomó del hombro, la llevó dentro y se sentó en el sofá con ella. La tomó de la mano y se la apretó con fuerza. La sintió temblar mientras intentaba recobrar la compostura. Ella respiró hondo antes de hablar.

—Quiere a Noelle.

Mack tuvo que refrenarse para no soltar un exabrupto.

—Ese tipo sueña si cree que algún juez de este país va a quitarte a la niña para dársela a él.

—Dice que tiene un abogado...

—¿Y tú le crees? —Mack no conocía a David, pero había oído hablar de él lo suficiente para saber que no era de fiar. Por lo visto, quería servirse de su hija en provecho propio. Fuera cual fuese su objetivo concreto, Mack estaba seguro de que tenía que ver con el dinero.

—No sé —contestó ella apartándose el pelo de la frente.

—Es la primera vez que os veis desde que nació Noelle, ¿verdad?

Mary Jo asintió con la cabeza.

—¿Todavía sientes algo por él?

Ella le había dicho que no, pero Mack tenía que preguntárselo. Tenía que saberlo. David era el padre de Noelle, y Mary Jo lo había querido en su momento. Mack intentó ocultar la ira que sentía al pensar que David estaba amenazándola.

—No —contestó ella de inmediato con energía—. No puedo creer que lo haya querido alguna vez. ¿Cómo pude estar tan ciega? ¿Ser tan ingenua?

Mack desconocía la respuesta, pero no quería que Mary Jo cambiase en ningún sentido. Se había enamorado de ella y quería a Noelle. David Rhodes tendría que prepararse para luchar a brazo partido, si creía que iba a quedarse con el bebé de Mary Jo, con aquel bebé que Mack consideraba más suyo que de él.

—¿Por qué crees que de repente le interesa tanto Noelle? —preguntó. Imaginaba que David intentaba ganar algún dinero exigiendo la custodia de la pequeña.

—No tengo ni idea de por qué ha venido —sollozó Mary Jo—. No he tenido noticias suyas en todo este tiempo y ahora, de pronto, se presenta aquí exigiendo sus derechos como padre. Es absurdo.

—¿Y Ben? —preguntó Mack—. ¿David se ha puesto en contacto con su padre?

Mary Jo asintió lentamente.

—Por lo visto recurrió a él hace poco. No sé si le pidió dinero o no, pero lo había hecho otras veces. Ben me aseguró que no pensaba darle más apoyo económico porque no había ninguna garantía de que fuera a invertirlo en Noelle.

Mack arrugó el ceño.

—¿Es posible que David piense que su padre le dará dinero si se entera de que Noelle vive con él?

—No estoy segura —contestó ella, angustiada—. Puede que sí.

—No pensará en serio que vas a darle a Noelle así, por las buenas, ¿verdad?

—No lo sé —repitió ella.

—¿Ha dicho si iba a volver?

—Sí y que, cuando volviera, traería a las autoridades.

Mack estuvo a punto de soltar una carcajada.

—Eso es una mentira descarada —apretó los puños y deseó haber estado en casa al llegar David. Quizá a Mary pudiera intimidarla, pero a él no. De buena gana le habría dado una lección.

—Me da igual que vuelva o no, pero no puedo arriesgarme a perder a Noelle.

—¿Qué vas a hacer?

A ella se le saltaron los lágrimas.

—Me vuelvo a casa. David nunca ha estado allí y, después de lo que le conté sobre mis hermanos, dudo que se atreva a aparecer.

Mack quiso decirle que no lo hiciera. Se había acostumbrado a tener a Mary Jo y a Noelle a su lado, a compartir momentos especiales con ellas. Todo iba tan bien... Tenía la impresión de que Mary Jo empezaba a corresponder a su amor, aunque evidentemente aún no estuviera lista...

—¿De veras quieres mudarte? —preguntó por fin. Si expresaba con demasiada vehemencia sus objeciones, Mary Jo adivinaría la intensidad de sus sentimientos, y quizá se asustara. Mack sabía que aún no estaba preparada para tener pareja de nuevo.

—No —escondió la cara entre las manos—. No me apetece nada, pero el futuro de mi hija está en juego. Y su bienestar está por delante de mis deseos personales.

—¿Tus hermanos pueden hacer algo que no pueda hacer yo? —preguntó él con la esperanza de que se aviniera a razones.

—No, supongo que no. Pero ellos son tres y tú sólo uno.

Eso Mack no podía negarlo. A pesar de que le habría gustado pasar cada minuto del día custodiándolas a Noelle y a ella, le era imposible.

—Le he dejado un mensaje a Linc pidiéndole que me llamara lo antes posible.

—Entiendo —se le cayó el alma a los pies.

—No quiero marcharme de Cedar Cove —insistió Mary Jo—, pero tengo miedo, Mack.

Le tembló la voz y Mack comprendió lo angustiada que estaba. Él intentó tranquilizarla, pero no estaba seguro de haberlo conseguido.

—David es un fanfarrón —dijo—. Esto no es más que otra treta de las suyas.

—Ojalá pudiera creerlo —lo miró. Tenía lágrimas en las pestañas—. Pero no puedo estar segura al cien por cien, ni tú tampoco.

—Podría darle una paliza de tu parte —dijo Mack, medio en broma.

Mary Jo le dio un puñetazo juguetón en el brazo.

—¿Has hablado de esto con Allan Harris? —preguntó él.

—Dice que, legalmente, mi situación es complicada porque he reconocido la paternidad de David y las pruebas de ADN lo han confirmado. Además, David tiene derechos paternos y asegura que quiere ejercerlos. Así que... —respiró hondo—. Allan dice que nos espera una ardua batalla legal.

Mack asintió con amargura. Era lo que temía.

—Noelle va a echarte mucho de menos —dijo Mary Jo, llorosa.

—¿Y su madre, qué me dices de ella? —Mack necesitaba saber que ella también añoraría su presencia.

Mary Jo apartó la mirada y se encogió de hombros ligeramente.

—No creía que pudiera... —se le quebró la voz.

—¿No creías que pudieras qué?

Eludiendo su mirada, ella susurró:

—No creía que pudiera volver a confiar en un hombre, pero confío en ti.

Mack se alegraba de ello, pero quería más. Quería su amor. Antes de que pudiera responder, sonó el teléfono y un mal presentimiento le cortó la respiración. Mary Jo se levantó para responder, pero Mack la detuvo agarrándola de la mano.

—Deja que conteste yo.

—¿Por qué? —preguntó ella con el ceño fruncido.

—Puede que sea David.

—Ah... —ella pareció derrumbarse en el sofá.

Mack cruzó la habitación y levantó el teléfono.

—Residencia de Mary Jo Wyse —dijo en tono oficial.

—¿Qué haces en casa de mi hermana? —preguntó Linc con rudeza. Al menos no era David.

Mack contestó con una pregunta.

—¿Cuánto puedes tardar en llegar?

—¿Por qué? ¿Qué ha ocurrido?

—Tenemos que hablar. Los tres —Mack no quería contarle los detalles por teléfono.

—Dame dos horas.

—De acuerdo.

Noelle lloraba de fondo. Mary Jo se levantó de un salto y corrió al cuarto de la niña. Mack la siguió y se quedó en la puerta. La vio sacar a la niña de la cuna y cambiarla de pañal. Noelle volvió la cabeza y lo miró mientras su madre la vestía. Ronroneó, contenta, y agitó los brazos.

—¿Quién era? —preguntó Mary Jo—. ¿Mi hermano?

—Sí, era Linc. Dentro de un par de horas estará aquí. A eso de las ocho, seguramente.

Mack sonrió a la niña, embelesado. No soportaba la idea de que Mary Jo y ella salieran de su vida. Sí, podía ir a verlas a Seattle, pero no sería lo mismo.

—¿Qué te parece si nos vamos a cenar, aunque sea temprano? —sugirió—. Te vendría bien distraerte un rato.

Ella sacudió la cabeza, reticente.

—No podría comer, pero gracias de todos modos —levantó a Noelle en brazos y se acercó a él—. Ve tú, si quieres —pero, mientras lo decía, le tendió la mano.

A Mack lo consoló saber que no lo decía en serio. Quería que se quedara con ella.

—No voy a dejarte —lo decía más en serio de lo que ella podía suponer.

—Gracias —Mary Jo parecía al mismo tiempo aliviada y avergonzada.

—Esperaremos juntos a Linc.

Mary Jo lo miró a agradecida.

—Gracias —repitió.

Él le tendió los brazos a Noelle y Mary Jo le dejó a la niña, que enseguida se acomodó entre sus brazos. Mack le sonrió mientras le hacía cosquillas en la barbilla con el dedo. Parecía tranquilo, pero pensaba a marchas forzadas, furiosamente, preguntándose qué debía decirle a Mary Jo y cómo.

—Debería empezar a hacer las maletas —dijo ella.

Mack levantó una mano para detenerla.

—No.

—Pero...

—Tengo una idea que tal vez funcione.

Ella parpadeó.

—¿Qué idea?

—Una que te permitiría quedarte en Cedar Cove.

Ella lo miró esperanzada.

—¿Cuál?

Mack se armó de valor.

—Podríamos casarnos.

Mary Jo palideció y por unos segundos Mack temió que se desmayara.

—¿Qué opinas? —preguntó, temiendo que lo rechazara de inmediato. Notaba el corazón en la garganta.

—No lo dirás en serio.

—Sí.

Mary Jo se apoyó en la pared.

—Eso no resolvería nada —dijo.

Mack no estaba de acuerdo.

—La próxima vez que venga David, tendrá que vérselas con tu marido. Y hablará con los dos. Te aseguro que, si intenta jugártela de nuevo, será la última vez.

—No tienes que casarte conmigo para...

—Así tendría autoridad para decirle que se aleje de mi familia.

—Pero...

—Adoptaría legalmente a Noelle —vio que sus ojos brillaban, esperaba que llenos de felicidad. Luego, casi enseguida, ella puso mala cara.

—David no lo permitirá, sobre todo si pretende usarla para sacarle dinero a su padre.

Mack sacudió la cabeza.

—Renunciará a sus derechos si lo presionamos para que pague la manutención de la niña. Seguramente no será difícil demostrar su incapacidad para ejercer como padre —Mack sospechaba que, en cuanto se diera cuenta de que no podría utilizar a su hija para presionar a Mary Jo y a su padre, estaría dispuesto a renunciar a todas sus prerrogativas como padre.

Mary Jo pareció considerar su propuesta.

—Eres... muy amable por ofrecerte.

Iba a rechazarlo. Mack sintió que se ponía rígido, a la espera de su respuesta.

Ella pareció notar su desilusión porque se apresuró a añadir:

—Necesito tiempo para pensarlo.

Mack miró su reloj.

—Tienes una hora y veinticinco minutos —no quería que pareciera un ultimátum, pero había razones prácticas para poner un límite de tiempo.

Ella lo entendió, obviamente.

—¿Antes de que llegue Linc?

Mack asintió con la cabeza.

—Me gustaría explicárselo yo mismo, para que me acepte como cuñado.

—¿Y si te digo que no?

Mack dejó escapar el aliento. No quería contemplar esa posibilidad. Se enfrentaría a ella si tenía que hacerlo, y aun así le ofrecería su amparo y su amistad, pero...

—Confío en que aceptes casarte conmigo —contestó.

Mary Jo se apartó de él y se encogió de hombros.

—¡Primero mis hermanos y ahora tú! ¿Por qué todos creéis saber lo que nos conviene a Noelle y a mí?

Mack cerró los ojos y pensó que había hecho mal, pero no estaba seguro de cómo rectificar su error.

—Tienes razón —dijo en voz baja—. No sé qué es lo que más te conviene. El problema es que no podría soportar vivir sin ti y sin Noelle.

Mary Jo se volvió para mirarlo, con la cara tensa. Lo miró a los ojos. Tenía una mirada pensativa. Por fin asintió con la cabeza. Había tomado una decisión.

—Está bien, pero quiero esperar seis meses y... y esto es importante: no me acostaré contigo.

—¿Nunca? —preguntó él.

—No, mientras estemos comprometidos.

—Pero ¿te quedarás en Cedar Cove?

Ella asintió de nuevo.

Aquello mejoró el humor de Mack. Aun así, ella insistía en que esperaran seis meses.

—¿Por qué quieres esperar tanto? —preguntó.

—Así tendremos tiempo de pensar si es buena idea que nos casemos. Al acabar esos seis meses, podemos reconsiderarlo. Si no hay contacto físico entre nosotros, será más fácil que rompamos el compromiso y que cada uno siga su camino.

A Mack se le quedó la boca seca. No sabía qué responder.

—O lo tomas o lo dejas.

—Eh...

—¿No te interesa, o esperamos esos seis meses?

—Está bien, está bien, si eso es lo que quieres.

Mary Jo se relajó y le tendió la mano para estrechársela.

–Entonces, ¿estamos de acuerdo?

–Supongo que sí.

–Comprometerse en matrimonio es algo muy serio, Mack. No vale contestar «supongo que sí».

Él tragó saliva con esfuerzo. O aceptaba sus condiciones o se arriesgaba a perderlas a las dos. La niña ronroneó y le sonrió.

–Muy bien, lo haremos a tu manera –masculló, y se estrecharon las manos.

–Entonces, estamos prometidos –dijo Mary Jo.

Prometido con la mujer a la que amaba... aunque aquello parecía más bien un acuerdo comercial, y no muy ventajoso.

CAPÍTULO 29

—¿Seguro que quieres seguir adelante con esto? —se sintió obligado a preguntar Linc.

Casi tres semanas después de su primer encuentro, Lori Bellamy y él estaban delante del juzgado del condado de Kitsap. Tenían las manos unidas. Linc llevaba su mejor traje. Lo cierto era que sólo tenía un traje, y quizá tuviera que ponérselo otra vez ese mismo año, para la boda de Mary Jo. Su compromiso matrimonial con Mack McAfee no lo había pillado del todo por sorpresa, y en cierto modo lo tranquilizaba.

Lori estaba tan guapa con su vestido rosa que costaba no mirarla. Respondió con un delicado gesto de asentimiento.

—Estoy lista, si tú lo estás.

—¿Se lo dijiste a tus padres?

—No —lo miró a los ojos—. ¿Y tú a tus hermanos? ¿Y a tu hermana?

Linc negó con la cabeza. No le parecía necesario que sus hermanos lo supieran aún.

—¿Tienes la licencia?

Linc se tocó el bolsillo del traje.

—Aquí está.

—Necesitaremos testigos.

Linc lo había olvidado por completo.

—Se lo pediremos a algún funcionario del juzgado.

Lori tragó saliva y apartó la mirada.

—No se lo he dicho a nadie porque sabía que, si lo contaba, todo el mundo intentaría disuadirme —se sonrojó ligeramente, agarrando con fuerza el ramito que le había comprado Linc—. Quiero casarme contigo.

—Yo también contigo —Linc quería tener esposa, una mujer chapada a la antigua que compartiera sus valores y quisiera consagrarse a su familia, al menos mientras sus hijos fueran pequeños. Aunque no conocía muy bien a Lori, lo que sabía de ella le parecía perfecto. Habían mantenido unas cuantas conversaciones intensas, casi todas por teléfono.

—Si alguien se entera de que he aceptado casarme con un hombre al que he visto en total cuatro veces, pensarán que estoy desequilibrada —ella lo miró—. ¿Puedo pedirte una cosa antes de que entremos?

—Claro.

—Linc... —se apartó de él.

—¿Sí?

—¿Tú me quieres?

Linc temía que le preguntara aquello, y deseó saber qué quería oír ella, qué esperaba que dijera. Resultaba tentador mentir, pero no creía que fuera un buen comienzo para su matrimonio.

—No —contestó, y enseguida matizó su respuesta—. No te quiero todavía, pero cada vez que hablamos me gustas más.

—Hablamos mucho, ¿verdad?

Todos los días, lo cual le satisfacía. Tenían que sentar las bases de su vida en pareja, aclararlo todo y resolver cualquier desacuerdo antes de unirse en matrimonio. Como resultado de sus largas conversaciones, él había hecho concesiones y Lori también. Linc presentía que no se equivocaba al casarse con aquella mujer, a pesar del poco tiempo que hacía que se conocían.

—He hecho una oferta para comprar una finca cerca de la calle Harbor. Ésa de la que hablamos.

Lori apartó de pronto los ojos.

—Ese solar es propiedad de mi padre. Me enteré hace poco.

Linc no vio que eso complicara las cosas.

—He ofrecido un precio justo –dijo.

Pensaba mudarse a Cedar Cove en cuanto se casaran y establecer allí un taller mecánico propio. Viviría con Lori hasta que encontraran una casa para los dos. Lori decía que no estaría cómoda en Seattle. Prefería vivir en un pueblo pequeño. Trabajaba en una tienda de ropa, cerca de Silverdale, y continuaría trabajando hasta que tuvieran su primer hijo. Linc creía que su nuevo negocio podía ser todo un éxito. Seguiría siendo socio del taller de su familia, pero dejaría la gerencia diaria en manos de sus hermanos Mel y Ned.

—No he cambiado de idea: sigo queriendo que nos casemos –le aseguró Lori.

—Yo también –Linc le apretó la mano.

Subieron juntos las escaleras del juzgado.

La ceremonia fue extremadamente corta. Casi parecía ilegal: prácticamente no se conocían y, de un momento para otro, estaban casados. Linc no esperaba emocionarse tanto cuando el juez los declaró marido y mujer. En ese instante sintió una oleada de ternura hacia Lori que casi hizo que se le saltaran las lágrimas. Se quedó perplejo, y un poco avergonzado.

Se dijo con asombro que, si esa noche no hubiera parado para ayudarla, nada de aquello habría pasado. Aquélla habría sido una tarde de viernes cualquiera.

Lori tampoco dijo nada, y Linc se preguntó si sentía lo mismo que él. Ninguno de los dos habló hasta que estuvieron sentados en la camioneta de Linc.

Entonces Lori le sonrió.

—Hola, marido –murmuró.

Linc correspondió a su sonrisa.

—Hola, esposa.

Esposa... Qué palabra tan poderosa. Una palabra que hablaba de compañía, de amistad, de comprensión... de deseo.

Al arrancar el motor, Linc preguntó:

—¿Te apetece ir a algún sitio en particular? –faltaban unos minutos para las cinco.

—Quizá deberíamos cenar temprano.

—Sí, claro —Linc disimuló su desilusión. Confiaba en que ella sugiriera que fueran derechos a su casa. Había llevado la maleta y quería deshacerla y acomodarse antes de... Estaba deseando acostarse con Lori. De momento, su relación física se había limitado a unos pocos besos no muy castos, y la respuesta de Lori le había hecho concebir esperanzas de que podían entenderse también en la cama.

—Me gustaría presentarte a mi hermana —dijo Linc, intentando quitarse de la cabeza su noche de bodas.

—¿Ahora, quieres decir, o... después?

—Ahora.

—De acuerdo —Lori se arrimó un poco a él y le puso la mano sobre el brazo.

A Linc le gustaba mucho que lo tocara, aunque fuera de pasada. Al preguntarle ella si la quería, antes de la boda, había sido tan sincero como podía. De pronto se preguntaba si la ternura que sentía, aquella gozosa expectación, podía ser amor. Confiaba en que sí. Quería amar a Lori. Le emocionaba la idea de tener hijos con ella. Sería una buena madre y él pensaba ser un buen padre.

El juzgado no estaba lejos de la casa de su hermana. Cuando aparcó vio a Mack trabajando fuera, podando unos arbustos. Mack era de los que siempre encontraban algo que hacer. Cuando no estaba pintando o haciendo reparaciones, estaba atareado en el garaje o en el jardín. Linc y él habían hablado la semana anterior respecto a su relación con Mary Jo. Linc tenía la impresión de que su hermana había tomado la decisión correcta al aceptar casarse con él. Mack le caía bien, y creía que no sólo cuidaría de Noelle, sino que haría todo posible por impedir que David Rhodes utilizara a su hija para manipular a Ben.

Mack se acercó cuando Linc abrió la puerta del copiloto y ayudó a bajar a Lori. Su futuro cuñado le lanzó una mirada interrogativa.

—Mack McAfee, ésta es mi mujer, Lori.

Mack se quedó boquiabierto.

—¿Tu mujer?

Lori se acercó a Linc.

—¿Desde cuándo?
—Desde hace diez minutos.
—¿Lo sabe Mary Jo?
—Todavía no. Hemos venido a decírselo.

Mack se quedó mirándolos. La puerta de la casa de Mary Jo se abrió y, al ver a Linc trajeado y con Lori a su lado, su hermana arrugó el ceño. Miró a Mack esperando una explicación.

—Tu hermano tiene buenas noticias —dijo él, retirándose, y se metió los dedos en los bolsillos del vaquero.

Mary Jo fijó su atención en Linc, que rodeó a su esposa con el brazo.

—Mary Jo —dijo, muy serio—, quiero presentarte a tu nueva cuñada, Lori Bellamy.

—Lori Wyse —puntualizó ella.

Mary Jo se quedó con la boca abierta, igual que Mack.

—¿Os habéis casado? —Linc sonrió, azorado, y asintió con la cabeza—. ¡No me habías dicho nada!

—No se lo he dicho a nadie —Linc no quería que se sintiera excluida—. Los chicos no lo saben aún.

Mary Jo sacudió la cabeza y se volvió para mirar a Lori.

—¿De veras te has casado con mi hermano?

Lori asintió.

—Estoy enamorada de él.

—¿Sí? —preguntó Linc. Al preguntar ella si la quería, no se le había ocurrido pensar que pudiera estar tan segura de sus sentimientos, siendo tan pronto.

—Tiene que quererte —dijo Mary Jo—. Bueno, pasa, pasa. ¿Te llamas Lori?

—Sí —Lori se apartó de Linc y siguió a Mary Jo a la casa.

Linc se quedó fuera, con Mack. Inclinó la cabeza hacia la puerta.

—Mary Jo no está enfadada, ¿verdad?

Mack levantó la mano en un gesto que sugería que tenía tan poca idea como él.

—Yo diría que está más sorprendida que otra cosa, igual que yo. Podrías haber dicho algo, ¿sabes?

—Sí —respondió Linc—, pero no lo he hecho.

Mack se rió.

—Si hubierais esperado, podríamos habernos casado los cuatro a la vez.

—No queríamos esperar —Linc tocó la hierba con la punta del zapato y luego pensó que, ya que estaba, podía confesarle los otros planes que había hecho—. Voy a mudarme a Cedar Cove.

Mack no reaccionó ni en un sentido ni en otro.

—Lori —dijo de pronto—. Lori Bellamy. Es la ex novia de ese tipo que trabajaba para Allen Harris...

—Sí —lo interrumpió Linc enérgicamente—. Pero eso es agua pasada.

Mack asintió de nuevo.

—¿Qué planes tienes ahora?

—Voy a instalarme en casa de Lori, pero seguiré yendo a trabajar a Seattle hasta que Mel y Ned se acostumbren a llevar solos el taller —en realidad, Linc se había fijado un límite de dos meses.

—¿Y luego?

—Voy a abrir un taller aquí.

—¿Y Lori?

—Ella seguirá trabajando hasta que se quede embarazada —Linc pensaba hacer todo lo posible para que eso sucediera cuanto antes—. Quiere quedarse en casa cuando tengamos hijos.

—Mary Jo quiere seguir trabajando —dijo Mack.

Aquello no sorprendió a Linc. Sólo confiaba en que Mack supiera en qué se estaba metiendo si se casaba con ella. Nunca había conocido a una mujer más obstinada que su hermana pequeña.

Entraron en la casa y Lori sonrió a Linc.

—He invitado a Mary Jo y a Mack a cenar con nosotros esta noche.

Linc compuso una sonrisa.

—¿Y la niña?

—Mi madre se quedará encantada con ella —dijo Mack.

—¿Quieres que la llame yo? —preguntó Mary Jo.
—Claro, adelante.

Menos de cinco minutos después, la cena estaba organizada. Reservaron mesa en un sitio llamado D.D., en la playa, y después se fueron todos a casa de los McAfee a llevar a Noelle. Mack sugirió que Linc y Lori esperaran en la camioneta. Luego se fueron al restaurante. Tenían la reserva a las seis y media.

Linc habría preferido cenar a solas con Lori, pero había accedido a sus deseos. Mack pidió champán, y a Linc se le subió enseguida a la cabeza. Pensándolo bien, no había comido nada desde esa mañana temprano. Cuando llegó la comida, fue el primero en acabar. Los demás no parecían tener tanta prisa. Él bostezó varias veces, intentando darles a entender que convenía que abreviaran, pero nadie notó su impaciencia. Cuando por fin estuvieron listos para irse, Lori anunció:

—Necesito que me lleves a casa de Mary Jo.

Linc, que ya había metido la llave en el contacto, se volvió para mirarla.

—¿Sí? —no podía disimular su decepción—. ¿Para qué? —se preguntaba si Lori estaba buscando excusas para posponer su noche de bodas.

—Quiere darme una cosa —explicó Lori, palmeando suavemente su rodilla—. No tardaremos mucho, te lo prometo.

Linc siguió de mala gana a Mack y a su hermana hasta casa de los McAfee para recoger a Noelle, lo que supuso otros diez minutos de espera.

—¿Qué es lo que quiere darte mi hermana? —preguntó mientras aguardaban en el coche—. ¿No puedes recogerlo en otro momento?

Lori soltó un suspiro exagerado.

—¿Seguro que quieres saberlo?
—Sí —insistió él.
—Está bien. Es un camisón especial para nuestra noche de bodas. Es francés, de seda negra. Debería... debería haberlo tenido previsto, pero... en fin, no me he acordado, y ahora me arrepiento.

—¿Y de dónde lo ha sacado mi hermana? —francamente, a Linc no le gustaba la idea de que Mary Jo le pasara un camisón de segunda mano a Lori.

—Dice que una amiga se lo regaló cuando parecía que iba a casarse con el padre de Noelle.

—Ah.

—No te importa, ¿verdad?

Linc no podía confesarle su intención de quitarle aquel elegante camisón francés diez segundos después de que se lo pusiera, así que contestó encogiéndose de hombros.

—No, si para ti es importante.

—Para mí, esta noche todo es importante.

—Para mí también —reconoció él.

Después de que Mack instalara a Noelle en su coche, Linc condujo hasta los pareados de Evergreen Place. Lori se bajó de un salto, corrió dentro con Mary Jo y volvió menos de cinco minutos después con una sonrisa de oreja a oreja.

—¿De qué te ríes?

—De tu hermana. Me cae muy bien. Vamos a llevarnos muy bien.

Eso era maravilloso, sencillamente maravilloso.

—¿Tienes el camisón?

—Sí —colocó la caja sobre su regazo—. Mary Jo quería que te dijera que es su regalo de bodas para los dos.

—Estupendo.

Siguiendo las indicaciones de Lori, condujo hasta su edificio y aparcó a la entrada. Rodeó la camioneta para ayudarla a bajar y recogió su maleta. Caminaron del brazo hacia el edificio.

Linc no había estado nunca en su apartamento, así que no sabía que era tan femenino y delicado, aunque seguramente debería haberlo imaginado. El papel de las paredes era de flores y el sofá blanco estaba decorado con cojines rosas de diversos tejidos y tamaños. La cocina era una monada. A Linc le pareció perfecta. Estaba harto de cómo cocinaban sus hermanos, y más aún de cómo cocinaba él.

—¿Pongo esto en el dormitorio? —preguntó, levantando la maleta. La idea era llevar a Lori allí cuanto antes.

—Claro.

Linc entró y salió de la habitación en dos segundos.

—¡La cama tiene dosel!

—Sí, lo sé.

En opinión de Linc, debería habérselo dicho mucho antes de su noche de bodas.

—Yo no puedo dormir debajo de un dosel —sería por estupidez, o por machismo, o por cualquier otra razón, pero no podía tolerarlo.

Lori no dijo nada. Pasado un momento, hizo un gesto de rendición.

—Sólo tengo una habitación.

—Está bien, entonces esta noche dormiremos en el sofá.

Ella lo miró como si se hubiera vuelto loco. Tal vez fuera así. Una cosa era segura: no iba a dormir en sábanas rosas y con un dosel con volantes encima de la cabeza. Se sentiría como... como si hubiera invadido la alcoba de una princesa.

Lori no hizo ningún comentario. Desapareció dentro de la habitación y cerró suavemente la puerta. Linc no la siguió. Se sentó en el sofá, tomó una revista y empezó a hojearla.

Mirando la revista perdió la noción de los minutos, pero, cuando Lori apareció, el ejemplar de *Casa y Jardín* resbaló entre sus dedos y cayó a la alfombra.

Lori estaba en la puerta del dormitorio, vestida únicamente con un trocito de seda negra. Un trocito de nada. Linc notó que algo se le atascaba en la garganta mientras intentaba no mirarla fijamente. No sirvió de nada. No conseguía apartar los ojos de ella.

—Mi sofá no se convierte en cama, Linc —le dijo ella—. Si dormimos aquí, estaremos los dos incómodos.

¿Sofá? ¿Qué sofá?

—Por la mañana quitaré el dosel, ¿de acuerdo?

Él asintió varias veces con la cabeza. Todavía le costaba tragar saliva. Lori le tendió la mano y él se levantó y se acercó. Ella le sonrió, llena de amor. Inclinándose, Linc la rodeó con los brazos y casi la levantó del suelo al besarla. Ella le echó los brazos al cuello y lo besó con un suave gemido de bienvenida.

Ah, sí, era delicioso estar casados.

Linc la levantó y, anticuado hasta el fin, cruzó con ella en brazos el umbral del dormitorio.

CAPÍTULO 30

El teléfono despertó a Christie de un sueño profundo. Sólo después de que sonara varias veces se dio cuenta de que aquel ruido exasperante no procedía de su sueño. Buscó a tientas el aparato.

–Diga –dijo de mal humor.
–Ha llegado la hora –no reconoció la voz.
Se sentó y se apartó el pelo de la cara.
–¿Hora? ¿Hora de qué? ¿Quién es?
–Bobby.
Christie se despejó de golpe, con el corazón acelerado.
–¿Me estás diciendo que Teri está de parto?
–Sí –la voz de su cuñado sonaba extraña.
–¿Dónde estás? –preguntó Christie.
–En la maternidad de Silverdale –contestó con voz entrecortada, casi atemorizada.
–Es pronto, ¿no?
Teri no estaba aún de treinta y cuatro semanas. Habría sido preferible que diera a luz estando de treinta y seis. Pero, obviamente, se había puesto de parto antes de que le programaran la cesárea. Christie había ido a verla un par de días antes. Teri, según le había dicho ella misma, estaba inmensa y se encontraba muy incómoda. Tenía los tobillos hinchados y se quejaba amargamente de la dieta baja en sal que le había puesto su obstetra. Pero, a pesar de todo, había sido una visita agradable. Ayudó el que no hablaran de James ni una sola vez.

—Sí, muy pronto. Teri está asustada —prosiguió Bobby—. Teme perder a los niños.

—Voy para allá —Christie no sabía qué podía hacer; sólo sabía que tenía que estar con Teri y Bobby. Su hermana la necesitaba y Bobby también.

—Gracias —el alivio de Bobby era palpable.

Christie se levantó casi de un salto y se puso la ropa del día anterior. No se molestó en maquillarse; sólo se pasó un cepillo por el pelo.

Teri iba a tener a sus bebés.

Una oleada de emoción se apoderó de ella. Se sentía como un cohete lanzado al espacio. Volaba por la habitación, preparándose, casi al borde de las lágrimas.

Y Christie no solía llorar. Bajaba la guardia en ocasiones, sí, pero no lo tenía por costumbre. Si se hubiera echado a llorar cada vez que sufría un revés emocional, le habría convenido comprar acciones de una empresa fabricante de pañuelos de papel.

Diez minutos después de la llamada de Bobby, cerró la puerta de su apartamento. Sospechaba que, si no le pusieron una multa por exceso de velocidad en el trayecto de treinta y cinco minutos hasta Silverdale, fue por la hora: eran las dos y cuarto de la mañana. Al llegar al aparcamiento, ocupó dos plazas y salió del coche como si estuviera en llamas.

Cuando irrumpió en el vestíbulo de la maternidad, se encontró a James Wilbur dando vueltas por allí. Estaba esperándola. Christie se paró en seco. En su afán por llegar, se había olvidado por completo de James. Naturalmente, estaba en el hospital. Habría llevado a Teri y a Bobby hasta allí.

—He rellenado el impreso con tus datos, para el pase —dijo él—. Pero tendrán que comprobar tu documentación.

—¿El pase? —sentía la boca seca mientras luchaba por disimular el efecto que le había producido verlo. Hacía semanas que no hablaban. Y sólo recientemente había empezado Christie a ganar la batalla por mantener a raya su recuerdo.

—Para entrar en la zona de paritorios, hay que tener autorización —dijo él desapasionadamente—. En cuanto les enseñes la documentación, te darán el pase. Sin él no te dejarán entrar.

—Ah —tomó su bolso, sacó su carné de conducir y le dieron el pase.

En cuanto lo tuvo en la mano, James dijo:

—Te acompaño.

—Gracias —de pronto, Christie hablaba igual que Bobby por teléfono: parecía ansiosa, insegura, asustada.

James hizo un gesto con la cabeza a la recepcionista, que les abrió a distancia las puertas dobles. Condujo a Christie por el pasillo, hasta la sala de espera de los paritorios.

—¿Dónde está Bobby?

—Con Teri.

—Ah —claro. Así pues, a ella le tocaba sentarse a esperar noticias con James. No estaba mal, si no fuera porque tendría que estar a su lado.

James se quedó mirándola un momento. Luego apartó los ojos.

—Voy a decirle a Bobby que estás aquí.

—De acuerdo. Gracias —se sentó en el sofá, deslizándose hasta el borde del cojín, y se frotó las manos con nerviosismo.

James volvió con Bobby. Su cuñado tenía mal aspecto. Christie nunca había visto a nadie tan pálido. Parecía a punto de derrumbarse.

Ella se levantó y se acercó para darle un abrazo.

—Todo va a salir bien —dijo, aunque no estaba segura.

—Teri tiene muchos dolores.

—Lo sé.

—Pero quiere tener un parto natural, si puede. Y no deja que los médicos le den nada.

Christie no pudo evitar sonreír. Sabiendo lo terca que era, seguramente su hermana estaría jurando en arameo. Bobby siguió hablando, con las manos cerradas a los lados:

—Los médicos no quieren que haya nadie en la habitación, excepto yo.

—Yo voy a estar aquí —prometió Christie—. Pero mantenme informada, ¿de acuerdo?

Bobby asintió con la cabeza.

—¿Teri quiere que llame a mi madre?

Bobby negó con la cabeza.

—Después, quizá, pero ahora no.

Christie estaba plenamente de acuerdo con ella, aunque se había sentido obligada a ofrecerse. Teri no había visto ni hablado con su madre desde Navidad. Ni ella tampoco y, a su modo de ver, era preferible que Ruth se hubiera mantenido al margen.

—Está bien —le dijo Christie—. Dale un abrazo a Teri y dile que estoy en la sala de espera, si necesita algo.

Bobby asintió de nuevo.

—Dale también un abrazo de mi parte —añadió James.

Bobby abrazó a Christie, saludó a James con la mano y regresó al paritorio. Cuando abrió la puerta, Christie oyó maldecir a su hermana.

James le sonrió y, a su pesar, Christie le devolvió la sonrisa.

Se sentaron en la pequeña sala de espera, el uno frente al otro. En un esfuerzo por evitar la conversación, Christie tomó una revista. Tenía un árbol de Navidad en la portada. Tras hojearla ociosamente, la dejó a un lado y miró su reloj. Eran poco más de las tres.

Cuando se arriesgó a mirar, descubrió a James observándola. Él se volvió, pero Christie ya lo había pillado.

—¿Qué? —preguntó, irritada.

—Nada.

—Dímelo —si tenía algo que decir, que lo soltara de una vez. Si no, seguirían los dos con los nervios a flor de piel.

—No creo que quieras saberlo.

—No me conoces tan bien como crees. No te habría preguntado, si no me interesara.

Él se encogió de hombros.

—Está bien. Tú has preguntado, así que te lo digo —la miró a los ojos—. Estaba pensando en lo mucho que te quiero, en cuánto me gustaría que fueras tú quien estuviera en el paritorio, teniendo un hijo de los dos —se miró las manos—. Me estaba maldiciendo por haber sido tan tonto y no haberme dado cuenta de lo que tenía contigo y de lo mucho que iba a arrepentirme de echarlo todo a perder.

James tenía razón en una cosa: Christie no quería ni oír hablar de aquello. Otros hombres le habían dicho cosas casi idénticas, y ella había querido creerles. Y luego acababa por darse cuenta de que había sido todo una estratagema, un intento de conseguir lo que querían, que era exactamente lo que ella les había dado. Estaba decidida a no caer de nuevo víctima de su propia flaqueza.

—No te creo —masculló.

Él bajó los hombros y apartó la mirada. Cuando volvió a hablar, su voz sonó triste.

—Lo sé.

Después de aquello, les pareció que pasaban horas sin decirse nada. James se levantó y salió de la sala de espera. Christie se sintió extrañamente desvalida sin su presencia. Temía que no volviera, pero diez minutos después volvió a entrar con dos tazas de café humeantes. Le ofreció una y ella le dio las gracias.

Luego apareció Bobby. Tenía peor aspecto que antes, si cabía.

—Dicen que el parto no progresa —no parecía posible que estuviera aún más pálido, pero así era—. Han decidido hacerle una cesárea —añadió—. Ya se la han llevado al quirófano. No puedo entrar con ella. El doctor dice que temen que estorbe.

—¿No van a dejarte estar con Teri? —la situación debía de ser grave.

—Puedo esperar en la puerta del quirófano, pero quería avisaros de lo que está pasando.

—Gracias —susurró Christie. Empezaba a sentir verdadero miedo por su hermana.

Bobby se fue y ella volvió a sentarse lentamente en la silla. James se sentó a su lado. No se dijeron nada, pero pasados unos minutos él la tomó de la mano. Christie sabía que debía apartarse, pero anhelaba su contacto reconfortante. Cuando entrelazaron los dedos, el calor pareció subirle por el brazo y difundirse por todo su cuerpo.

—Teri y los niños van a estar perfectamente —musitó—. Mi hermana es una luchadora.

Al parecer, James no tenía nada que añadir y, pasado un momento, ella apoyó la cabeza sobre su hombro. Luego él la rodeó con el brazo.

Treinta o cuarenta minutos después, Bobby entró corriendo en la sala de espera, agitando los brazos como un pájaro a punto de echar a volar.

—¡Tres niños! —gritó—. Están perfectamente. Son muy pequeños, pero están vivos. Los han metido en la incubadora. Teri está bien.

—¿Cómo van a llamarse? —logró preguntar Christie al levantarse de un salto. Las lágrimas le habían empañado los ojos.

—¿Que cómo van a llamarse? Ah, sí, que cómo van a llamarse. Robbie, por mí, Jimmy, por James, y Christopher, por ti —sonriendo, volvió a reunirse con su esposa y sus tres hijos.

Christie se volvió instintivamente hacia James. Él se volvió al mismo tiempo y luego, sin saber quién había tomado la iniciativa, se abrazaron con fuerza.

—Sabía que todo saldría bien —dijo Christie con un sollozo. Lo cierto era que no lo sabía y que había pasado mucho miedo.

—Un pequeñín con mi nombre —susurró James sobre su pelo. Parecía casi abrumado por la emoción.

—Y otro con el mío —Christie se sentía igual. No imaginaba que su hermana haría algo así. Teri estaba muy unida a su hermano Johnny, y Christie había dado por sentado que pondría su nombre a alguno de los trillizos.

—Y otro por Bobby —dijo James.

Bobby estaba loco de contento. No solía demostrar abiertamente sus emociones, pero esta vez sí. El amor y la alegría que reflejaba su rostro bastaron para que Christie se echara a llorar otra vez. Se limpió las mejillas con ambas manos mientras James seguía abrazándola.

—Un niño llamado Jimmy —parecía anonadado.

Siguieron abrazados. Ninguno de los dos parecía tener ganas de desasirse. Christie apoyó la cabeza sobre el pecho de James. Oyó el fuerte palpitar de su corazón. James había vuelto, con Teri y con Bobby, y con ella. No era como los otros hombres de su vida.

Justo cuando iba a decir algo, los interrumpieron.

—¿Christie?

James la soltó y, al volverse, Christie vio a Rachel Peyton, la amiga de Teri.

—¿Ha dado a luz Teri? —preguntó, ansiosa.

Christie puso una amplia sonrisa.

—Tres niños. Bobby ha salido a decírnoslo hace unos minutos.

—¿Están...?

—Son pequeños, pero están perfectamente —dijo Christie—. No sé cuánto han pesado. Bobby estaba tan alterado que no nos dio más detalles.

—Han nacido antes de lo previsto.

—¿Cómo te has enterado de que Teri estaba de parto? —preguntó Christie con curiosidad.

—La llamé yo —dijo James—. Me lo pidió Teri.

Como si sus piernas ya no la sostuvieran, Rachel se acercó a una silla y se sentó. Christie se agachó a su lado.

—¿Estás bien?

Rachel se llevó una mano al corazón.

—Creía... creía que iba a desmayarme.

La amiga de Teri parecía enferma. Cuando cerró los ojos, Christie miró a James, que asintió con la cabeza, comprendiendo lo que quería decirle. Salió de la sala y volvió unos minutos después con una enfermera.

—Estoy bien, estoy bien —insistió Rachel, aunque no lo parecía.

La enfermera la acompañó a una consulta y James y Christie volvieron a quedarse solos.

—Me siento como si hubiera trabajado ocho horas —dijo Christie, agotada de pronto.

—Yo también —él le sonrió.

—Debería... debería irme a casa y hacer un par de llamadas —pero Christie no quería irse.

James le rodeó la cintura con el brazo.

—No te vayas.

La indecisión la mantuvo callada.

—Todavía no —insistió él—. Quédate un poco más.

—Me gustaría ver a los bebés —murmuró ella. Eso era cierto, pero no era la única razón por la que tenía ganas de quedarse.

—Al pequeño Jimmy.

—Y al pequeño Christopher —añadió Christie con una sonrisa.

James la apretó contra su costado.

Recorrieron así el pasillo y, tras exhalar un largo suspiro, Christie lo miró.

—Si vuelves a dejarme, yo... no sé qué haré, pero te garantizo que no será agradable. Además...

—No volveré a dejarte —la interrumpió James.

—Hablo en serio, James. No quiero sufrir más.

La miró a la cara y apoyó las manos sobre sus hombros. Sus ojos tenían una expresión solemne.

—Yo también hablo en serio.

—Voy a acabar mis cursos.

—Haré todo lo que pueda para ayudarte a conseguir tus sueños, Christie. Es lo que hace un hombre por la mujer a la que ama.

Ella estaba preparada para una discusión. Pero él no le llevó la contraria. Christie lo miró fijamente.

—Quiero tener hijos.

—Yo también. Lo estoy deseando.

—No seas tan complaciente —replicó ella—. Me confunde y...

Él la hizo callar con un beso, allí mismo, en el vestíbulo del hospital. Christie le rodeó el cuello con los brazos y lo besó.

—¿Tres? —preguntó James con voz ronca cuando se separaron.

Christie se acurrucó entre sus brazos.

—No, si vienen de una vez —pensándolo bien, se dijo, quizá no fuera tan malo.

James le acarició la espalda.

—Vamos a tener unos hijos preciosos.

Ella se acordó de lo que había dicho aquel día, en el bar. Por eso había corrido tras él.

—Sí —murmuró.

James le besó la punta de la nariz.

—Pero no jugarán al ajedrez.

—Pueden jugar, si quieren —contestó ella.

—De acuerdo —convino él—, si quieren jugar, que jueguen.

La enfermera que se había llevado a Rachel volvió a aparecer.

—He llamado al marido de su amiga —dijo.

—¿Va todo bien? —preguntó Christie, preocupada.

—No —contestó Rachel, unos pasos por detrás de la enfermera. Parecía a punto de romper a llorar.

—¿Qué ocurre? —Christie entró tras ella en la sala de espera.

Rachel se sentó y escondió la cara entre las manos.

—No puede ser. No puede ser.

—¿El qué?

La amiga de Teri bajó las manos y levantó los ojos.

—Estoy embarazada —gimió.

—Pero eso es maravilloso —dijo Christie—. ¿No?

—Debería serlo —contestó Rachel—. Debería estar feliz, pero... habíamos decidido no tener hijos enseguida, y luego está Jolene. No está lista para esto. Prometimos darle tiempo para acostumbrarse a que estemos casados. Lo prometimos. Debería haberme tomado la píldora, pero no lo hice —miró a Christie y a James y sacudió la cabeza—. Y esto es lo que pasa. Le dije a Bruce que estábamos jugando con fuego, pero estaba tan seguro de que no pasaba nada...

—Entonces, ¿estás diciendo que...?

—¡Sexo! —exclamó Rachel—. Esto es lo que pasa cuando se practica el sexo en plena tarde. Hemos estado viéndonos a mediodía y... En fin, tú no lo entenderías.

James apretó con más fuerza a Christie y le susurró:

—¿Es ya mediodía?

A pesar de sí misma, a pesar de su preocupación por Rachel, Christie sonrió.

Y un momento después también sonrió Rachel.

CAPÍTULO 31

—¿Cómo que estás prometido? —gritó Linnette McAfee por teléfono.

Mack sabía que su hermana iba a quedarse de piedra, igual que sus padres, cuando se lo dijera. Su compromiso matrimonial parecía... Mack buscó la palabra adecuada. «Raro», decidió. Sí, raro. Y forzado, también.

Durante el escaso tiempo que llevaban comprometidos, las cosas habían cambiado entre Mary Jo y él, y no para bien. En lugar de unirlos, parecía haberlos separado.

Desde esa noche, hacía dos semanas, Mary Jo se esforzaba por evitar a Mack. Él no lo entendía. Había aceptado sus condiciones. Ella, sin embargo, parecía creer que iba a tratarla tan mal como Rhodes. Mack deducía de ello que en realidad ni lo conocía, ni confiaba en él, como decía.

Otra posibilidad igual de desagradable era que no estuviera interesada en él y que sólo lo estuviera utilizando para librarse de David Rhodes. Mack estaba dispuesto a desempeñar ese papel, y así se lo había dicho. Pero su orgullo (y lo que sentía por ella) le exigía que Mary Jo se casara con él por otros motivos, aparte del miedo.

—No sabía que salías con alguien —dijo Linnette, interrumpiendo sus cavilaciones.

—Es Mary Jo Wyse y...

—¿La chica que dio a luz en Nochebuena?

—Sí. Yo ayudé a nacer a Noelle y hemos...

Su hermana lo interrumpió por segunda vez:

—¿Puedes repetirme por qué no se lo has dicho a papá y mamá?

—Es complicado.

—Pues explícamelo.

—Bueno, para empezar, David Rhodes, el padre biológico de Noelle, está amenazando con pedir su custodia.

—No se atreverá.

—Ahora que yo estoy en medio, no, eso seguro.

—Espera un segundo —dijo Linnette con aquel exasperante tono de hermana mayor—. No hace falta que te cases con ella para librarla de David Rhodes. Obviamente hay algo más detrás de todo esto.

Tal vez no había sido buena idea informar a Linnette, después de todo.

—Te has enamorado de ella, ¿verdad?

—Sí.

—Pero no estás seguro al cien por cien de que te corresponda.

Su hermana, por lo visto, tenía facultades paranormales: había dado inmediatamente en el clavo, justo en el tema que Mack quería eludir.

—Eh...

—Temes que te esté usando para mantener a raya al padre de Noelle —viendo que él no contestaba, añadió—: ¿Tanto la quieres, Mack?

Mack se sentó en el taburete de la cocina, con el móvil pegado a la oreja. Cerró los ojos y susurró:

—Sí, tanto —todo sería mucho más fácil si no fuera así.

—Ay, Mack, lo llevas crudo.

Mack no quería que su hermana se compadeciera de él. Ahora se arrepentía de haberle contado lo que estaba pasando entre Mary Jo y él. Y pese a todo... se sentía tan perdido. No sabía cómo explicar aquella tensión entre ellos. Había confiado en que Linnette le diera algún consejo. Alguna explicación. Desde que se habían comprometido, Mary Jo apenas lo miraba. Antes lo invitaba a menudo a cenar, las noches que no tenía guardia en el parque de bomberos. Durante las últimas dos semanas, no había entrado en su casa ni una sola vez.

Y eso no era todo. Antes de comprometerse, solían jugar a las cartas. Hablaban todos los días. Se reían juntos. Desde que habían hablado de casarse, ella lo trataba como si tuviera una enfermedad contagiosa.

–Muy bien, hermanito, si de veras es eso lo que sientes, entonces ¿por qué...?

–¿Puedo decir algo? –preguntó Mack.

–No –contestó Linnette–. Primero contesta a mi pregunta.

–De acuerdo. Para que lo sepas, Mary Jo aceptó casarse conmigo, pero insistió en que la boda fuera dentro de seis meses.

–¿Seis meses? Bueno, eso no es tan malo.

–También insistió en que no hubiera... contacto carnal entre nosotros.

–¿Qué?

Mack no pensaba repetirlo.

–Ya me has oído –con sólo decirlo en voz alta, se convenció de que Mary Jo no le correspondía. Él sólo era un medio para alcanzar un fin. Las protegería a ella y a Noelle de las amenazas de Rhodes. Y lo peor de todo era... que él mismo se había ofrecido.

–¿Ningún... contacto en seis meses?

–Cree que así tendremos tiempo de conocernos mejor... o eso dijo –masculló él. Aquella excusa parecía absurda, viendo la tensión que se había instalado entre ellos últimamente.

–Entonces ¿no...? Ya sabes.

Mack volvió a gruñir.

–Yo no te pregunto sobre tu vida amorosa, ¿no?

–No, pero tal vez deberías.

Mack dejó pasar el comentario.

–Recuerda –le dijo su hermana– que a Mary Jo le cuesta mucho confiar en los hombres. Con toda razón.

—Pero si ni siquiera la conoces —le recordó Mack.

Sin embargo, lo que decía era cierto. Mary Jo tenía problemas para confiar en los hombres. Ella misma se lo había dicho, y los motivos eran obvios. Eso, no obstante, no explicaba su cambio de actitud desde que había aceptado casarse con él.

—Para estar a punto de convertirte en padre y esposo, no pareces muy feliz.

—No lo estoy. La verdad es que no sé por qué te lo he dicho. No lo sabe nadie más, excepto el hermano de Mary Jo.

—Me lo has dicho porque soy tu hermana mayor y quieres que te aconseje, sólo que no quieres pedírmelo directamente.

—¿Tanto se me nota?

—Me temo que sí.

Mack suspiró. Todo aquello sería más sencillo si sus sentimientos hacia Mary Jo no fueran tan fuertes.

—¿Sabe ella que en realidad te llamas Jerome?

—Sí —insistía en que lo llamaran Mack desde que iba al colegio. Llevaba el nombre de su abuelo paterno, y aunque había querido mucho a su abuelo Jerry, el nombre no le gustaba.

—¿Por qué no quieres decírselo a papá y mamá? —preguntó Linnette—. Se pondrán locos de contento.

Mack no creía que conviniera involucrar a sus padres, siendo tan precaria la situación entre Mary Jo y él. Se apoyó en la encimera de la cocina y apoyó los codos en ella.

—Tengo mis motivos.

—¿Cuándo piensas decírselo?

—Aún no lo sé.

—Mack, si mamá se entera por otra persona, se llevará un disgusto.

—Lo sé —pero no era probable que eso ocurriera.

—Y lo mismo papá.

Mack también lo sabía. En el fondo, habría querido contárselo ya.

—Está bien, entiendo por qué quieres mantenerlo en secreto —dijo Linnette, y Mack se sorprendió.

—¿Ah, sí?
—Claro. Quieres esperar hasta estar seguro de que ella quiere seguir adelante con la boda. Tal y como están las cosas ahora mismo, tienes dudas y...
—No soy yo quien tiene dudas. Es Mary Jo.
—¿Estás seguro de eso?
No tenía ni que planteárselo.
—Segurísimo.
Pasado un momento, Linnette preguntó:
—¿Puedo contarte yo también un secreto?
—Claro –su hermana, sin embargo, nunca había tenido secretos. Siempre había sido la estudiante modelo y la hija ejemplar. Mack y su padre, en cambio, se peleaban a menudo. Le preocupaba que ocultarles su noviazgo con Mary Jo amenazara la tregua que había alcanzado con su padre. Estaba corriendo un gran riesgo por ella, y temía que fuera todo por nada.
Al ver que Linnette no seguía hablando, preguntó:
—Bueno, ¿cuál es tu gran secreto? –su hermana bajó tanto la voz que Mack no la oyó–. Repítelo –dijo.
—Bueno, de acuerdo, lo repito: me he casado.
—¿Qué?
—Que me he casado.
—¿Cuándo?
—El veintinueve de diciembre. Al volver de Cedar Cove a Dakota del Norte, después de Navidad, Pete y yo nos desviamos a Las Vegas. No habíamos estado nunca y fue una locura. Al principio, no encontramos ni una sola habitación de hotel, y menos aún dos, y cuando por fin encontramos una... sólo había ésa. Y entonces Pete dijo que no le importaba lo que dijeran los anuncios, que lo que pasa en Las Vegas queda allí, así que sacamos una licencia matrimonial y nos casamos ese mismo día.
—¿Te has casado con Pete? –su hermana apenas conocía al granjero, aunque estaba claro que él se había enamorado de ella, eso lo notaba cualquiera que tuviera ojos en la cara. Linnette se había mostrado más circunspecta, sobre todo delante

de sus padres, pero debía de sentir lo mismo que él–. ¿Os casasteis porque no encontrabais habitación de hotel?

–Sí.

–¡Eso es un disparate, Linnette!

–Oye, espera un momento, hermanito. No creo que tú seas quién para hablar.

En eso tenía razón. Mack, aun así, quiso llevarle la contraria y decirle que hacía muy poco tiempo que conocía a Pete. Además, menos de un año antes estaba loca de amor por Cal Washburn.

–Llevas casada mucho más tiempo del que Mary Jo y yo llevamos comprometidos. ¿Por qué lo guardas en secreto?

–Bueno... –Linnette exhaló lentamente–. Pensé que papá y mamá se llevarían una desilusión porque no me hubiera casado a lo grande, así que Pete y yo decidimos que no había por qué decírselo enseguida. Le prometí a mamá que iría a casa este verano, y he pensado que podíamos volver a casarnos allí.

–¿Y por qué no se lo cuentas ya? Pete les cae bien. No van a llevarse una desilusión porque te hayas casado con él.

–Sí, lo sé –respondió Linnette–. Pero temía que pensaran que me había casado con Pete de rebote. Y no es verdad. Lo quiero de veras y, como vivimos tan lejos, no es difícil guardar el secreto.

–Entonces ¿qué piensas hacer? ¿No decirles nada y casarte otra vez?

Linnette exhaló un profundo suspiro.

–Todavía no lo he decidido. Casarse así, por las buenas, no es tan sencillo como parece.

Mack la entendía perfectamente.

–Llevamos casi cuatro meses casados y Pete no deja de preguntarme cuándo voy a decírselo a mi familia. Ha sido tan fácil ir posponiéndolo... Y ahora hace ya tanto tiempo... No sé qué hacer, Mack.

Mack no podía darle ningún consejo, teniendo en cuenta que había llamado para contarle sus problemas y pedirle ayuda.

—Yo tampoco lo sé.
—No estás enfadado con nosotros, ¿verdad?
—Claro que no. Me alegro muchísimo por los dos.
—Gracias, Mack.
—Pero te sugiero que se lo cuentes pronto a papá y mamá.
—Sí, lo haré.

Hablaron otros diez minutos y su hermana le contó cómo iban las cosas en la clínica del pueblecito donde vivía. Le dijo que Pete había dejado la granja y se había mudado a Buffalo Valley para estar con ella. Parecía contenta, feliz con su matrimonio, con su trabajo y su vida, y Mack se alegraba por ella. En un par de años, su hermana había pasado de ser una mujer insegura e insatisfecha a convertirse en una persona segura de sí misma y de sus decisiones.

Tras hablar con Linnette, Mack salió de casa, decidido a trabajar en el jardín. Eligió el lado sur de la casa, por estar expuesto al sol de la tarde. Empezó a cavar con la pala, arrancando tierra y trozos de césped para hacer nuevos lechos de flores. Iba a necesitar un montón de mantillo y fertilizante. Mack tenía grandes planes para su jardín.

Aunque estaban a mediados de abril y todavía hacía fresco, pronto empezó a sudar. Se detuvo para quitarse la camiseta y siguió trabajando hasta que Mary Jo apareció en el camino de entrada que compartían ambas casas. Mack miró su reloj y vio que eran poco más de las cinco. La tarde, la última que tenía libre esa semana, se le había pasado volando. Su siguiente turno empezaba a las ocho de la mañana del día siguiente y duraría hasta el sábado.

Tras sacar a Noelle de su silla del coche, Mary Jo pasó por su lado sin detenerse, como había hecho todos los días esa semana. Pero, para sorpresa de Mack, se detuvo de pronto y lo miró. Mack esperó a que dijera algo. No dijo nada, así que él continuó cavando tan tercamente como si estuviera a unos centímetros de descubrir una veta de oro.

—Hola —dijo Mary Jo tímidamente.

Mack levantó la cabeza y se apoyó en la pala, intentando darle a entender que acababa de reparar en ella.

—Ah, hola. No te había visto.

Ella parecía observarlo atentamente.

—¿Pasa algo? —preguntó Mack. Quizá se hubiera puesto dos zapatos distintos. Normalmente no se fijaba mucho en lo que llevaba puesto. Mary Jo apartó la mirada.

—No, perdona, no sé por qué te miraba.

—¿Tengo barro en la cara?

—No —su cuello se había puesto colorado.

—Dímelo.

Ella pareció aún más intranquila.

—Estás... guapo. Tan moreno y musculoso.

Hey, eso era prometedor.

—¿Sí?

—Nunca te había visto sin camiseta.

—Soy bombero, ¿sabes? Si salimos en los calendarios, es por algo —se resistió al impulso de enseñarle sus músculos para impresionarla... o, más bien, para hacerla reír.

Mary Jo sonrió.

—¿Te apetece un té con hielo? —preguntó.

Aquello era todo un avance.

—Me encantaría.

—¿Te importa que deje a Noelle aquí? Enseguida vuelvo.

Mack miró a la niña dormida y luego vio que Mary Jo se dirigía a su casa. Apoyado todavía en el mango de la pala, la observó desde atrás y se maldijo por haber aceptado aquel noviazgo de seis meses. Quería casarse con ella.

Cinco minutos después, Mary Jo volvió a aparecer con un vaso de té con hielo. Mack se lo bebió de un trago.

—Sí que tenías sed.

—Sí —contestó, y se fijó de nuevo en que a ella parecía costarle apartar los ojos de él. Bien. Quería que lo echara de menos tanto como él a ella. De pronto, decidió ver si estaba dispuesta a reconsiderar sus condiciones—. ¿Podemos hablar?

—Claro —dijo, apartándose de él—. ¿Sobre algo en particular?

Sí, claro, aunque Mack decidió abordar el tema con precaución.

–Quizá deberíamos hablar dentro.
–De acuerdo –ella tomó la cesta de la niña y entró en su casa.

Mack la siguió, obediente. Apartó una silla de la mesita de la cocina y esperó a que ella llevara a Noelle a su cuarto. Cuando regresó, Mary Jo aclaró su vaso y le sirvió otro té.

–Es sobre nuestro compromiso –dijo él por fin.

Mary Jo se volvió bruscamente.

–Sí, ¿qué pasa con él?

–Creo que tal vez deberíamos replantearnos...

Ella dio un respingo.

–Si quieres que lo dejemos, lo entiendo, de veras. No tienes obligación de casarte conmigo. Hace ya dos semanas que no sé nada de David, así que puede que se haya olvidado del asunto. Pero te agradezco lo mucho que te preocupas por Noelle y...

–¿Quién ha dicho que quiera dejarlo? –preguntó Mack, irritado.

Mary Jo frunció el ceño.

–Pensaba que... ya sabes...

Él sacudió la cabeza.

–No, no sé nada.

–Que... –dijo ella humedeciéndose los labios–. Que habías cambiado de idea.

–Pues no.

–Pero quieres hablar del compromiso.

–Sí –Mack tenía la impresión de que debía ser sincero–. Francamente, desde que nos prometimos has estado evitándome –«menudo noviazgo», quiso añadir.

–No es cierto –se apresuró a decir ella–. Eres tú quien no quiere tener nada que ver conmigo. Dejaste de venir en cuanto nos prometimos.

Podían pasarse toda la noche discutiendo y no arreglarían nada.

–Si te he dado esa impresión, te pido disculpas –dijo Mack.

Ella esbozó una sonrisa levísima.

—Supongo que hemos hecho el tonto los dos, ¿no?

Eso era poco, pensó Mack.

—Sé que no te gustó que me empeñara en que esperásemos seis meses.

—Eso puedo soportarlo —dijo Mack—. Lo que me molesta es que no quieras que te toque en todo ese tiempo.

Los ojos de Mary Jo brillaron, llenos de dudas.

—Yo no dije que no pudieras tocarme. Es sólo que no me parece sensato que... intimemos.

—Ah —Mack se preguntó si había interpretado mal la situación. Pero si a ella le interesaba, por ejemplo, que le diera un abrazo o un beso, podía habérselo hecho notar antes.

La timidez había vuelto. Mary Jo empezó a volverse y él la agarró de la mano para detenerla. Al volverse hacia él, se deslizó sin esfuerzo entre sus brazos, como si llevara toda la vida esperando ese momento.

Se besaron: dos o tres largos besos. Después, Mack encontró fuerzas para apartarse de ella.

Mary Jo lo miró con los ojos muy abiertos. Sonrió muy despacio.

—Ha sido muy bonito.

—Sí —contestó Mack—. ¿Seguro que quieres esperar seis meses?

Ella parpadeó; luego asintió con la cabeza.

—Sigo creyendo que es lo mejor.

Mack pensó que iban a ser seis meses eternos.

CAPÍTULO 32

Olivia miró con recelo el caballo, que estaba ensillado y listo para cabalgar.

—No sé si esto es buena idea —dijo.

Estaban frente al establo. Grace se acercó a la yegua que había elegido Cliff para su amiga y pasó la mano por el largo y elegante cuello del animal.

—No tienes de qué preocuparte —le aseguró a Olivia.

Olivia metió las manos en los bolsillos traseros de sus vaqueros.

—Por si no lo has notado, no soy muy aficionada a los caballos. Prefiero recoger flores del campo y hacer colchas. Nunca me ha interesado montar. No leí *El potro negro*, ni todos esos libros de caballos cuando tenía doce años.

—Yo tampoco, aunque los he leído después, cuando hice un curso de literatura infantil. Pero eso no viene al caso. A mí tampoco me interesó al principio —Grace se negaba a tomar en consideración sus excusas—. Nos vendrá bien a las dos salir a tomar el aire.

—Grace, por favor, ¿tú y yo a caballo? —Olivia se volvió hacia la casa.

—Sí, tú y yo —era una soleada tarde de sábado y no estaba dispuesta a dejarse convencer por su amiga—. Hay un camino precioso que baja hasta la playa. Te aseguro que, si no lo intentas al menos, te arrepentirás.

Olivia seguía sin parecer muy convencida. Lanzó a Grace una mirada implorante.

—Esa yegua tiene una mirada perversa. ¿Cómo sabes que no aprovechará la primera ocasión que tenga para tirarme?

—¿Quién? ¿Hada?

—¿Se llama Hada? —Grace asintió con la cabeza—. Eso no demuestra nada. La camella que te mordió se llamaba Bella Durmiente —dijo Olivia, refiriéndose a un desafortunado incidente ocurrido con uno de los animales que habían participado en el belén viviente de la parroquia.

—Eso es irrelevante. Además, me lo prometiste.

Olivia gruñó, derrotada, y volvió lentamente hacia Grace.

—Está bien.

—No te arrepentirás —dijo Grace, alentándola con una sonrisa.

Recordaba la primera vez que Cliff la convenció para que se subiera a un caballo. Al igual que su amiga, había remoloneado y puesto un montón de excusas, y muy buenas, además. Pero al final tuvo que ceder. El corto paseo a caballo por el lindero de su finca hasta la playa fue maravilloso. Después, olvidó por completo por qué había tardado tanto en dar su brazo a torcer. Ahora le gustaba montar, y a Olivia le gustaría también, si lo probaba.

—Tú estás acostumbrada a esto —dijo Olivia al levantar la pierna para poner el pie en el estribo. Asió el pomo de la silla y se agarró a él con ambas manos.

—No, al principio, no. Todos tenemos que empezar alguna vez —dijo Grace.

—No sé por qué te empeñas —Olivia tuvo que intentarlo tres veces hasta que consiguió auparse a la silla, incluso con ayuda de Grace, pero al fin lo consiguió. Cuando por fin se acomodó sobre la dócil yegua, estaba sin aliento—. Estarás contenta.

—Entusiasmada —bromeó Grace—. En cuanto a por qué me empeño en que hagas esto, la verdad es que quiero que te sientas viva otra vez.

Después del tratamiento de quimioterapia y radioterapia, Olivia se pasaba la vida metida en su casa. Sólo de vez en cuando daba algún paseo por el pueblo. Una vez a la semana, más o menos, se pasaba por el restaurante de Justine, y de vez en cuando visitaba la galería de su hermano, pero eso era todo. Hasta Charlotte había empezado a preocuparse.

Grace se subió a la silla con más agilidad. Claro que ella tenía más práctica.

Ahora que estaba montada en Hada, Olivia miró con nerviosismo a su alrededor.

—¿Ya está? —masculló, intentando débilmente bromear.

—Aún no hemos empezado —contestó Grace.

—Me lo temía.

Olivia miró hacia abajo, un error que Grace también había cometido al principio.

—¿A qué altura estoy? —preguntó Olivia, ceñuda—. Si Jack se entera de esto...

—Lo sabe.

—¿Jack lo sabe y está de acuerdo?

—Sí. Ahora, deja que te enseñe lo básico —repasó las lecciones que le había dado Cliff al principio. Cuando acabó de hablar y de demostrar cómo se usaban las riendas, abrió la marcha por delante de Olivia.

Su amiga la siguió refunfuñando. Pero, para sorpresa de Grace, no pareció tener los mismos problemas que ella al principio. Cuando Grace la montaba, Hada solía pararse cuando quería para pastar, haciendo caso omiso de sus órdenes. Ahora no lo hacía.

—Oye, tienes un don natural para esto —exclamó, volviéndose para mirar a Olivia.

Su amiga no respondió. Estaba concentrada en cada movimiento que hacía.

—¿Estás lista para bajar por el sendero?

—Claro —Olivia sonrió tímidamente—. Supongo que Hada no es tan mala, a fin de cuentas.

—Te lo dije —bromeó Grace mientras comenzaba a descender hacia el sendero bordeado de vegetación. Los altos pinos se alzaban hacia el cielo azul. Cuando llevaban recorridos unos doscientos metros, Grace se volvió para mirar tras ella—. ¿Qué tal te va, Calamity Jane?

—De momento, bien. Qué agradable es el sol, ¿verdad? Sobre todo, en la cabeza —Olivia llevaba un pañuelo atado a la nuca, al estilo gitano.

—Es una delicia.

—¡Mira! —exclamó Olivia un momento después—. ¡Un águila! ¡No, dos!

Grace se hizo sombra sobre los ojos y miró hacia arriba. Las águilas volaban sobre ellas, en lo alto del cielo. Fascinada, las vio enzarzarse en un complejo ritual de cortejo. Una de ellas se lanzó en picado varias docenas de metros y la otra la siguió. Las águilas solían posarse en la playa de Lighthouse Road, así que Grace sabía que Olivia las veía con frecuencia. Pero esto era distinto. Más íntimo, de alguna manera.

—Creo que no sabía que el bosque olía tan a fresco, tan a verde —dijo Olivia tras un breve silencio—. La verdad es que ni siquiera sabía que el verde tuviera olor.

—Te recuerda a Navidad, ¿a que sí?

—Sí.

Siguieron avanzando, mirando el paisaje y disfrutando de los sonidos y los olores del bosque. Poco después entraron en un claro frente al cual se extendía la playa, salpicada de ramas secas. Vieron la isla de Blake a lo lejos, como una esmeralda engarzada en el azul fulgurante del mar.

—Qué paz hay aquí —dijo Olivia con calma.

Eso fue lo que más sorprendió a Olivia la primera vez que fue allí con Cliff. Recordó que se había sentado allí con su marido, sobre la playa de guijarros, con la espalda apoyada en un tronco seco. Había cerrado los ojos y el sol le daba en la cara mientras los sonidos de la naturaleza zumbaban a su alrededor. Había oído el suave fragor del agua en la orilla, el gorjeo de los pájaros y el crujido de los guijarros cuando los caballos cambiaban de postura. Aquella experiencia nunca dejaba de conmoverla. Era eso lo que quería para su amiga: aquella paz, aquel consuelo. Descubrir lo que significaba estar cerca de la naturaleza.

—Vamos a bajar a dar un paseo —sugirió—. Si te sientes con fuerzas, claro.

—Sí —le aseguró Olivia. Se bajó de Hada y cayó al suelo, aterrizando sobre los guijarros—. Ahora lo único que tengo que hacer es descubrir cómo volver a montarme.

Sujetando las riendas de las yeguas, caminaron lado a lado. Pasaron largo rato calladas, contentas de estar juntas. Después de cincuenta años (¡medio siglo!) de amistad, intuían mutuamente su estado de ánimo y sus sentimientos.

—He dado tantas cosas por sentadas en mi vida... —dijo Olivia al cabo de un rato.

—¿Y no lo hacemos todos? —Grace no creía que su amiga debiera hacerse reproches. Ella era tan culpable como Olivia de correr de un día a otro sin tomarse tiempo para valorar el regalo que era la vida.

Aquella segunda oportunidad de ser feliz con Cliff la había cambiado. Su matrimonio con Dan había estado bien, a su modo; después de tantos años, se habían acomodado el uno al otro, aunque los problemas de Dan, el dolor producido por la guerra, nunca habían desaparecido por completo. Se habían acostumbrado todo lo posible, y ella se había esforzado por asimilar sus cambios de humor. Al final, aquello había podido con él.

Cliff acarreaba, por su parte, problemas derivados de su primer matrimonio. Pero habían tenido paciencia el uno con el otro y habían superado errores y malentendidos. Ahora, Grace era más feliz de lo que había soñado.

—Estoy pensando en jubilarme —anunció Olivia de repente.

Grace ya lo sospechaba.

—¿Estás segura?

—No —reconoció Olivia—, pero estoy disfrutando de estos meses en casa. Al principio, lo temía. Estaba segura de que me aburriría.

—Pero no, ¿verdad?

—En absoluto. No sabía cuánto me gustaba coser. Mi madre siempre ha sido la habilidosa de la familia. Creo que no hay ninguna labor doméstica que no haga bien.

Grace asintió con la cabeza. Todo lo que hacía Charlotte (desde sus postres especiales a sus colchas o sus proyectos de costura) era de la mayor calidad.

—¿Tú no has pensado en jubilarte? —preguntó Olivia, mirándola fijamente.

Grace lo había considerado fugazmente.

—Supongo que sí —dijo—, aunque me encanta mi trabajo.

—A mí me pasa lo mismo —murmuró Olivia—. Por eso es tan difícil decidir.

Grace sacudió la cabeza lentamente.

—Yo creo que aún no estoy preparada. Todavía hay muchas cosas que quiero conseguir. Estamos poniendo en marcha un nuevo proyecto en la biblioteca que me entusiasma. Seguro que ya te lo he contado.

—¿Enseñar el placer por la lectura haciendo que los niños pequeños les lean a los perros?

—Sí —dijo Grace—. Hemos invitado a un entrenador de por aquí a colaborar con nosotros —sonrió—. Ya tengo mis primeros voluntarios. Tanni Bliss es una de ellas.

—Tanni Bliss —repitió Olivia—. ¿De qué me suena ese nombre?

—Tanni y su novio descubrieron esos restos en la cueva, ¿recuerdas?

—Ah, sí —Olivia frunció el ceño ligeramente—. Qué caso tan extraño. Me alegro mucho de que se resolviera.

—La prensa hizo su agosto con ese asunto. Esa reportera de Seattle hablaba como si Cedar Cove fuera un nido de criminales —se rió—. ¿Quién iba a decir que nuestro sheriff tenía tan buena mano? Aquel comunicado de prensa decía muy poco, pero dejó contento a todo el mundo.

—Aun así, es una historia trágica. Ese pobre chico, asustado y solo. Creo que nunca sabremos qué ocurrió de verdad.

A Grace la había conmovido que el alcalde de Cedar Cove hubiera organizado un entierro como era debido. En el pueblo habían cundido rumores sobre su arresto por conducir bajo los efectos del alcohol, pero eso era ya agua pasada. Jack había escrito un artículo excelente sobre el asunto, con toda la colaboración del alcalde, lo cual sin duda había puesto coto a las habladurías. Por suerte, el sensacionalismo sobre los restos de aquel pobre chico también se había difuminado.

—Tanni es la hija de Shirley Bliss —dijo Olivia, como si de pronto se acordara—, la mujer con la que sale Will.

—¿Qué tal va eso?

—No lo sé. Mi hermano no me cuenta nada sobre sus relaciones.

Grace tenía curiosidad, naturalmente. Quería poner sobre aviso a Shirley, pero no creía que le correspondiera a ella hacerlo. Si Will había cambiado (y había motivos para creer que así era), no quería hacer nada que pudiera perjudicarlo.

—Tuve mis dudas, cuando supe que Will iba a volver a Cedar Cove —dijo.

Olivia la miró, intrigada.

—Yo también. Después de lo que pasó contigo, pensé que no podía confiar en mi propio hermano —aminoró el paso—. Es un alivio que aquello no tuviera consecuencias duraderas.

Se refería al daño que podía haber hecho a la relación de Grace y Cliff. Al final, no había pasado nada, pero la interferencia de Will (y la reacción de Cliff) era uno de los problemas que habían tenido que resolver.

Cambiando de tema, Grace preguntó:

—¿Qué dice Jack de que dejes la judicatura?

Olivia sonrió.

—No mucho. Dice que le parecerá bien lo que yo decida. Pero tengo la sensación de que, si me jubilo, él empezará también a planteárselo, y no estoy segura de que en su caso sea buena idea.

—¿Por qué?

Olivia se quedó pensando un momento.

—A veces creo que le corre tinta por las venas. Jack se transforma por completo en la redacción del periódico. Se crece cuando tiene que acabar una historia en tiempo récord, y tiene un instinto increíble para la noticia. Puede que se sienta tentado a ceder las riendas, pero sospecho que se arrepentiría pasados unos meses.

Olivia siempre había tenido gran facilidad para empatizar

con los demás e intuir sus motivaciones. Por eso era una juez tan certera y tan respetada.

—Fíjate en Goldie —dijo Grace, y sonrió al acordarse de la camarera favorita de ambas en el Pancake Palace. Goldie había empezado a trabajar allí al empezar ellas el instituto. Debía de tener más de setenta años y seguía trabajando tres o cuatro días por semana.

—No creo que nadie se atreva a hablarle de jubilación —comentó Olivia.

—¿Quién nos serviría nuestra tarta de coco?

—Exacto.

Pasearon un rato más. Luego, Grace notó que Olivia aflojaba el paso.

—¿Nos sentamos un poco? —preguntó.

Olivia asintió con la cabeza y buscaron un tronco grande, ataron a los caballos a un árbol cercano y se sentaron mirando hacia el estuario de Puget. El ferry de Fauntleroy, minúsculo en la distancia, navegaba rumbo a la isla de Vashon.

—Echo de menos nuestras clases de aeróbic —dijo Olivia.

—Lo que echas de menos es la tarta de coco de después.

Olivia se rió suavemente.

—Puede que tengas razón —de pronto dio un golpe a Grace en el hombro.

—Eh, ¿a qué viene eso? —preguntó Grace, frotándose el brazo.

—Te lo merecías, por dejar de ir.

—Para hacer ejercicio, necesito compañía —protestó Grace—. No querrás que vaya sola al gimnasio, ¿no?

—Supongo que no. Pero vamos a volver, así que ya puedes ponerte las pilas.

—¿Ponerme las pilas, yo? —gritó Grace—. Pero si te doy mil vueltas.

—¿Quieres apostarte algo?

Grace sacudió la cabeza.

—Puede que no.

Sonrieron ambas y cayeron en un agradable silencio.

El año anterior, Grace estaba terriblemente asustada ante la posibilidad de perder a Olivia por culpa del cáncer. No había sido así, y el diagnóstico de Olivia era bueno. Su lucha contra el cáncer les había enseñado varias cosas, pero ninguna tan profunda como la certeza de que nada se interpondría jamás entre ellas. Su amistad era, literalmente, para toda la vida.

CAPÍTULO 33

A Megan se le empezaba a notar el embarazo, pensó Troy.

Se había pasado por su casa después del trabajo, el miércoles por la tarde, porque tenía que pedirle un favor importante.

—Dentro de poco tendrás que ponerte ropa de premamá —dijo cuando su hija le abrió la puerta.

Una dulce sonrisa iluminó la cara de Megan.

—¿Tú crees, papá?

—Sí —sintió una oleada de emoción ante la perspectiva del nacimiento de su primer nieto.

—Esta mañana he notado que me costaba subirme la cremallera de los pantalones. Mira —se puso de lado y apoyó una mano bajo su vientre ligeramente redondeado.

—Sí, estás embarazada, no hay duda —cuánto le habría gustado que Sandy viviera para abrazar a aquel bebé...—. Tengo que pedirte un favor —dijo, poniéndose serio de pronto.

—Lo que quieras, papá, ya lo sabes.

Troy la siguió a la cocina, donde Megan había empezado a preparar la cena. Craig era ingeniero en el astillero y no había llegado todavía, pero no tardaría.

—Quiero que Faith pase la noche con vosotros.

Su hija no titubeó.

—Claro que sí. Me encanta Faith —luego, frunciendo el ceño ligeramente, añadió—: ¿No puede quedarse con su hijo?

—Los hijos de Scott están de vacaciones y se los ha llevado a Disneyland.

—Bueno, ya sabes que aquí Faith siempre es bien recibida.

Aquello iba a ser más que una simple visita.

—¿La cama de tu cuarto de invitados está hecha?

Megan asintió con la cabeza.

—Espero que no te importe que te pregunte por qué.

—Quiero que esté a salvo.

Su hija, que estaba removiendo la salsa de los espaguetis, levantó la vista al instante.

—¿A salvo de qué?

A salvo de quién, más bien.

—Voy a pasar la noche en su casa. Tengo motivos para creer que el intruso podría volver esta noche, si es la persona que yo creo —había pensado mucho sobre las pautas que seguían aquellos incidentes en casa de Faith. Y, esa tarde, uno de sus ayudantes había visto en el pueblo al hombre al que creía el intruso. Al menos en una ocasión anterior (el día en que rajaron los neumáticos del coche de Faith) se lo había visto en el bar de moteros de las afueras del pueblo.

—Es una larga historia.

—Tengo tiempo —sus ojos, tan parecidos a los de Sandy, brillaban de interés.

—Yo no, por desgracia. Ya te lo explicaré, ¿de acuerdo?

Por su modo de apretar los labios, Troy comprendió que a su hija no le gustaba que la mantuviera en la ignorancia, pero de momento no podía hacer nada al respecto.

—Papá, sé que tienes buenas intenciones, pero estoy segura de que Faith se empeñará en quedarse en su casa. Aquí puede venir cuando quiera, ya te lo he dicho, pero quizá sea más lógico que te quedes tú allí, con ella.

Troy se quedó pensando un momento. Después decidió que posiblemente su hija tenía razón.

—Todavía no lo he hablado con Faith.

—Pues deberías hacerlo, papá. A ninguna mujer le gusta que un hombre decida por ella. Faith sabe lo que hace —sacudió la cabeza–. Estoy segura de que no querrá ni oír hablar del asunto. Yo no querría, si estuviera en su lugar.

Troy asintió despacio. Lo que decía su hija tenía sentido. Mientras volvían hacia la puerta, Troy la oyó mascullar en voz baja.

–¿Qué? –preguntó, impaciente.

–Papá –dijo–, ¿cuándo vas a pedirle a Faith que se case contigo?

–Yo...

–La quieres, ¿verdad?

–Bueno, sí, y tengo intención de...

–¿A qué estás esperando?

Troy sonrió. Después de tantos meses, su relación con Faith había vuelto a encauzarse, y por fin tenía esperanzas, verdaderas esperanzas.

Reconoció de nuevo que Megan tenía razón: sería tonto si dejaba pasar aquella oportunidad. Faith había sido su primer amor, y aunque había querido a Sandy con una intensidad incomparable, nunca había olvidado a Faith. Uno nunca olvidaba a su primer amor.

–Pronto –dijo–. Se lo pediré pronto.

–Bien –su hija le dio un abrazo de despedida.

Al llegar a casa de Faith, Troy le sugirió que pasara la noche con Megan y, tal y como había predicho su hija, ella no quiso ni oír hablar del asunto.

–No pienso dejar mi casa, Troy, así que ahórrate el esfuerzo.

Troy sacudió la cabeza.

–Megan me lo advirtió. Pero la verdad es que, más que ayudarme, me distraes.

–¿Ahora también? –aquella información pareció complacerla.

–No quiero que corras peligro –explicó él.

–¿No lo he corrido ya?

Troy sólo pudo encogerse de hombros.

–Puedes pasar la noche aquí –dijo ella.

–¿Solos, los dos?

Ella levantó las cejas.

—Descuida: no te distraeré. No te estoy invitando a mi cama.

Él se rió.

—Qué lástima.

Faith sonrió y apartó la mirada.

—Pero no creas que no me tienta la idea.

—Vas a ponérmelo difícil —gruñó Troy.

—No, te lo prometo —contestó ella, muy seria—. Ni siquiera te darás cuenta de que estoy aquí. Puedes instalarte y ponerte cómodo. Yo seguiré mi rutina de todas las noches, que es seguramente lo que estará esperando ese... sujeto. ¿De acuerdo?

Troy asintió con la cabeza.

—De acuerdo.

—Bien.

Troy se inclinó hacia delante y la besó con toda el ansia y la frustración que había acumulado desde su traslado a Cedar Cove. No podía hablar por ella, pero él sintió aquel beso en cada célula de su ser. Cuando se apartaron, Faith se llevó la mano al corazón, jadeante.

—Ay, Troy...

Él volvió a estrecharla en sus brazos.

—¿Repetimos?

Ella carraspeó.

—Más vale que no.

—Puede que tengas razón. Necesito concentrarme. Tengo que hacer unas llamadas —llamó primero a un par de ayudantes de su oficina—. Estamos listos.

Weaver y Johnson habían aparcado un coche oscuro, sin marcas policiales, en Rosewood Lane y estaban aguardando sus instrucciones. A continuación, llamó a Megan.

—Tenías razón. Faith prefiere quedarse aquí, conmigo.

—Aunque odio decirlo, ya te lo dije.

—No odias decirlo —contestó Troy—. Te encanta.

Su hija se echó a reír.

Tras llevar su coche a la calle de al lado, Troy volvió a

casa de Faith y se puso cómodo. Estaba dispuesto a pasar la noche en vela, si hacía falta. Se recostó en el sillón, delante de la televisión, mientras Faith hacía punto sentada frente a él. Era una acogedora escena doméstica, una escena que Troy esperaba repetir muchas veces cuando estuvieran casados.

Recordó lo que le había dicho Megan y se preguntó si debía pedírselo allí mismo. Abrió la boca, pero volvió a cerrarla enseguida. Debía regalarle un anillo, al menos. Tenía que hacer las cosas bien, pero no quería esperar mucho más. Ese fin de semana, se dijo.

A las diez, Faith comenzó a bostezar.

—Por mí no te quedes levantada —dijo él.

—¿Estás seguro?

—Segurísimo. Vete a la cama. Pero prométeme que, si oyes algún ruido en este lado de la casa, no saldrás corriendo de tu habitación.

—Pero...

—Faith, por favor, es importante.

—Está bien —dijo, aunque Troy notó que estaba preocupada.

La corazonada de Troy no demostró ser cierta hasta pasada la medianoche. Estaba sentado en el cuarto de estar, a oscuras, cuando oyó un ligero estrépito cerca del garaje. Sin perder un momento, llamó a sus ayudantes y les ordenó rodear la zona.

—¿Troy? —susurró Faith desde el pasillo—. ¿Has oído eso?

—Vuelve a tu habitación y quédate ahí —respondió él en voz baja, sin ocultar su exasperación.

Faith no contestó.

—¿Me has oído? —preguntó él en voz más alta.

—Está bien, está bien. Ya voy —masculló ella—. No sabía que fueras tan mandón.

Quizá lo fuera, pero se negaba a asumir riesgos con su seguridad. Era a él a quien pagaban por ponerse en peligro, no a Faith. Se oyó un ruido más fuerte en el garaje, y el ayudante Weaver gritó. Troy corrió hacia la puerta trasera. Al abrirla, vio a un hombre completamente vestido de negro cruzar corriendo el jardín lateral.

Troy ya no estaba en la flor de la edad, pero, dejando a un lado la comida basura, procuraba mantenerse en forma. Echó a correr detrás del hombre, se arrojó sobre él y cayeron sobre la hierba mojada. Weaver, que iba justo detrás de él, agarró al intruso por el cuello y lo obligó a levantarse. Troy le puso las esposas que llevaba sujetas al cinturón.

El ayudante Johnson alumbró con una linterna la cara del intruso y Troy reconoció enseguida al hombre que había causado todos aquellos problemas. Sintió una oleada de satisfacción.

—Llevadlo a comisaría —dijo después de que Johnson le leyera sus derechos.

Los dos ayudantes se lo llevaron mientras Troy se sacudía el uniforme. Se estaba haciendo viejo para andar persiguiendo a malhechores, pero no iba a permitir que aquél se le escapara.

Regresó a la casa y encendió la luz de la cocina.

—Ya puedes salir —dijo.

Faith entró a toda prisa, vestida con una bata.

—Troy... Dios mío, ¿qué ha pasado? —sin esperar respuesta, abrió un cajón, sacó un paño y humedeció una esquina. Se acercó a él y le limpió la boca.

—¿Qué pasa? —se sorprendió al darse cuenta de que estaba sangrando.

No había notado nada.

—¿Lo habéis pillado? —preguntó ella.

Troy asintió con la cabeza.

—Ya lo creo que sí.

Faith retiró una silla y ambos se sentaron. A ella le temblaban las manos, y Troy se las asió para darles calor.

—¿Lo has reconocido?

—Sí.

—¿Quién es? —preguntó ella—. ¿Y por qué me odia tanto?

—Se llama Mark Schaffer.

Una mirada de perplejidad apareció en la cara de Faith.

—¿Quién? Su nombre no me suena de nada. ¿Por qué la ha tomado conmigo?

—No se trata de ti, Faith. Debí darme cuenta antes. No tiene absolutamente nada que ver contigo.

Faith lo miraba, confusa.

—No entiendo.

—Todavía no tengo todas las respuestas, pero voy a contarte lo que creo que ha pasado y por qué.

—Sí, por favor —sus ojos parecían implorarle que le explicara aquel sinsentido.

—Schaffer era amigo de Dale y Pam Smith, los inquilinos que vivieron aquí antes que tú. Mientras vivieron aquí, recibimos numerosas quejas de los vecinos. Hablé con Schaffer personalmente en varias ocasiones. Está metido en las drogas y se relaciona con mala gente.

—Pero esas personas acabaron por mudarse.

—Creo que no por voluntad propia. No sé exactamente cómo lo consiguieron, pero creo que Cliff Harding y Jack Griffin persuadieron a los Smith y a su pandilla, incluido Mark, de que se largaran. Hacía meses que no pagaban el alquiler y estaban trayendo a gente indeseable a este vecindario. Grace temía que destrozaran la casa, si los echaba.

—¿Y crees que Cliff y Jack consiguieron convencerlos de que se mudaran?

—Sí, pero no sé cómo —le lanzó una media sonrisa—. Tendrás que preguntárselo a Grace, pero no me lo cuentes cuando lo averigües, ¿de acuerdo?

—De acuerdo.

—Creo que Mark, o alguno de sus amigos, dejó un alijo de droga en la casa cuando se marcharon a todo correr. Ha vuelto varias veces a buscarlo. Es probable que se trate de drogas, pero puede que sea dinero o alguna otra cosa de valor. Supongo que estará escondido en el garaje, teniendo en cuenta que es allí donde solía dirigirse.

—Pero primero entró en la casa.

—Puede que no recuerde exactamente dónde lo escondió, o que confiara en que te mudaras y así tener tiempo para registrar la casa. Al ver que no te ibas con el rabo entre las piernas, tuvo que arriesgarse. Por eso volvió a entrar. Luego pusiste el sistema de alarma y tuvo que limitarse al garaje.

—Se acabó, entonces —dijo Faith con alivio.

—Creo que sí. Seguramente lo que había escondido acabó en la basura cuando Grace y Cliff hicieron limpiar y pintar la casa.

Troy se levantó para marcharse. Había empezado a dolerle la herida de la boca y tenía que volver a la comisaría para ocuparse de Schaffer. Faith lo acompañó a la puerta, pero lo hizo detenerse antes de abrirla.

—Ahora estás a salvo —le aseguró Troy.

—Sí, lo sé —musitó ella, y le acarició suavemente la cara.

Troy tomó su mano y la retuvo sobre su mejilla. Su instinto le decía que se quedara.

Faith le sonrió. Cerró los ojos, se inclinó hacia delante y lo besó en la boca, con cuidado de no tocar la herida. Troy retrocedió para no estrecharla en sus brazos y besarla como había hecho antes. La soltó de mala gana.

—Tenemos que hablar. Pronto.

—Sí —Faith tenía una expresión abierta y cariñosa.

Al alejarse, Troy notó que el dolor que sentía un instante antes había desaparecido.

CAPÍTULO 34

Gloria Ashton estaba sentada en su coche patrulla, con el disparador del radar en la mano. Aquel punto de la calle Harbor era conocido por los excesos de velocidad que perpetraban los conductores. Poner multas era el aspecto más ingrato de su trabajo, pero era necesario. Era la ayudante más novata; tenía, por tanto, que pagar peaje. Confiaba en que aquello no durara mucho y en tener la oportunidad de trabajar directamente con el sheriff Davis, como habían hecho Weaver y Johnson el miércoles por la noche.

Mark Schaffer había sido detenido y se hallaba en la cárcel del condado. El *Cedar Cove Chronicle* había publicado un artículo sobre el caso. Sobraba decir que todos los vecinos de Rosewood Lane habían respirado aliviados.

Gloria estaba a punto de acabar su turno de siete a tres. Un coche dobló la esquina y, al ver el coche patrulla, frenó automáticamente. Gloria no se molestó en comprobar su velocidad. Tras doblar la esquina, la inercia del coche no había bastado para que sobrepasara el límite permitido. Para su sorpresa, sin embargo, el vehículo aparcó tras ella. Gloria se preguntó si el conductor tendría algún problema. Dejó a un lado el radar y salió del coche patrulla. Al ver al doctor Chad Timmons, se paró bruscamente.

–¿Le ocurre algo, doctor Timmons? –preguntó en su tono más profesional.

Él había bajado la ventanilla.

—¿Puedo hablar contigo?
—¿De qué? —preguntó ella, aunque estaba segura de que el tema no sería de su agrado.
—Preferiría que habláramos tomando un café.
—Estoy de servicio.
—Después, entonces.
Gloria negó con la cabeza.
Chad suspiró, visiblemente enojado.
—Me gustaría aclarar las cosas entre nosotros.
—No. Nuestro... encuentro fue hace mucho tiempo y, desde mi punto de vista, resultó muy embarazoso. Prefiero olvidarlo.
—Por desgracia, yo no pienso lo mismo.
—Se acabó.
—Por lo visto se acabó antes de empezar siquiera —comentó él—. Si accedieras a tomar un café conmigo, podríamos...
—No.
—Está bien, pero dame al menos la oportunidad de quedarme tranquilo. Es lo único que te pido. Me gustaría poner punto final a esto, aunque odie la expresión.
Gloria suspiró, sin saber qué hacer.
—Diez minutos, quince —dijo, notando sin duda su indecisión—. ¿Es mucho pedir?
—No sé de qué serviría. Por lo que he oído, ahora sales con Sarah Chesney.
Él pareció inmensamente satisfecho porque Gloria supiera que estaba saliendo con otra mujer. De pronto, sonrió de oreja a oreja.
—Sarah y yo somos amigos, nada más. ¿Y Zack Birch y tú?
—¿Es que me sigues la pista? —preguntó ella, enfadada.
—No más que tú a mí —replicó Chad.
Ella no dijo nada.
—Diez minutos, Gloria. Tú decides cuándo y dónde.
Gloria miró su reloj.
—Está bien. Dentro de dos horas, cuando salga.
Chad sonrió, triunfante, y a ella le dieron ganas de borrarle la sonrisa de la cara.

—¿Dónde?

Gloria iba a sugerir el Pancake Palace, pero cambió de idea. Tal vez alguien oyera su conversación, y prefería no arriesgarse.

—En el puerto deportivo, junto al tótem —dijo—. Diez minutos, nada más.

—Está bien. ¿Quieres que lleve un cronómetro?

A pesar de su enfado, Gloria sonrió.

—Puede que no sea mala idea.

Dos horas después, Gloria se había quitado el uniforme y había aparcado junto a la biblioteca. El ferry de Bremerton acababa de atracar y los obreros del astillero comenzaron a desembarcar. Gloria apretó con fuerza el volante. No podía sacudirse la impresión de que iba a arrepentirse de aquello.

Esperó hasta el último momento para salir del coche y acercarse al puerto. Chad ya estaba allí, esperándola. Hacía varios meses que no lo veía y le sorprendió de nuevo lo guapo que era. Por eso la había atraído nada más conocerse. Esa noche, sin embargo, fue un desastre que no tenía intención de repetir.

Apoyado en la barandilla, Chad irradiaba petulancia y seguridad en sí mismo, pero aquel rasgo, que antes le resultaba atrayente, la irritó de pronto. Él le tendió un café al acercarse. Gloria lo aceptó sin decir nada y miró su reloj.

—Tus diez minutos acaban de empezar.

Para su sorpresa, Chad se volvió hacia la barandilla, apoyó los brazos en ella, sujetando su café, y se quedó mirando los barcos atracados en el puerto deportivo.

—Nunca pensé que fuera a gustarme vivir en un pueblo pequeño —dijo—. Tú tampoco, ¿verdad?

—¿Vas a perder tus diez minutos charlando de cosas sin importancia?

Chad prosiguió como si ella no hubiera dicho nada.

—Acepté el trabajo en la clínica pensando que duraría como mucho seis meses.

—Y que luego te mudarías.

—Exacto.

—Deberías haberlo hecho —para ella, habría sido un alivio. Así no correría el riesgo de volver a verlo... y de acordarse.

—Me quedé por ti.

—Vamos, por favor —Gloria no ocultó su sarcasmo. Aquello era lo último que quería oír.

—No me lo estoy inventando, Gloria —hizo una pausa—. ¿Cuánto tiempo hace?

—Lo he olvidado —no era cierto, pero no pensaba admitir delante de él que todavía pensaba a menudo en la noche que habían pasado juntos.

—No puedo dejar de pensar en ti —dijo él en voz baja.

—Pues ponle más empeño —repuso ella.

—¿Crees que no lo hago?

—Fue una noche. Y yo había bebido demasiado.

—No es cierto. Sabías perfectamente lo que hacías y yo también.

Gloria exhaló un suspiro. Chad tenía razón y, aunque a ella le habría gustado tener una excusa para explicar su breve encuentro, no tenía sentido mentir, ni ante él, ni ante sí misma.

—¿Por qué no puedes ser como todos los demás? ¿Hacer una muesca en el poste de tu cama y pasar a la siguiente conquista?

—¿Eso es lo que piensas de mí? —parecía dolido.

—Perdona, pero le das una importancia a nuestro... encuentro que no tiene —no quería lastimarlo. Herir a los demás iba contra su naturaleza. Pero, por lo que a ella respectaba, era preferible olvidar aquello y seguir adelante.

Chad seguía mirando el agua.

—Al principio pensé que te retraías por Linnette.

Y así era. Gloria había conocido a Chad, y habían pasado juntos una única noche. Luego, por casualidad, había descubierto que su hermana estaba enamorada de él. Sólo que en aquella época Linnette no sabía aún que eran hermanas. Nadie lo sabía.

Tras ser adoptada al nacer, Gloria había crecido en California, en un hogar feliz, con unos padres maravillosos.

Luego, hacía seis años, los perdió en un accidente de avión. Su vida se había tambaleado, hasta que logró descubrir el nombre de sus padres biológicos. Fue un shock descubrir que, tras darla en adopción, se habían casado y tenían otros dos hijos, sus dos hermanos. Deseosa de conocer a su familia, se había mudado a Cedar Cove.

Después, de nuevo por azar, su hermana se mudó a vivir al apartamento de al lado. Roy, su padre biológico, decía a veces que la suerte, buena o mala, era cuestión de oportunidad. En aquel caso, la suerte y la oportunidad eran ambas cosas: buenas y malas. Linnette, que era enfermera, estaba loca por el doctor Chad Timmons, y Gloria había desistido rápidamente de tener una relación de pareja con Chad. Había preferido hacerse a un lado a arriesgarse a destruir su oportunidad de llegar a conocer a Linnette porque a ambas les interesaba el mismo hombre. Había cometido tantos errores... Y acostarse con Chad era uno de los primeros de la lista.

Aquella noche con Chad había sido completamente atípica en ella. Le daba vergüenza pensarlo. Incluso cuando Linnette comenzó a salir con Cal Washburn prefirió no volver a ver a Chad. Se había convencido de que era mejor así. Menos violento.

—Ya no tienes que preocuparte por Linnette —dijo él suavemente.

—Sí, desde hace tiempo.

Chad bebió un sorbo de café. Seguía sin mirarla.

—A eso me refería exactamente.

—¿Por qué te cuesta tanto aceptar que no estoy interesada? —preguntó Gloria.

—Porque sé que es mentira.

—Tienes una opinión muy elevada de tus propios encantos.

—Puede ser —reconoció él—. Aunque lo dudo.

Su comentario divirtió a Gloria.

—¿De veras?

—Sí, de veras —se volvió para mirarla, de espaldas a la barandilla—. Te doy miedo porque soy el primer hombre que te ha hecho bajar la guardia. Tienes tu vida cuidadosamente planeada y enamorarte no entra en tus planes. Pero recuerda, Gloria: la vida está llena de sorpresa. No todo ocurre conforme a un horario.

—Disculpa, creía que eras médico de familia, no psicólogo.

Él no hizo caso.

—No quiero parecer vanidoso, pero estás enamorada de mí y eso, como te decía, te aterroriza.

Ella soltó una risa forzada y aguda.

—Si quieres reírte —añadió él en tono aburrido—, adelante, pero los dos sabemos que es cierto.

Gloria contestó echando un vistazo a su reloj.

—Se te agota el tiempo.

—Pensaba que serías capaz de reconocer tus sentimientos y admitir que lo que hubo entre nosotros fue estupendo. Pero supongo que no.

—¿Y sabes todo eso de mí, de nosotros, después de una noche? De una absurda noche de borrachera, debería añadir.

—No. He tardado bastante en darme cuenta.

Por motivos que no podía explicar, a Gloria se le había formado un nudo en la garganta.

—Como tú dices, se me agota el tiempo. Y no me refiero sólo a esta tarde. Quería que supieras que me he despedido de la clínica, pero antes de dejar Cedar Cove me sentía obligado a decirte cuánto me habría gustado que las cosas fueran distintas entre nosotros.

Una repentina sensación de desvalimiento se apoderó de ella. De pronto no podía hablar. Tragó saliva.

—Espero que encuentres la felicidad que buscas —añadió Chad—. Sólo lamento que no haya sido conmigo —la miró directamente a los ojos, sonrió y tiró su vasito de café a una papelera cercana. Sin decir nada más, se marchó.

Gloria se quedó clavada en el sitio. Pasado un momento, cerró los ojos y reconoció que Chad tenía razón. Había planificado cuidadosamente el reencuentro con su familia biológica, pero nada había salido como ella esperaba. Quería estar más unida a sus hermanos, pero no había sido posible.

Nada había ido como ella imaginaba. Veía a Mack de vez en cuando, para tomar una copa rápida y mantener una conversación forzada, y de tarde en tarde hablaba con Linnette por teléfono. No era culpa de ellos. Ella había dado por descontadas demasiadas cosas, había deseado que sucedieran demasiado pronto. Pero sus hermanos tenían su vida hecha, y en esa vida no había sitio fijo para ella. Corrie era cariñosa y amable, pero de manera superficial, y Gloria intuía que nunca superaría la mala conciencia que le causaba la adopción. De todos ellos, con quien se llevaba mejor era con Roy, que era ex policía.

Temblando, se apoyó en la barandilla y vio a Chad alejarse hacia la clínica. Durante todos aquellos meses había temido lo que ocurriría si le permitía regresar a su vida.

Esa noche, esa noche aciaga, él parecía haber intuido su dolor. Cuando ella no respondió a sus preguntas, le susurró que podía contárselo cuando estuviera lista. Pero lo estaba tan poco ahora como entonces.

Después de aquella noche con Chad, se había sentido vulnerable. Él había debilitado su reserva hacia los demás. Y ella había huido por instinto, decidida a que no volviera a repetirse. No le gustaba perder el control. No podía arriesgarse a crear un vínculo sentimental con él. Ni con él, ni con nadie. El interés de Linnette había sido una excusa conveniente, pero sólo eso: una excusa. Sobre todo, después de que su hermana se enamorara de Cal.

Aunque Gloria lo había rechazado varias veces, Chad no se había dado por vencido. Se negaba a admitir que ella no correspondiera a sus sentimientos. Sólo ahora reconocía Gloria cuáles eran esos sentimientos, y sólo porque él la había obligado. Pero Chad iba a marcharse y ella tenía la firme sospecha de que, si lo dejaba marchar, se arrepentiría el resto de su vida.

Regresó a su coche y se quedó sentada allí unos minutos, pensando qué hacer. Lo menos arriesgado, suponía, sería no hacer nada. Chad podía marcharse, y su vida no cambiaría.

No, sí cambiaría.

No podía seguir mintiéndose. Quería a Chad, lo quería desde hacía mucho tiempo. Apoyó la cabeza en el volante y pensó en cuál debía ser su siguiente paso. Seguía teniendo un nudo en la garganta. Exhaló un suspiro trémulo, atrapada en su indecisión.

Sin pensarlo más, salió del coche y cerró la puerta. La ira se agitaba dentro de ella. Tenía ganas de gritar, de dar patadas y pisotones.

La clínica estaba cerca del puerto deportivo. Se dirigió hacia allí con paso enérgico. Cuando llegó, estaba casi sin aliento. La sala de espera estaba llena de gente. Gloria se acercó al mostrador de recepción y se puso a hacer cola.

—Necesito ver al doctor Timmons —dijo cuando por fin le llegó su turno. La recepcionista comenzó a preguntarle algo, pero Gloria la interrumpió—: Es personal.

Pensó por un momento que la recepcionista iba a ponerle pegas. Luego siguió su mirada. Chad estaba hablando con una enfermera, al fondo. Se detuvo al verla, le dijo unas palabras a la enfermera y se dirigió hacia recepción.

Gloria lo miró a los ojos.

—Doctor Timmons —dijo la recepcionista—, esta señora quiere verlo por un asunto personal.

Gloria hizo una mueca, avergonzada.

—Estoy bien, Micki —su siguiente comentario, lo dirigió a Gloria—: Estoy de servicio.

Aquello era increíblemente violento. Además del personal de la clínica, la sala de espera estaba llena de pacientes que los miraban como si fueran dos famosos de Hollywood.

—¿Querías verme? —preguntó él con tranquilidad.

Lo menos que podía hacer era tranquilizarla. Pero no lo hizo. Gloria logró asentir con la cabeza. Tenía la boca tan seca que no podía hablar.

—Tengo que volver con un paciente —dijo Chad, mirando rápidamente hacia atrás.

En otras palabras, si tenía algo que decir, más valía que lo dijera pronto, porque no tenía tiempo que perder.

—Lo que dijiste antes...

—Antes dije muchas cosas.

Gloria cerró los ojos.

—No te vayas —balbució.

—¿Estás diciendo que quieres que me quede en Cedar Cove? —preguntó Chad.

—Sí —se arriesgó a abrir los ojos.

Chad estaba sonriendo.

Gloria oyó que alguien lo llamaba. Chad se alejó de mala gana.

—Ya hablaremos —le dijo.

Gloria asintió con la cabeza, dio media vuelta y se marchó a toda prisa. O había dado un gran paso adelante o había cometido el error más estúpido de su vida. No, el segundo error más estúpido de su vida.

CAPÍTULO 35

Mack dobló una esquina del campo de atletismo del instituto. Estaba corriendo sus diez kilómetros. Sus piernas y su corazón funcionaban a toda máquina. Y sus pensamientos corrían a la misma velocidad mientras consideraba su relación con Mary Jo.

Aunque estaban prometidos, aquello no era lo que esperaba. Seguía estando inseguro respecto a lo que sentía Mary Jo por él. Si lo quería de verdad, veía pocas muestras de ello. Sus sentimientos, sin embargo, no habían cambiado: estaba loco por ella y por Noelle.

Las cosas habían mejorado desde su conversación (y su beso), pero seguía sintiendo su reserva, sus dudas. En cierto modo, su relación había vuelto a ser lo que era antes de la visita intempestiva de David. Cenaban juntos tres o cuatro noches por semana, y habían vuelto a jugar a las cartas y a ver la tele juntos. Eso estaba bien. La tensión entre ellos se había disipado en su mayor parte, y Mack se alegraba de ello. Pero notaba que ella se resistía a avanzar en su relación, y no entendía el porqué. Se habían besado aquella única vez, y había sido maravilloso. Desde entonces, sus besos eran superficiales y cohibidos. Ya sólo esperaba un beso fugaz al final de la velada. Nada apasionado, ni divertido. Quería más, ansiaba más, y siempre salía de casa de Mary Jo con el estómago encogido.

Cinco meses antes, si alguien le hubiera dicho que iba a prometerse en matrimonio, Mack se habría mostrado escéptico. Aun así, era una posibilidad. Pero si alguien le hubiera dicho que estaría loco de amor por su novia, que vivía en la casa de al lado, y que apenas iban a tocarse, se habría echado a reír. Y sin embargo eso era justamente lo que ocurría.

Tenía la sensación de que no podía hacer nada al respecto. No sabía por qué había aceptado aquel plazo de seis meses, durante los cuales sólo podrían cambiar algún beso rápido y darse las manos. Era increíble. No llevaban ni un mes prometidos. La idea de pasar otros cinco meses así se le hacía insoportable. La mayoría de las parejas prometidas se querían y ponían en práctica su amor.

Cuanto más rápido corría, más clara tenía las cosas. Debería haberse dado cuenta antes. Mary Jo disfrutaba de su compañía y su protección, pero no estaba enamorada de él. Si lo estuviera, no podría mantenerse apartada de él. Y mientras él jadeaba de deseo, ella se mantenía a distancia prudencial.

Lo que estaba claro era que sus sentimientos hacia él estaban empañados por el agradecimiento que sentía por la ayuda que le había prestado. Mary Jo estaba ansiosa por alejarse de sus hermanos, por recuperar su independencia. En su afán por llevarlas a ella y a Noelle a Cedar Cove, Mack había malinterpretado la situación. Ella necesitaba tiempo y espacio para aclarar sus sentimientos y resolver sola sus problemas con David, sin que sus hermanos y él intervinieran y tomaran decisiones en su lugar.

En vez de reconocer la necesidad de Mary Jo de llevar las riendas de su propia vida y educar a su hija como quisiera, Mack había intentado arrogarse el papel de héroe. Con la esperanza de allanarle el camino, había despojado a Mary Jo de la oportunidad de demostrar su propia valía. Al ofrecerle su casa, no le había permitido elegir. Había hecho trampa al alquilarle la casa tan barata sin decirle la verdad. Le había hecho imposible negarse. Sencillamente, había reemplazado a Linc, convirtiéndose en el hermano mayor al que ella quería y detestaba al mismo tiempo.

Qué idiota había sido. Se consideraba bastante inteligente, y lo maravillaba haber tardado tanto en ver lo que había hecho. Sus sentimientos lo habían cegado a lo que debía ser evidente. Su amor por ella y por Noelle era asfixiante para Mary Jo.

Incluso al hablar con su hermana Linnette, Mack estaba tan absorto en sí mismo y en sus deseos que no había pensado ni por un instante en los temores de Mary Jo. No era de extrañar que ella lo mantuviera a distancia.

Había que hacer algo. Por más que le costara, tenía que alejarse de ella, darle la independencia que necesitaba y fingir que no le importaba.

Deprimido, acabó de correr. Cuando llegó a su casa, se quedó parado. Mary Jo estaba fuera, barriendo la acera. Solía trabajar un poco en el jardín los domingos por la tarde. Al verlo, sonrió.

Mack apartó la mirada intencionadamente, pero antes vio que ella fruncía el ceño, confusa. Pensaba reflexionar sobre todo aquello más detenidamente, pero, ya que ella estaba allí, quizá fuera preferible no demorar lo inevitable.

Se acercó a ella.

—¿Qué tal tu carrera? —preguntó Mary Jo.

Enfrascado en sus pensamientos, Mack no respondió.

—¿Tienes un minuto? —preguntó.

—Eh, claro. ¿Ocurre algo?

Él apoyó las manos en las caderas, echó la cabeza hacia atrás y miró el cielo despejado. Sin responder, señaló la casa de Mary Jo. Entró tras ella y la siguió a la cocina. Mary Jo tenía siempre una jarra de té en la nevera. Sabía que a él le gustaba. Mack se había tomado aquello como señal de que lo quería, y ahora se daba cuenta de que habría hecho lo mismo por su hermano o un amigo.

—Gracias —dijo mientras ella sacaba un vaso del armario.

—¿Qué pasa? —preguntó Mary Jo al darle el té.

Mack tomó un largo trago de la bebida mientras intentaba recomponer sus ideas. Tras beberse parte del té, dejó el vaso sobre la encimera. Mary Jo estaba a un lado de la habitación y él al otro.

—No sólo corro para hacer ejercicio —dijo él. Le costaba mirarla a los ojos—. Correr me da oportunidad de pensar.

Ella no dijo nada.

—Esta tarde, mientras estaba fuera, se me ha ocurrido que tengo un vínculo especial contigo.

Mary Jo respondió con una sonrisa cariñosa.

—Lo sé.

—Ese vínculo es Noelle.

Los ojos de Mary Jo brillaron un momento, como si le costara comprender qué quería decirle.

—Los dos queremos a Noelle —por fin la miró de frente—. Tú eres su madre y yo la ayudé a nacer. La niña atrapó mi corazón con su primer aliento.

Mary Jo seguía callada, observándolo.

—Me temo que mi amor por Noelle me ha... confundido y que he dado por sentado que también me había enamorado de ti. Esta tarde, mientras corría, descubrí que mis emociones están hechas un lío y que... bueno, que mi... amor por ti no es lo que pensaba —casi se atragantó al decir aquello, pero de algún modo logró seguir mirándola a los ojos.

—No estoy segura de qué estás diciendo —dijo ella tras un tenso silencio.

—Supongo que intento explicarte que, cuando me dijiste que David te había amenazado con quitarte a Noelle, me asusté. Casarme contigo me pareció una solución viable y ahora...

—Ahora no —concluyó ella.

—Sí —contestó Mack, agradecido porque aquellas palabras las hubiera dicho ella. Ni siquiera en ese momento estaba seguro de poder pronunciarlas. Porque la quería y deseaba más que nada en el mundo que fuera su esposa.

—Respecto a Noelle...

—Sí, Noelle. Quería que nos casáramos para protegerla. Los dos creíamos que, si nos prometíamos y nos casábamos, David dejaría de molestarte.

—Pero sólo le interesa Noelle porque cree que puede manipular a su padre para que le dé dinero.

—Así es —Mack asintió—. Si vuelve a darte problemas, dímelo.

—¿Qué harás? —preguntó ella.

Mack no sabía qué responder.

—Lo decidiré cuando llegue el momento. Pero no te preocupes: no voy a permitir que le pase nada a Noelle —ni a ella tampoco—. Te ayudaré en todo lo que necesites. Te doy mi palabra.

Ella apartó la mirada y suspiró.

—Así que te has dado cuenta de que podías ayudarme sin necesidad de que nos casemos.

—Sí —contestó Mack—. Tú lo sabías ya instintivamente.

—¿A qué te refieres? —preguntó ella con una leve crispación.

—Quisiste que esperásemos seis meses —le recordó él—. Como una especie de periodo de prueba.

—Ah... sí —Mary Jo comenzó a atarearse en la cocina: dobló el *Cedar Cove Chronicle* y lo tiró al cubo de reciclaje y luego alisó un paño que había sobre la encimera—. Entonces ¿me estás diciendo que quieres que lo dejemos?

Él titubeó y tragó saliva.

—Puede que sea lo mejor.

—Está bien —colgó el paño de la puerta del horno.

—Dices que yo sabía que era un error casarnos, pero está claro que tú también lo sabías —Mack arrugó el ceño—. No se lo has dicho a tus padres, ¿recuerdas? Será por eso.

Quizá, aunque Mack lo dudaba. Bebió otro largo trago de té frío y dejó el vaso vacío a un lado.

—Entonces ¿estamos de acuerdo? —preguntó.

Ella hizo un gesto débil.

—Lo siento, pero creo que no. ¿Qué relación tenemos, Mack?

Buena pregunta. Él se encogió de hombros.

—Somos vecinos —comenzó a decir ella.

—Bueno, sí, claro —respondió él. Además de casero e inquilina. Decidió rápidamente que aquél no era momento para confesárselo. Además, se dijo, el hecho de que él fuera propietario de la casa le había permitido a ella tener cierto grado de independencia.

—Y amigos.

—Eso espero, desde luego.

Su respuesta pareció tranquilizarla.

—Pero quieres tener libertad para... para ver a otras mujeres, ¿verdad? —preguntó ella con voz afilada—. De eso se trata en realidad, ¿no es cierto?

Mack se puso tenso.

—Si crees que he conocido a otra persona, te equivocas —no quería que pensara que era otro David, un hombre capaz de deshacerse de ella sin escrúpulos.

—Pero quieres tener libertad para ver a otras —dijo Mary Jo.

—Tú podrías hacer lo mismo —las palabras estuvieron de nuevo a punto de atascársele en la garganta—. Serías libre para salir con otros hombres, si quisieras —confiaba en que no fuera así. Sería un infierno verla con otro y no poder hacer nada. Mack no sabía si podría soportarlo.

Ella se miró la mano.

—Supongo que es una suerte que no hayamos comprado los anillos.

—Sí —repitió él.

—Quizá sea otro ejemplo de que los dos sabíamos que era un error casarse.

—Puede que sí —contestó Mack.

Parecieron quedarse al mismo tiempo sin saber qué decir. Mack, sin embargo, no podía marcharse. Sabía intuitivamente que, cuando saliera por aquella puerta, ella tardaría mucho en volver a invitarlo.

—¿Te sientes mejor? —preguntó Mary Jo tras un largo silencio–. Yo siempre me siento mejor cuando por fin le digo la verdad a alguien.

–Sí –dijo Mack, y forzó una sonrisa. Se dirigió hacia la puerta y luego, de pronto, se dio la vuelta–. Si necesitas algo, no dudes en llamarme, ¿de acuerdo?

–De acuerdo.

–Prométeme que no dejarás de hacerlo por orgullo.

–No puedo, estando Noelle de por medio –respondió Mary Jo–. Además, sé lo importante que es para ti y no quiero separarte de ella.

–Te lo agradezco.

Mary Jo lo acompañó y abrió la puerta. Con la cabeza agachada, dijo:

–Yo también te agradezco que... que seas mi amigo.

Mack descubrió que no podía marcharse sin besarla.

Deslizó los dedos bajo su barbilla, le levantó la cara y luego, un instante después, se inclinó hacia ella. El beso fue lento y tierno. Cuando levantó la cabeza, Mack apenas podía hablar.

–Amigos y vecinos y... quizás algo más –quería asegurarse de que ella sabía que cabía esa posibilidad.

Lo que esperaba, lo que necesitaba, era una señal de que Mary Jo quería que formara parte de su vida. Sólo entonces podrían seguir adelante.

Mary Jo cerró la puerta y se dejó caer en el sofá. Estaba tan perpleja que no podía pensar. Imaginaba que Mack tenía razón al romper su compromiso. Le gustaba muchísimo y ya estaba medio enamorada de él. Quizá del todo. Habían pasado tantas cosas ese último año, había tantas cosas que no acababa de entender...

Si su madre estuviera viva, podría haber hablado con ella. Y no tenía a nadie más. No podía acudir a Grace o a Olivia y cargarlas con aquel asunto.

Su vida había cambiado por completo en los últimos meses. Ahora tenía muy poco en común con sus antiguas amigas. Sí, charlaban y se mantenían en contacto, pero Mary Jo tenía un bebé y ya no podía ir al cine o de compras, ni nada parecido. Su vida entera y, por tanto, todas sus relaciones, había cambiado desde el nacimiento de Noelle.

En relativamente poco tiempo se había convertido en madre, había dejado la casa de su familia, se había mudado a otra ciudad y tenía un nuevo trabajo. Y ahora tenía un asunto más que añadir a la lista: se había prometido y había roto su compromiso en menos de un mes. Pero, como todo lo demás, se enfrentaría a aquello y a la confusión de sentimientos de Mack hacia ella.

Él tenía razón, desde luego. Era mejor ser sinceros, aunque seguía sin saber muy bien cuál era su relación. De una cosa, sin embargo, estaba segura: que Mack movería cielo y tierra para proteger a Noelle.

La niña se despertó de su siesta y Mary Jo entró en su habitación. Tras cambiarle el pañal y darle de comer, la dejó en su asiento y empezó a hacer lo que siempre hacía cuando estaba angustiada: se puso a limpiar la casa.

Mientras colgaba su ropa en el armario del dormitorio, el clavo de una tabla suelta del suelo se enganchó con la punta de su calcetín. No era la primera vez que se enganchaba el calcetín con aquel clavo. En otras circunstancias, le habría pedido a Mack que lo clavara mejor, puesto que él actuaba como casero en nombre de su amigo. Pero ya no podía recurrir a él. Además, ella también podía hacerlo. Lo único que necesitaba era algo con que golpear el clavo. Un zapato con un buen tacón serviría perfectamente.

—Tu mamá no es ninguna inútil —le dijo a Noelle al arrodillarse en el suelo para buscar un zapato. Al agacharse, vio que había más de una tabla suelta. Sacó una linterna de su cajón, alumbró el suelo del armario y vio algo que llamó su atención.

—Noelle —dijo—, hay algo debajo de esta tabla.

La niña ronroneó desde el otro lado de la habitación. Mary Jo sacó el clavo con los dedos y luego consiguió quitar otro. Una vez suelta la tabla, la levantó y descubrió, todavía oculta en parte, lo que parecía ser una caja de madera. Movió las demás tablas del suelo del armario hasta que consiguió sacar la caja. Casi sin aliento, se sentó en el suelo con la caja en el regazo. Era antigua, eso saltaba a la vista. Pesaba poco y era algo más grande que una caja de cigarros. Las letras de la tapa se habían difuminado hacía mucho tiempo, hasta el punto de volverse ilegibles.

—¿Miro dentro? —le preguntó a Noelle.

La niña la observaba maravillada.

—Yo también tengo curiosidad —dijo Mary Jo. Contuvo el aliento y levantó la tapa. Dentro había cartas, cartas antiguas. Tomó el primer sobre y se volvió hacia Noelle. Tras leer el matasellos dijo—: Estas cartas las escribió en 1943... —la tinta del sobre azul se había descolorido—. El teniente Jacob Dennison —las cartas iban dirigidas a la señorita Joan Manry, al 1022 de Evergreen Place, Cedar Cove, Washington.

—Voy a leerla —le dijo Mary Jo a su hija—. No entiendo por qué Joan las escondió así —desdobló con cuidado el delgado papel.

Costaba leer la letra enmarañada, que en algunas partes estaba manchada por borrones de tinta.

—La escribió Jacob, Jake, durante la guerra —dijo Mary Jo—. Está en Europa. Es piloto y, al parecer, está destinado en Inglaterra —se mordió el labio—. Es una carta de amor. Ay, Noelle, está a punto de partir hacia Alemania en misión de bombardeo y teme morir. Quiere que Joan sepa que, si no sobrevive, encontrará un modo de volver con ella. Que siempre la querrá.

Mary Jo se perdió en aquellas cartas durante una hora o más. Sentada en el suelo del dormitorio, junto a Noelle, las leyó una por una y a menudo se le saltaron las lágrimas.

Se sobresaltó al oír el timbre y, a continuación, un golpe en la puerta. Comprendió enseguida, por su forma de llamar, que era Mack. Absorta como estaba en las cartas, se enjugó los ojos y se levantó de un salto. Estaba deseando compartir con él aquel descubrimiento. Abrió la puerta.

—Mira, Mary Jo, puede que te haya dado una impresión equivocada.

—No, no, no pasa nada —dijo ella. Lo tomó del brazo y le hizo pasar—. He encontrado una cosa que quiero enseñarte.

Mack frunció el ceño.

—¿El qué?

—Había una tabla suelta en el suelo del armario y...

—Debiste decírmelo. La habría arreglado.

—Eso no importa, Mack. Lo que importa son las cartas —no podía refrenar su emoción—. He encontrado una caja escondida en el armario. Contiene preciosas cartas de amor escritas durante la II Guerra Mundial.

—¿Las has leído?

—Pues sí, claro. Cualquiera lo habría hecho. Tú también tienes que leerlas. En cuanto empecé, no pude parar. Son tan elocuentes, tan conmovedoras... Quiero saber qué fue de Jake y Joan. Quiero averiguar si Jacob Dennison volvió de la guerra y si se casaron y tuvieron hijos. Tienes que hablar enseguida con tu amigo.

—¿Con mi amigo? —Mack parecía desconcertado.

—El dueño de la casa —explicó ella—. Puede que fueran parientes suyos. Querrá las cartas. Son un tesoro.

Mack sacudió la cabeza.

—Eso no es posible. Mi... amigo, el dueño, no puede ser familia de esas personas. Compró la casa hace poco.

—Entonces puede que lo sepa la persona a la que se la compró.

—Puedo averiguarlo, si quieres.

Mary Jo asintió con entusiasmo.

—Sí, por favor.

Él sonrió.

—Veré de quién era la casa durante los años de la guerra.

—Gracias, Mack —contestó ella. De pronto parecía inquieta de nuevo—. Perdona —dijo, tensa—. No te he dejado explicar por qué has venido.

Mack se encogió de hombros.

—Por nada. Sólo quería asegurarme de que seguíamos siendo amigos.

–Sí –le aseguró Mary Jo.

Leer aquellas cartas le había hecho ver las cosas con perspectiva, aunque no estaba del todo segura de cómo había ocurrido.

CAPÍTULO 36

—¿Te encuentras bien, papá? —preguntó Megan mientras observaba a Troy atentamente—. Estás pálido.

Troy no recordaba haber estado tan nervioso en toda su vida.

—No todos los días pide uno en matrimonio a una mujer.

—¿Y por qué estás nervioso? —preguntó Megan. De niña, creía que no había nada que su padre no pudiera conseguir, y a veces todavía parecía creerlo—. Los dos sabemos que Faith va a decir que sí.

Troy habría deseado compartir su optimismo. Confiaba en que Faith aceptara su proposición, pero tenía sus dudas. Por un lado se sentía optimista, estaba seguro de que Faith deseaba compartir su vida con él. Pero por otro... Había sufrido varios reveses serios y no quería dar nada por descontado.

—Bueno, papá, ve a pedirle que se case contigo —dijo Megan al darle un beso en la mejilla. Lo empujó hacia la puerta—. ¿Estás seguro de que está en casa?

A Troy no se le había ocurrido que pudiera estar en otro sitio un viernes por la noche. Habían hablado un par de veces desde el arresto, hacía más de una semana, pero sus conversaciones se habían limitado casi por completo a aquel asunto.

—Creo que sí.

—¡Papá! —Megan puso los brazos en jarras—. ¿Quieres decir que no la has llamado para avisarla?

—Pues no.

Sin decir palabra, Megan se acercó al teléfono y marcó el número de Faith. Puso la mano sobre el micrófono y lo miró.

—Te estaría bien empleado que hubiera salido.

Troy se crispó.

—¿Con quién? —si Faith estaba viendo a otro hombre, a Will Jefferson, por ejemplo, él... él...

—No contesta, papá —dijo Megan sacudiendo la cabeza—. No puedo creer que no la hayas llamado para decirle que querías hablar con ella. No os habéis casado aún y ya crees tenerla segura —parecía más divertida que enfadada.

—¿Con quién puede estar? —se preguntó Troy en voz alta.

—¿Cómo voy a saberlo?

Aquello sí que era un jarro de agua fría. Troy salió de casa de su hija recriminándose por ser tan estúpido. Debería haberle telefoneado, en lugar de dar por sentado que no tenía otra cosa mejor que hacer que quedarse en casa, esperándolo.

Estaba de vuelta en casa, malhumorado, cuando llamó Megan.

—No me preguntes cómo lo sé, pero Faith esté en el cine con Olivia y Grace.

—¿Ahora mismo?

—Sí, ahora.

—¿Qué han ido a ver?

Megan se lo dijo y luego le preguntó, sonriendo:

—¿De pronto ardes en deseos de ver a Clive Owen?

—¡Ya lo creo que sí! Adiós, cariño, y gracias.

—¡Buena suerte!

Troy salió de casa tan deprisa que casi llegó corriendo a su coche. El aparcamiento del cine estaba lleno y tuvo que dar dos vueltas antes de encontrar un sitio. Compró una entrada; luego, intentando que su encuentro pareciera accidental, compró también palomitas y un refresco.

La película ya había empezado y la sala estaba tan a oscuras que no veía más allá de sus propios pies. Se sentó en la primera butaca que encontró y recorrió las filas de cabezas de los espectadores con la esperanza de encontrar a Faith. Pero, a pesar de que guiñó los ojos y se inclinó hacia delante, y estuvo a punto de volcar las palomitas y el refresco, no consiguió identificarla. No la vio, de hecho, hasta que aparecieron los créditos en pantalla y se encendieron las luces.

Estaba con Grace y Olivia, sólo dos filas por delante de él. Se acercó a ellas.

—Faith, imagínate, qué casualidad encontrarnos aquí —dijo, intentando aparentar naturalidad.

—Sí, qué casualidad —dijo Grace, y le lanzó una mirada a Olivia. ¿O fue una sonrisa?

—Megan llamó a Jack —dijo Olivia en voz baja.

En otras palabras, sabían que estaba buscando a Faith.

—Hola, Troy —dijo Faith, haciendo caso omiso de sus amigas. Tenía una sonrisa cálida—. Me alegro de verte.

—Sí, yo también.

Mientras Grace y Olivia se lo pasaban en grande tratando de avergonzarlo, Faith intentaba que se sintiera cómodo.

La sala se había vaciado entre tanto. Uno de los chicos que trabajaban en el cine comenzó a recorrer el pasillo con un cepillo y un recogedor.

—Quizá deberíamos hablar fuera —sugirió Troy. Apenas podía apartar los ojos de Faith. De pronto cayó en la cuenta de que Grace y Olivia estaban esperando, llenas de curiosidad, y añadió—: Te llevo a casa, Faith.

—Íbamos a ir al Pancake Palace —dijo Grace—. ¿Quieres acompañarnos?

Faith lo miró entonces y todo lo demás se difuminó a su alrededor. Troy entendió por fin la pregunta cuando Grace repitió su nombre.

—Eh... claro —masculló, distraído.

—Estupendo. Nos vemos allí dentro de quince minutos.

—Claro —repitió él.

Se fueron las dos y Troy y Faith salieron lentamente del cine.

—¿Has hablado con Megan? —preguntó él.

Ella asintió con la cabeza.

—Por el móvil, un momento.

—¿Te ha dicho algo? —confiaba en que su hija no le hubiera dicho que pensaba declararse.

Faith se echó a reír.

—Sólo me ha dicho que sea buena contigo, pero no sé qué quería decir.

Troy arrugó el ceño. Estaban en medio del aparcamiento y notaba el sudor en el labio superior. Había ensayado lo que quería decirle al menos una docena de veces delante del espejo. Megan se había empeñado en que tuviera preparado un breve discurso. Pero de pronto no recordaba ni una sola palabra.

Cuando llegaron al coche, se lamió los labios secos.

—Creo que sabes cuánto te quiero —masculló mientras abría la puerta del copiloto.

—Tenía mis sospechas, sí —contestó ella.

Troy retrocedió, la ayudó a entrar y corrió a sentarse. Con las manos sobre el volante, dijo:

—Estaba pensando... Confiaba, en realidad...

—¿Qué?

—Bueno, ya sabes, que tú y yo pudiéramos... estar juntos.

—¿Para cenar?

—No, para cenar, no —replicó él—. Para toda la vida.

Un tenso silencio se tragó sus palabras. Luego ella preguntó:

—Troy, ¿me estás pidiendo que me case contigo?

—¿Qué, si no?

—Bueno, no hace falta que te enfades.

Él agarró con más fuerza el volante y exhaló un fuerte suspiro.

—Está bien, perdona.

—¿Por qué? ¿Por declararte?

—No, por echarlo todo a perder —Troy dudaba que pudiera haber embrollado más las cosas si lo hubiera intentado.

—¿Quieres que te conteste? —preguntó Faith.

—No.

—¿No?

—No, no quiero que me contestes. Quiero intentarlo de nuevo y hacerlo bien.

—Está bien. Yo me callo y espero —Faith se acomodó en su asiento.

Troy no sabía por dónde empezar, ni cómo hacerlo con algo más de elegancia. Luego sonrió.

—¿Te acuerdas de la noche en que fuimos al sitio donde solíamos vernos de jovencitos y nos pilló uno de mis ayudantes?

—Pasé muchísima vergüenza, Troy —Faith se tapó la cara con las manos.

—¿Tú? —masculló él—. Fui yo quien tuve que mirarlo a la cara a la mañana siguiente y hacer como si no hubiera pasado nada.

Aquel recuerdo le puso de buen humor, lo cual ayudó a relajar la tensión de sus músculos.

—Te quiero, Troy —susurró Faith, y le dio la mano—. Te quería cuando éramos unos críos y te quiero ahora.

—Yo también a ti —su voz vibraba, llena de emociones—. Quiero pasar el resto de mi vida contigo. Quiero jubilarme contigo y viajar contigo y que tengamos nuestro hogar aquí, en Cedar Cove.

—A mí también me gustaría.

—¿Quieres casarte conmigo, Faith Beckwith?

Ella sonrió, llorosa.

—Nada me gustaría más, Troy Davis.

Troy sintió la necesidad de bajar la ventanilla y gritar a voz en cuello. No lo hizo, a pesar de su deseo de que todo el mundo supiera que Faith había aceptado casarse con él.

—¿Vas a besarme? —preguntó ella.

—Nada me gustaría más —contestó él.

Se abrazaron y su beso, alimentado por el anhelo de aquellos largos meses, los arrastró a ambos.

—¿Sabes? —musitó Faith con la cabeza apoyada en su hombro—, casi me alegro de que rompiéramos.

—Yo también —reconoció Troy, y le besó la coronilla.

Se besaron de nuevo. Luego Faith dijo:

—Deberíamos irnos.

Troy encendió el motor.

—Yo debería llamar a Megan —dijo.

—Y yo tengo que decírselo a Scott y Jay Lynn —añadió ella. Luego se llevó una mano al pecho—. ¿Cuándo vamos a casarnos?

Troy no lo había pensado. Lo importante era convencer a Faith de que se casara con él; lo demás carecía de importancia.

—¿La semana que viene?

—¡Sé razonable, Troy! Yo estaba pensando en junio, o tal vez en julio.

—En ese caso, en junio —cuanto antes, mejor.

—¿Dónde vamos a vivir?

—Pues juntos, claro.

—Sí, pero ¿dónde?

—En el 92 de Pacific Boulevard.

—Está bien —dijo Faith, pensativa—. Por ahora.

Troy asintió con la cabeza. No estaba seguro de qué quería decir ella con «por ahora». Seguramente que acabarían por buscar una casa nueva, sin historia detrás, salvo la que ellos fueran creando.

—Dios mío, tenemos que decírselo a Olivia y a Grace. Nos están esperando en el Pancake Palace.

Troy miró por el retrovisor y salió marcha atrás del aparcamiento. Estaba tan contento que le daba vueltas la cabeza.

Cuando entraron en la cafetería, vio que Jack y Cliff se habían reunido con sus esposas. Las dos parejas estaban sentadas en una mesa circular y los miraban expectantes.

—¿Y bien? —preguntó Jack al ver que nadie decía nada—. ¿Voy a tener que anunciar algún acontecimiento en la edición del lunes?

Troy rodeó la cintura de Faith con el brazo. Ella se inclinó hacia él.

—Creo que sí.

Grace y Olivia gritaron de contento y se pusieron a dar palmas.

—Es una noticia maravillosa —dijo Grace con una sonrisa radiante—. Maravillosa.

—¿A qué viene tanto jaleo? —preguntó Goldie, acercándose a ellos con la cafetera en la mano—. Si seguís así, tendré que llamar a las autoridades.

Todos se rieron.

—Las autoridades ya están aquí, representadas por nuestro ilustre sheriff —le dijo Jack.

—Troy y Faith van a casarse —anunció Olivia.

Goldie sacudió la cabeza.

—Ya iba siendo hora, me parece a mí.

—Sí, a mí también —susurró Troy al oído de Faith.

Sus amigos se juntaron y Faith y Troy se sentaron junto a ellos en el asiento corrido. Todos parecían hablar a la vez, haciendo preguntas a Faith, que se esforzaba por responder a todas.

Unos minutos después, Goldie les llevó una bandeja llena de raciones de tarta de coco.

—Como estamos de celebración, invita la casa.

—Eres un sol —dijo Faith.

—Sí, aunque no sabemos qué va a cobrarnos por el café —bromeó Cliff.

—A ti, el doble —respondió Goldie, señalándolo con el dedo.

Charlaron animadamente mientras se tomaban el café y la tarta.

—Oíd —dijo Jack antes de lamer su tenedor—. ¿Alguno se ha enterado de lo de esas viejas cartas encontradas en un chalet de Evergreen Place?

Todos se encogieron de hombros.

—¿Cómo te has enterado tú? —preguntó Grace.

—Mack McAfee vino esta mañana. Quería consultar ejemplares antiguos del *Chronicle*. De los años cuarenta. Cuando le pregunté por qué, me contó que había una caja de cartas escondida en uno de los armarios de su casa.

—¿Descubrió algo relevante en los periódicos?

—No, pero me dejó leer un par de cartas. Son muy interesantes —contestó Jack.

—¿En Evergreen Place? —repitió Olivia—. Si alguien se acuerda, será mi madre.

Troy asintió con entusiasmo.

—Entonces le sugeriré a Mack que hable con Charlotte —dijo Jack.

Troy tomó la mano de Faith. Era agradable estar allí sentado con los amigos, con personas a las que conocía de toda la vida. Y, sobre todo, compartir aquel instante con la que pronto sería su esposa.

Títulos publicados en Top Novel

Un puerto seguro – DEBBIE MACOMBER
Nora – DIANA PALMER
Demasiados secretos – NORA ROBERTS
Cartas del pasado – ROSEMARY ROGERS
Última apuesta – LINDA LAELL MILLER
Por orden del rey – SUSAN WIGGS
Entre tú y yo – NORA ROBERTS
El abrazo de la doncella – SUSAN WIGGS
Después del fuego – DEBBIE MACOMBER
Al caer la noche – HEATHER GRAHAM
Cuando llegues a mi lado – LINDA LAELL MILLER
La balada del irlandés – SUSAN WIGGS
Sólo un juego – NORA ROBERTS
Inocencia impetuosa/Una esposa a su medida – STEPHANIE LAURENS
Pensando en ti – DEBBIE MACOMBER
Una atracción imposible – BRENDA JOYCE
Para siempre – DIANA PALMER
Un día más – SUZANNE BROCKMANN
Confío en ti – DEBBIE MACOMBER
Más fuerte que el odio – HEATHER GRAHAM
Sombras del pasado – LINDA LAELL MILLER
Tras la máscara – ANNE STUART
En el punto de mira – DIANA PALMER
Secretos del corazón – KASEY MICHAELS
La isla de las flores/Sueños hechos realidad – NORA ROBERTS
Juegos de seducción – ANNE STUART

www.ingramcontent.com/pod-product-compliance
Lightning Source LLC
LaVergne TN
LVHW030336070526
838199LV00067B/6304